서연비람의 에세이 1

이동환 國學 에세이

서연비람의 에세이 1

이동환 國學 에세이

초판 1쇄 2024년 3월 25일
지은이 이동환
펴낸이 윤진성
편집주간 김종성
편집장 이상기
펴낸곳 서연비람
등록 2016년 6월 29일 제 2016-000147호
주소 서울시 강남구 언주로30길 57, 제E동 제10층 제1011호
전자주소 birambooks@daum.net

ISBN 979-11-89171-73-5 03810
값 18,000원

서연비람의 에세이 1

이동환 國學 에세이

이동환 지음

서연비람

책머리에

그동안 학술지·잡지·단행본, 그리고 크고 작은 학술 발표회 석상 등에서 발표한 주로 국학國學 관련 에세이류를 여기에 모았다. 서평·해제는 에세이의 개념에 꼭 맞는 것은 아니나 편의상 한 곳에 실었다. 그리고 〈매화와 중국유교〉는 국학 관련이 아니나 역시 함께 실었다. 독자 제현의 양해를 구한다.

여기 실린 에세이의 상당 부분은 당초에는 본격적인 한 편 한 편의 논문으로 쓸 요량으로 집필한 것이다. 그러나 나에게 있는 완벽주의란 자기 덫에 걸려 끝내는 에세이로 남게 된 것이다. 딱딱한 고증과 번거로운 주석을 갖추지 않는 대신에 나의 복고腹稿가 진솔하게 표현되어서 읽기에는 오히려 편함이 있을 것이다.

총 32편을 네 개의 장章으로 묶었다. 〈서평·해제〉를 위시하여, 〈한문학 방법론〉은 한문학 연구 방법에 관해 다각도로 논구한 것을 묶었고, 〈신라 시대〉와 〈고려 시대〉에서는 신라 시대와 고려 시대의 사상·역사·문학에 관한 것을, 〈조선 시대〉에서는 조선 왕조 시대의 사상·문학에 관한 것을 묶었다.

이상, 한 국학도의 지적知的 편력을 너그러이 받아주기 바란다.

서연비람 여러분에게 거듭 감사하며, 여러 가지로 나를 도와준 노요한 군에게도 깊은 사의를 표한다.

2023년 10월
장대산방長對山房에서 저자 씀

차례

I. 서평 · 해제

1. 경학經學에의 새로운 요구

— 이지형 역주,《역주譯註 다산맹자요의茶山孟子要義》

'경학經學'은 적어도 우리나라에서는 근 1세기 동안 거의 맥이 끊어진 학문 영역이었다. 그래서 한동안은 '경학'이라는 술어조차도 주로 유학의 사적史的 영역에서 단순히 기술적인 도구로 출몰할 뿐, 본래의 가치성 개념으로서의 인식은 까마득한 구시대의 기억으로서나 명멸할 정도였다. 이러한 경학이 오늘날 우리에게 있어 다시 무슨 의미가 있을까? 과연 다시 들먹거릴 만한 것이기는 한가? 결론부터 말하면 끊어진 맥을 다시 이어 적극적으로 확충해가야 할 것이 요구된다. 실은 학계 일각에서 이미 그런 기운이 돌고 있는 것이다.

그렇다면 오늘날 우리에게 경학이 왜 다시 요구되는가?

필자는 현재 진행되고 있는 세계사의 변화의 방향이나 성격을 깊이 천착해 설명할 만한 능력은 갖고 있지 않다. 다만 피상적으로 관찰되는, 누구나 아는 몇 가지 현상을 단서로 삼아 생각해보고자 한다.

첫째는 냉전체제 해체 후 우리는 새로운 민족주의의 광범한 대두를 보고 있다. 이것은 물론 정치영역에서의 사건이다. 그러나 정치영역에서의 민족주의는 자기 문화전통에의 회시回視가 선행되어 있거나 동반하고 있으며, 적어도 뒤따르기라도 하게 마련이다. 세계사적인 이러한 정황은 결국 구미歐美문화의 종전과 같은 고압적 일방통행을 제약하는 기초 여건으로 될 것이다.

둘째는 민족주의로의 핵분열과는 일견 역방향의 지역공동체의 출현이다. 유럽공동체가 선례로 이미 떠올라 있거니와 우리가 속해 있는 동북아 지역 또한 그 공동체 구성이 이제 시간문제로 다가옴을 보고 있다. 지역공동체 형성은 경제·교역 영역이 선도하고 있으나, 유럽공동체의 예에서 보듯이 결국 일정한 결합도結合度 아래에서의 정치공동체적 면모로 발전될 개연성 또한 농후하다. 지역공동체는 그것이 각 민족들이 거주해온 지역이라는 공간 조건에 의한 공동체인 만큼 이러한 공동체 형성은 결국 역사적으로 장기간 있어온, 일정 지역 안의 민족들 사이의 문화적 공통분모를 매개로 형성된 문화권이 그 태반胎盤이 되고 있음은 말할 것도 없다. 따라서 지역공동체는 그것이 경제적 성격의 것이든, 정치적 성격의 것이든, 그동안 타력他力에 의해 그 문화공동체적 틀이 훼손당하지 않은 채 지속되어온 구미지역을 제외한, 주로 구미라는 타력의 고압적 관철에 의해 역사적으로 존속해온 그 문화공동체적 틀이 해체, 또는 침강沈降당했던 지역에서는 그 문화공동체적 틀이 복원, 또는 부상될 것은 필연의 세다. 구미문화가 더 이상 보편문화일 수 없이 된다는 말이다. 세계사의 이런 방향으로의 변화를 구미중심주의의 어떤 학자는 종교권 대결구도가 냉전체제를 대체할 것이라고까지 말한 것을 본 기억이 있다.

셋째는 구미 지성들의 동방문화에의 관심이 과거 제국주의 경영에 복무하던 차원에서의 시각을 넘어 구미문화의 한계 극복을 위한 차원에서의 시각으로 전이되고 있음을 본다. 최근의 신과학운동이 그 한 예이거니와 실은 이미 두어 세기 이전부터 동방문화의 어떤 국면이나 요소들이 알게 모르게 구미 지성들에게 새로운 발상의 촉매제가 되거나, 또는 이렇다 하는 학설들의 자양소가 되어온 경우가 적지 않은 것으로 본다.

이 세 가지 현상만으로도 오늘날 우리에게 있어 경학이 갖는 의미

Ⅰ 서평·해제

가 무엇인가는 족히 떠오르고도 남는다. 먼저 위의 둘째 현상과의 연관에서부터 생각해보자. 우리가 속해 있는 동북아의 과거 문화공동체적 틀이 무엇을 매개로 형성되었던가? 앞서는 한역漢譯 불교경전, 나중은 유가경전이 아니었던가. 이제 새로이 형성되고자 하는 동북아 지역공동체에 가담하지 않고도 이 지역 안에서의 우리의 지보地步를 확호確乎히 할 수 있다면(땅덩어리를 떼어서 태평양으로 옮겨가기 전에야 그것이 가능하겠는가!) 모르겠거니와 그것이 분명 불가능할진대 우리가 경학에 대해서 어떤 자세여야 하는가는 이미 자명하지 않은가. 중국이 최근 공자孔子를 저토록 떠메고 나서는 이유 또한 이 지역의 공통체 성립을 전망, 그것을 고무·진작하고자 하는 의도 외에 또 무엇이겠는가. 그러나 우리는, 미국이 펴고 있는 핵우산 아래에 기생해서안 되듯이 중국이 펴는 이 신중화주의新中華主義의 우산 아래 또 서식할 수는 없다. 위에 든 현상 첫째의 경우는 우리가 대안對岸의 불로구경이나 해야 할 다른 지역의 사건이 아니라 바로 우리 자신이 당장체화體化해야 할 문제인 것이다. 신중화주의의 우산 아래에 들어가지않으면서 이 지역에서 우리의 지보를 확보하는 길이 경학 같은 것을폐기처분하는 데에 있지 않고 거꾸로 완벽하게 우리의 것으로 만드는 데에 있다는 것을 알아야 한다. 바이블이 유태민족만의 것이 아니듯이 유가의 경서는 한족만의 것이 아닌지 이미 오래다. 옹졸한 국수주의 콤플렉스를 방기해야 한다. 일본 같은 나라가 속이 없어서 한족의 문화를 그토록 알뜰히 공부했겠는가. 호랑이를 잡으려면 호랑이굴로 들어가야 한다. 오늘날 일본의 보이는 힘은 경제력이지만, 보이지 않는 힘은 한족의 문화를 완벽하게 장악, 거꾸로 중국을 제압하고있는 데에서 나오고 있음을 알아야 한다. 일찍이 우리가 참여하여 중국·일본과 함께 향유했던 동방의 보편문화에 대해 오늘날 우리는 과연 얼마만큼의 발언권을, 세계는 고사하고 이 지역 안에서나마 얻고 있는가. 우리가 그것을 등지고 헤매던 사이 중국과 일본이 우리의 머리 위로 구축해놓은, 그것에 대한 두터운 학문의 가교架橋를, 그리고 이 가교 아래에 초라하기 그지없는 모습으로 놓여 모멸당하고 있는 우리의 현재의 상像을 똑바로 보지 않으면 안 된다.

중국을 객관화하면서 경학을 우리의 경학으로 전환시킨 이들은 역시 성호星湖·다산茶山이다. 이 경학의 우리 것으로의 전환이 펼치는 사유의 지평 안에서 실학이 꽃피었던 것이다. 이제 우리에게는 성호와 다산의 우리 경학으로의 이 전환의 맥을 다시 이어 확충해갈 것이 요구되는 역사의 고비에 처해 있다. 그 맥의 계승과 확충은 단순히 우리의 경학 관련 저작들을 자료로 삼아 경서 해석의 사적史的 자취만 점검하는 것 이상이어야 한다. 중국의 경학사를 연구를 통해 우리의 장악하에도 놓이게 함과 함께, 이에서 나아가 경서에 대해 오늘에 즉하면서 미래를 전망하는 시각에서 새로운 해석을 내놓기에까지 이르러야 한다. 위에 든 현상 셋째에 관련되는 대응이다.

이지형李篪衡 교수는 근 20년을 다산경학茶山經學 연구에 전심해온 분이다. 이번에 그 첫 성과로 《역주 다산맹자요의》를 내놓았다. 필자는 이 교수의 이 성과를 위와 같은 역사적 문맥에서 그 의의를 부여하고 싶다. 국역이야말로 경학의 민족화로의 전환의 그 중요한 일환이기 때문이기도 하지만 이 교수의 번역이 단순한 한문 풀이로서의 그것이 아니라 다산경학에 대한 이교수의 오랜 연구의 성숙 위에서 나왔기 때문에 더욱 그럴만한 것이다.

오랜 연구의 성숙의 성과는 역서의 구석구석에 배어 있다. 무엇보

14

다 원전의 정확한 교감이 그것이고, 역문의 자신 넘치는 명쾌한 표현이 그것이다. 그리고 정확한 주석과 각 장의 앞뒤에 각각 붙여놓은 정핵精核한 해제와 해설이 그것이다. 번역서에 연구서로서의 면모를 아우른 책인 셈이다. 다산의 원전에는 편의상 인용을 생략한 《맹자》 정문의 각 장을 주석의 형식으로 역문 하단에 인용해놓은 것 또한 이 책이 얼마나 용의주도하고 정성스럽게 만들어졌는가를 단적으로 보여주고 있다.

불원간 나오기가 기대되는 이교수의 다산경학 연구서와 짝이 될 이 역서의 출간은 다산 이후 끊어진 경학의 맥을 잇는 중요한 이정표의 하나로 우리는 기억하게 될 것이다.

(《창작과 비평》, 1984 겨울호, 창작과비평사)

2. 경학 연구와 백가의百家衣 제작

─ 정일균《다산茶山 사서경학四書經學 연구研究》

정일균鄭一均의《다산茶山 사서경학四書經學 연구研究》는 한마디로 말해서 다산 경학, 그 사서경학에 대한 실증적 연구의 커다란 성과다. 경학 연구에서 실증적 접근이란 경전의 어사語詞·문맥 들을 대상, 또는 매재로 한 경학가의 해석적 담설談說의 조각들, 바꾸어 말하면 곧 주석들의 비체계적 산포散布에서 연구자의 일정한 척도에 의하여 유의미하다고 생각되는 정의·개념·논리들을 그 경학가의 본래 의사대로 검증하여 밝혀 확정하는 일을 말한다. 물론 한 경학가의 주석의 선행 근원까지 밝혀내는 일도 당연히 실증적 접근의 대상이나, 여기서는 선행 정의·개념·논리의 선별적 채용도 그 경학가의 의사체계로 간주하는 바탕 위에서 하는 말이다. 그런데 당연한 이야기이거니와 경학 연구는, 경전의 어사·문맥들에 따른, 정의·개념·논리들로의 경학가의 의사표명, 즉 주석 행위는 외형적으로는 비체계적 산포형태로 행해지지만, 그 이면에는 경전에 대한 경학가의 일정한 이해, 또는 해석의 지평에서 구조된 사상적 잠재체계가 있어 이것의 산발적 자기표명으로서 주석이 이루어진다고 전제하고 들어간다. 그러므로 경학의 실증적 연구는 주석들의 잡란스러운 산포의 이면에 잠재태로 놓여 있는 이 일정한 사상적 체계를 그 자체대로 밝혀내어 현재화顯在化하는 데서 일단 완성된다고 할 수 있다.

이는 비유하자면 백가의百家衣 제작과 같다고나 할까. 중국의 옛 풍속에 갓난아이의 수명 장원長遠을 도모하는 일종의 주술로, 집집에서 갖가지 자잘한 천조각들을 구걸하여 옷을 지어 입히는 일이 있었는데, 그 옷이 바로 백가의다. 그래서 기왕의 여러 시인들의 시구들을 일정한 주제 아래 모아 구성한 한 편의 완정完定된 시를 '백가의체百家衣體'라고 부르기도 하거니와, 경학 연구에서 경학가가 산포한 해석적 담설의 조각들을 각기 제자리에 놓아 잇댐으로써 그 경학가의 사상적 잠재체계를 구성해 드러내는 일이 갖가지 잡스러운 천조각들로 한 벌의 옷을 재작하는 일에 방불한 바가 있다.

그런데 정일균의 이 연구는 거의 빈 데가 없어 보이는 한 벌의 옷에 도달했다. 물론 다산 경학의 전체를 대상으로 하지 않았다는 점에서 한 벌의 완정된 옷이라고 하기에는 이르다고 할지 모르겠으나, 다산 경학의 근본 지향이 주희朱熹 경학에의 대결에 있고, 주희 경학의 집중처가 다름 아닌 사서경학이란 사실에 비추어보면 다산의 사서경학에만도 그 자체로서 한 벌의 옷이 잠재되어 있다고 보아 무리가 없다. 저자는 다산이 취한 주희 경학에의 대결의 지향을 그 접근시각으로 삼아 다산 사서경학의 내용을 세세히 탐토探討·검증하여 다산의 '이기론理氣論' '생성론生成論' '인간론' '윤리론' '학문론'으로 그 사상의 잠재 체계—저자 자신의 표현으로는 '세계관'—를 명확하게 드러내었다. 이 과정에 저자가 들인 그 도저한 독공篤功은 세밀하기 이를 데 없는 각주가 잘 웅변해준다. 하나의 개념, 하나의 명제를 확정하기 위하여 무려 20조목 내외의 근거를 동원하기까지 한 경우가 한두 군데가 아니다. 뿐만 아니라 저자는 다산의 사서경학에 대한 자신의 실증적 해명의 객관도, 내지 신뢰도를 높이기 위해 다산 경학과 직·간접으로 유관한 사실들을 '정약용 경학의 배경' '정약용의 사서관계 저술' '정약용의 경전해석 태도'등의 장으로 나누어 최대한으로 밝히고 동원해 놓았다. 요컨대 정일균의 이 책은 그동안의 다산의 사서경학에 대한 실증적 해명의 가위 집대성적 진경進境을 이룬, 결코 쉽사리 나올 수 없는 노작으로 기록되기에 족하다.

그런데 나는 일단 이 책의 실증적 성과에 그 비중을 두었지만, 실은 저자의 당초 기획에는 해석적 야심 또한 만만치 않았다. 책의 첫머리에 '문화체文化體' 개념을 제출하고, 다산 경학을 '인식론적 단절', '지식-권력의 문제' 개념에 입각하여 해명할 뜻을 언표한 것이 그것이다. 이 언표와 다산 경학의 구체적인 내용을 구명한 곳곳에서 그 반정주학적反程朱學的 성격·의의를 천명한 것을 연결시켜볼 때 일단 큰 틀에서의 해석적 지평의 적용은 인정된다. 그러나 다산 사서경학의 반정주학적 성격은 연구자들의 그러한 해석적 안목 이전에 다산 자신이 내용 논리로 일관되게, 그리고 명료하게 밝혀놓았기 때문에 연구자들의 해석적 안목으로서의 의의는 그만큼 감소될 수밖에 없다. 무릇 여러 학문에서와 마찬가지로 경학 연구 역시 되도록이면 실증적 층위와 해석적 층위가 하나의 서술체계로 융합되기를 희구한다. 그러나 다산의 사서경학과 같은 방대한 대상을 전면적으로 다루면서 그러한 이상적 서술형태에 도달하기란 지난한 일이다. 이 부문의 본격적인 성과를, 우리는 뒤로 기대하는 것이 좋을 것 같다. 이 책이 이룩한 실증적 성과는 다산 사서경학에 대한 본격적이고 전면적인, 그리고 정심精深한 해석적 천착으로의 길을 촉구하고 뒷받침해줄 터이기 때문이다.

실질적으로는 실증적 해명이 주 작업인 이 책으로서 아쉬운 점은 마땅히 실증적 고구를 거쳐야 할 문제들이 실증적 고구를 거치지 못한 주요 국면들이 있다는 사실이다. 무엇보다 '정약용 경학의 배경' ―개인적 배경, 지적 배경, 사회적 배경이 그 내용 항목임―은 저자가 '지식사회학적 조명'이라고 부제를 단 만큼에 상응하는 실증적 논구가 있어야 마땅했다. 즉 다산 사서경학의 주요 개념과 범주들의 성립의, 저자가 제시한 항목 '개인적' '지적' '사회적' 상황과의 연관의 논리가 구체적으로, 밀착적으로 구명되어야 했다. 두 부면이 거의 단순히 무매개적 대응으로 남겨진 것이 아쉽다.

그리고 용어 내지 개념의 엄밀성에도 문제가 없지 않다. 가령 이책 곳곳에서 되풀이 강조되는, 그래서 저자가 정주성리학에 대한 다산 경학의 최대·최고의 차별적 특성으로 인식하고 있는 것으로 보이는 '실제·실천지향적 성향'이란 개념의 경우 더욱 엄밀한 한정이 필요했다고 생각한다. 다 아는 바이지만 정주성리학도, 적어도 조선 중기 이전에는 허무·적멸의 도불道佛에 대해서는 '실제·실천지향적 성향'으로 인식되었다. 이 두 '실제·실천지향적 성향'이 향하는 개념의 지평의 차이와, 그리고 이 양자 사이에 개입되어 있는 역사적 문맥과의 연관에서 두 가지 '실제·실천지향적 성향'이 일정하게 변별적으로 한정되었어야 했다. 역사적으로 접근한 책에서 저자가 아주 중요하게 생각하는 개념에서 역사성이 소거消去됨으로써 개념의 리얼리티를 얻지 못하고 있다.

끝으로 보태는 한 가지 충고는 기왕의 유관 성과를 대하는 공평한 마음자세다.

사람에 따라 어떤 경우는 원문의 재인용까지를 주석으로 밝히는 충실함을 보이면서도, 어떤 경우는 명백히 저자의 유효 논리로 기왕의 성과를 채용하고서도 출처 표시를 빠뜨린 것이 있다. 저자의 그 세심한 주석 태도에 비추어볼 때 우연한 실수로 간주되지는 않는다. 이런 점은 이 책의 '정일균의 저작'으로서의 신뢰를 얻음에 장애가 될 뿐만 아니라, 나아가 저자의 양식에 대한 신뢰에 누가 된다.

(《창작과 비평》, 2000년 가을호, 창작과비평사)

3. 한시漢詩의 묘미 우리 운율韻律로 재현

— 송재소 역주 《다산시선茶山詩選》

《다산시연구茶山詩研究》로 학계에 등장한 이래 줄곧 다산의 시에 경도하여 5·6편의 관계논문을 발표한 바 있는 송재소宋載邵 교수가 마침내 《다산시선茶山詩選》을 내놓았다. 현전 1천1백여 제題 2천5백여 수首의 다산시茶山詩에서 1백 20여 제 2백 80여 수를 가려 역주한 것이다.

선집이니만큼 가장 먼저 문제가 되는 것은 선시選詩의 안목이다. 다산의 시세계의 본령적 특질을 얼마나 정확히 파악하고 시를 뽑았느냐는 것이다. 이 책의 일차적인 성과는 바로 여기에 있음을 장담해도 좋을 것 같다.

다산시가 오늘날 우리들에게도 특히 주목되는 이유는 대체로 다음 네 가지 점에 있을 것이다.

첫째, 주제 수용에 있어서의 도저한 애민의식이다. 애민의식은 다산에게 있어서는 시 내지 문학 그 자체의 단순한 기능의 차원을 넘어선 거의 본질의 영역에 속한다고 할만하다. '무릇 시의 근본은 … 세상을 근심하고 백성을 긍휼히 여기는 데에 있다' '항상 힘없는 사람들을 도와주고 가난한 사람을 구제하여 마음 아파하며 차마 버리지 않을 생각이 있고서야 비로소 시라고 할 수 있다'라고 그 스스로 밝힌 시관詩觀에 잘 드러나 있기도 하지만 그의 작품 실제를 시종일관하고 있음을 보게 된다.

애민의식의 작품 실제에서의 구현은 당시 민중이 처해 있었던 참담한 정황의 묘사, 집권층과 그 하수인인 아전들의 횡포 및 말기적인 모순·부조리의 고발, 그리고 농어촌 서민들의 살아가는 모습에 대한 애정 어린 취재, 이 세 가지 형태로 나눌 수 있는데 이 선집은 다산시의 이런 면모를 충실히 반영하고 있다.

이를테면 "개꼬리 같은 조 이삭 세 줄기와 / 닭 창자같이 비틀어진 고추 한 꿰미 // 깨진 항아리 새는 곳은 헝겊으로 때웠으며 / 무너앉은 선반대는 새끼줄로 얽었도다 // 구리 수저 이정里正에게 빼앗긴 지 오랜데 / 엊그제 옆집 부자 무쇠솥 앗아갔네"라는 대목의 〈봉지렴찰奉旨廉察 도적성촌사작到積城村舍作〉을 비롯한 〈기민시飢民詩〉〈전간기사田間紀事〉 등과 같은 위의 첫째 경우의 대표작들을 위시하여, 〈공주창곡위폐정公州倉穀爲弊政〉〈애절양哀絶陽〉〈하일대주夏日對酒〉〈용산리龍山吏〉〈파지리波池吏〉 등 둘째 경우의 대표작들을, 그리고 〈기성잡시鬐城雜詩〉〈장기농가長鬐農歌〉〈타맥행打麥行〉〈탐진농가耽津農歌〉〈탐진어가耽津漁歌〉 등 셋째 경우의 대표작들을 이 선집은 빠짐없이 싣고 있다.

다산시의 두 번째 특질은 그 시풍의 지적知的 함축과 감각이다. 그는 〈오학론五學論〉에서 바람직한 문학의 전제로서 먼저 "천지의 바른 이치에 통하고 만물의 온갖 정상을 두루 섭렵하여 그 지식이 내면에 충만 되어야 할 것"을 요구한 바 있거니와 그의 상상력은 다분히 세계에 대한 지적 접촉으로 구조 지어 가고 있으며, 이에 의해 시적 정서가 통제되어 있는 경향이다.

모기를 두고 읊은 시에 "밤에만 다니는 건 도적을 배운 거고 / 혈식血食을 한다지만 성현聖賢이라고 그렇겠나(성현에 대한 제사에는 날고기를 제물로 썼음)"와 같은 위트에서 그의 시의 지적 면모의 일단을 볼 수 있기도 하지만 무엇보다 그가 우화시를 즐겨 썼고, 도처에 풍유諷諭를 섞어 넣고 있다는 점에서 특히 그러하다.

22

당시 집권층 내부의 권력 암투를 다룬 〈해랑행海狼行〉을 위시하여 〈오즉어행烏鰂魚行〉, 〈이노행狸奴行〉, 〈고시이십칠수古詩二十七首〉와 〈우래십이장憂來十二章〉의 일부 등이 대표적인 예들인데 이 선집은 특히 중시하여 싣고 있다.

세 번째 특질은 민족 정조情調의 주체적인 표현이다. 한시의 중국적 전범을 거부하고 민족 정조의 주체적인 미학 추구를 표방한 바 있었던 다산의 시에는 그래서 서민의 생활감정을 우리의 민요에 접근시킨 민요풍의 작품도 상당수 있는데, 위에 열거한 〈전간기사田間紀事〉를 위시하여 서민들의 살아가는 모습에 대한 애정 어린 취재의 경우에 해당되는 작품들이 여기에도 속한다.

네 번째의 특질은 그 수법의 사실성이다. 위에 지적한 세 가지 특질이 이미 문학에 있어서의 세계관적 태도라는 의미로서의 사실주의적 입장의 내용이겠지만 표현 수법에 있어서 사실적 묘사를 중시했다는 점이다. 이 선집이 〈무검편舞劒篇〉 같은 작품을 주목하여 실어 놓은 것은 특히 이 점을 부각시키기 위함일 것이다.

요컨대 다산의 시는 위와 같은 특질들로 하여 연암의 소설과 함께 조선후기의 한문학의 변화를 대표해 보여주는 위치에 놓여 있다. 다산시의 이러한 문학사적 중요성을 역자는 선행된 연구를 통해 충분히 인식하고, 그리고 이 선집을 야심적으로 꾸며 내려했다.

더하여 시인의 생애와 대응되게 작품을 수학기·사환기·유배기·해배기로 구분지어 연대순으로 배열하는 용의用意까지 했다.

다음으로 선시집이니만큼 번역의 정확성 여부가 당연한 관심일 것이다. 한마디로 오역의 의구로부터는 일단 해방되어도 좋겠다.

난독의 시를 이 정도로 역출해냈음이 말하자면 두 번째의 성과다.

3. 한시의 묘미 우리 운율로 재현

역시譯詩는 원시의 정형성에 맞추어 우리의 전통적인 율조인 3·4조 또는 4·4조가 되도록 애썼는데, 이 율조는 흔히 용속庸俗에 떨어지기가 쉬운 위험성을 안고 있음에도 불구하고 역자의 높은 표현감각이 이를 막아주고 있음도 아울러 언급해둔다.

다만, 욕심을 부리자면 이왕 작품해설을 붙일 바에는 전면적으로 확대했더라면 다산시대의 현실문맥과 문화풍토로부터 거의 격절隔絶 상태에 놓여있다시피한 이 시대의 일반 독자들의 접근의 용이와 이해의 심화를 한층 도왔을 것이다.

(〈경향신문〉, 1981)

4. 임백호林白湖의 활현活現

— 신호열 / 임형택 《역주譯註 백호전집白湖全集》

임백호林白湖의 작품 전부가 신호열辛鎬烈 선생과 임형택林熒澤 교수에 의해 역주되어 《역주 백호전집譯註 白湖全集》 상·하로 출간되었다.

백호는 조선왕조의 하늘에 그 이채로운 광망光芒을 짧지만 찬란히 그어두고 사라져간 별이다. 그는 민족의 약소弱小의 처지를 깊이 통분했으며, 민중을 사랑하고 현실을 번민했다. 그러면서도 다감한 낭만이 넘쳐났으며, 이상理想의 열정이 늘 타올랐다. 그래서 그는 타성의 안일에 저항하여 자기 실존의 지평을 늘 신선하게 열어갔다. 그의 호흡과 감각은 오늘의 우리에게 낯설지가 않다. 백호는 그러므로 오늘의 우리에게 있어 지성知性의 상상과 영감의 가장 친근한 원천의 하나로 되어 있고, 또 되어 있어야 한다.

백호의 지성사적 비중이 이러한 만큼 오늘의 학인學人들이 그에 대하여 특별히 학문적 관심을 쏟는 것은 당연하다. 그래서 그 및 그의 작품에 관해 발표된 논문은 십백十百으로 헤아릴 만큼이다. 이 가운데에는 훌륭한 성과를 거둔 논문도 많다. 그럼에도 불구하고 백호의 지성적 면모나, 또는 작품세계가 오늘 우리의 지성과 문학에 과연 얼마만큼의 힘으로 작용하느냐를 점검해보면 논문 쓰기에 들인 그 많은 땀들의 보람의 행방에 대해 일말의 탄식을 금치 못한다.

임백호의 경우뿐만이 아니다. 가령 백호의 그것보다 더 비중 큰 작품세계에 대해 백호에 대한 연구성과보다 더 우수한 연구성과를 내어놓았다 해도, 그 작품 자체가 향유되는 기반이 이루어져 있지 않은 상태에서는, 그 성과가 바로 오늘의 문화적 힘으로 작용함에 있어서의 한계는 자명하다. 현실에 향유되고 있지 않는 고전에 대해 작위적 연구의 결과로 만들어지는 지식에는 기혈氣血이 통하지 않고 체온이 없는, 추상抽象·고고枯槁의 그것이 되기 십상이다. 따라서 하나의 문화역량·정신역량으로서의 살아 있는 기능을 십분 발휘하지 못한다. 한문 고전이 번역을 통해서라도 (실은 이제는 번역이 아니고는 다른 길이 없다) 이 시대에 향유되어야 하는 절박한 이유가 바로 여기에 있다.

근래에 공사간에 한문 고전 국역이 부쩍 늘어나고 있어 현상적으로 보면 다자多姿·풍성豊盛하다. 그러나 이 시대의 식자층에 향유될 수 있도록 그 조건이 충족된 역서가 과연 얼마나 될까 적이 의문을 품게 된다. 굳이 번역할 가치도 없는데 이른바 위선爲先 사업으로 번역한 무용한 역서도 적지 않거니와, 원문의 독해를 비교적 정확하게 한 역서의 대부분도 그 자체로서의 향유욕구를 유발시키기에까지 이르지 못하고, 흔히 원문독해에 서툰 학인들의 독해용 참고서로서의 기능에 머물고 말 뿐인 정도다. 요컨대 오역 아니면 표현미달이거나, 또 이 두 가지를 아울러 가졌거나 한 역서들이 가위 범람한다고 해도 과언이 아니다.

《역주 백호전서》는 두 역자의 이 방면의 적구積久의 역량을 바탕으로 하고, 현하의 이러한 국역 실태를 넘어서고자 하는 의욕을 추동력으로 한 데에다, 높은 안목과 기량이 어울려 이루어낸 작품이다. 역시 한 편을 예로 보자.

26

그네타기 노래鞦韆曲

1)

백모시 치마 적삼 잇꽃 물든 진분홍 허리띠
처자들 손에 손잡고 그네타기 겨루네.
백마 탄 저 총각 어느 댁 도령인고?
금채찍 비껴들고 둑가에 서성이네.

2)

두 뺨은 발그레서 땀이 송골송골
아양스런 웃음소리 반공중에서 떨어지고.

나긋나긋 고운 손길 원앙줄 사뿐 잡아
날씬한 가는 허리 한들바람 못 이길 듯.

3)

아차! 구름결 머리에서 금비녀 떨어지네.
저 총각 주워들고 싱글벙글 뽐낸다네.

그 처자 수줍어 가만히 묻는 말
"도련님 어디 사시나요?"
"수양버들 늘어진 몇 번째 집이라오."

白苧衣裳茜裙帶백저의상천군대,

相携女伴競鞦韆상휴여반경추천.

堤邊白馬誰家子제변백마수가자,

橫駐金鞭故不前횡주금편고부전.

粉汗微生雙臉紅분한미생쌍검홍,

數聲嬌笑落煙空수성교소락연공.

指柔易著鴛鴦索지유역저원앙삭,

腰細不堪楊柳風요세불감양류풍.

誤落雲鬟金鳳釵오락운환금봉채,

游郎拾取笑相誇유랑습취소상과.

含羞暗問郎居住함수암문랑거주,

綠柳珠簾第幾家녹류주렴제기가.

한시문漢詩文이 현대의 식자층에 향유되기 위해서는 어떤 형태의 번역이어야 하는가를 단적으로 보여주고 있는 예다. 이 역서의 나머지 시문의 번역의 수준도 이 예시를 미루어 생각하면 사과반思過半하리라. 요컨대 이 역서를 통해 한시문 국역의 전범의 한 형태를 찾을 수 있다. 번역은 원문의 뜻새김과는 다르다. 원문이 함유하고 있는 생각과 느낌, 그리고 운취韻趣가 옮겨져야 한다. 이 역서는 번역의 이 본령 경계에 도달해 있다.

하지만 누군가 번역을 필요악이라 했던가. 완벽한 번역은 불가능하다는 뜻이다. 이 역서에 대해서도 책비責備를 하자면 그런 곳이 없지 않다. 이를테면 백호의 작품 중에서 가장 널리 회자되고 있는 〈무어별無語別〉의 "십오월계녀十五越溪女" 구를 "열다섯 살 나이 시냇가 아가씨"라고 번역하였는데, 원어 '월계녀越溪女'는 본래 월越의 약야계若耶溪에서 명주깁을 빨래하던 서시西施를 가리키는 말(왕유王維의 〈서시영西施詠〉에 "朝爲越溪女조위월계녀, 暮作吳宮妃모작오궁비" 구가 있다)이란 점을 생각하면 '서시처럼 아리따운 아가씨'라는 의미가 담길 수 있도록 표현되었어야 하지 않았나 생각되는 것 같은 경우다. '시냇가 아가씨'란 표현만 가지고는 이 의미가 담겨지기 어려우며, 다음 구절 "수줍어 말 못하고 이별이러니 / 돌아와 겹문을 처닫고선"과의 연계에서 '시냇가'가 자칫 '아가씨'가 이별한 장소로 오해될 소지도 없지 않다.

주석에서도 본문의 문맥에 밀착되어 있지 못한 경우가 없지 않다. 이를테면 이 책 43면의 〈꿈을 꾸고 느껴서〉의 "역정驛亭의 한 벼슬에 몸을 부치어 / 쪼그려 앉아 양보음梁甫吟을 노래하노라(郵亭寄一官우정기일관, 抱膝吟梁甫포슬음양보)"의 '양보음梁甫吟'을, "제갈량諸葛亮이 부르기를 좋아했던 노래 이름. 양보는 태산 기슭의 산."이라고만 주석하고 그쳤는데, 이 시구의 문맥 이해에 요구되는 정보, 즉 '포부를 실현하지 못하는 데에서 일어나는 울적, 또는 비분의 정회를 노래한 것'이 빠뜨려져 있는 것 같은 경우이다. '양보음'은 실은 부득지자不得志者의 울회를 나타내는 약호화略號化된 말이다.

그러나 이러한 미자微疵들이 역서로서의 이 책의 총체적인 성과를 훼손하지는 못한다. 이런 점에서 필자의 지자指疵가 실은 취모멱자吹毛覓疵의 과過를 범하게 되지 않았나 적이 저허된다.

이 역서가 오늘의 학인들에게 가혜嘉惠하는 바는 번역의 훌륭함에만 그치지 않는다. 임교수가 이 번역을 계기로 원집에 들지 못하고 여기저기 흩어져 있던 백호의 유시문遺詩文들을 수습하여 《백호속집白湖續集》 3권으로 엮어 더해둔 것이 이 책의 가치를 한층 더 증대시켜주고 있다. 그래서 이 역서의 출간을 계기로 하여 백호의 문학에 대한 연구가 보다 더 양적으로 확장되고 질적으로 심화될 것을 기대해서 마땅하다고 믿는다. 그리고 그 연구성과가 이 역서의 향유로부터 기혈과 체온을 주입注入받아 오늘의 문화의 한 요긴한 역량으로 살아 움직이기를 바라마지 않는다. 이런 점에서 이 역서의 출간을 사학의 한 경사로 여겨 기뻐한다.

《민족문학사연구》, 2000년 가을호, 민족문학사연구회)

5. 한국문학사상사韓國文學思想史의 시각視角

— 조동일 저《한국문학사상사시론韓國文學思想史試論》

1)

문학이론의 주체적인 정립은 오늘날 우리 문학연구가 안고 있는 또 하나의 중요한 과제다. 과제의 비중으로 본다면 가장 근본적인 것으로, 바람직하기로 말한다면 우리 문학에 대한 근대적인 접근이 시작되던 초기에 대두되었어야 마땅함직한, 그런 성질의 과제다. 그러나 주지하듯이 그동안 우리는 줄곧 서양 문학이론의 뒷받침 아래 우리 문학을 보아 왔고 설명하려고 했을 뿐, 우리 자신의 자리를 찾고 마련하려는 반성적인 노력은 거의 없어 왔다. 이제 이 반성적인 노력이 대두하게 된 것이다.

물론 서양 문학이론이 그동안 우리 문학이나 문학연구에 기여한 바 공효는 자못 크다. 그것은 문학에 대한 우리의 시야를 넓혀 주기도 했고, 문학연구에 있어 우리의, 또는 동양의 전통적인 문학이론에는 부족한 논리성이나 체계성에 대한 인식을 제고시켜 주기도 했으며, 부분적으로는 유효한, 문학현상을 다루는 실제적인 방법과 개념을 제공해주기도 했다. 아무리 주체성이 고창되는 마당이라 하더라도 사실은 사실대로 인정해야 마땅하고, 엄폐나 왜곡이 곧 주체성에 이르는 길도 아닐 것이다. 그리고 문학이론의 주체적인 정립이 곧 서양 문학이론에 대한 무조건의 배타를 의미하는 것도 아닐 것이며, 또 그렇게 하는 것이 득책도 아닐 것이다. 그러므로 문학이론의 주체적인 정립과는 별개로, 그러나 주체적인 정립이 안 된 상태에서는 다른 각도에서 서양 문학이론은 계속 우리와의 교섭에 머물러 있게 될 것이다.

한편 문학이론의 주체적인 정립을 모색하는 소이는 부질없는 지적知的인 사치도 아니요, 주체성을 고창하는 시류에의 무자각적인 영합도 아니다. 서양 문학이론에의 일변적 의존이 우리 자신의 전통과 현실에 입각된 문화적·문학적 창의력의 성장을 저해한다는 일반성을 띠는 이유 하나만으로도 주체적인 정립의 모색은 충분히 타당한 명분을 획득하지만, 보다 실제적인 문제가 특히 우리의 한문학을 포함하는 고전문학과의 관련 하에 개재되어 있다. 한 마디로 우리의 고전문학의 실제와 서양의 이론과가 그렇게 행복하게 맞아들지 않는 데에 문제가 있다. 장르체계에서 비평 개념에 이르기까지 저오牴牾를 드러내는 국면이 한두 군데가 아니다. 서양 문학이론만으로는 우리 고전문학의 총체를 온전하게 포괄할 수가 없고 상당한 부분의 우리의 문학적 현상이나 요소가 이론권 밖으로 배제됨을 면할 수가 없다는 말이다. 서양 문학이론은 문학에 대한 우리의 시야를 넓혀 주는 데에 기여도 했지만, 여기에 이르면 거꾸로 문학에 대한 시야를 부당하게 좁혀 놓고 있는 것이다. 우리 자신의 문학적 실제에서 이루어진 이론이 아니고, 남의 문학적 실제에서 이루어져 들어온 이론이니만치 이러한 저오는 당연한 귀결이다. 다른 문학권간의 이 단순한 저오가, 서양문학이론만이 문학이론의 전부이거나, 또는 절대 보편성을 가진 기준으로 아는 저간의 편견에 의해 우리의 고전문학 및 그 문학사는 모종의 결여가 있거나 기형적이라는 것으로 인식되기에까지 이르러 있다. 이러한 장애를 타개하지 않는 한 우리의 문학전통에 대한 전폭적이고 정당한 이해는 기대하기 어려울 것이며, 현재의 우리의 문학적 시야를 열어 가는 데에도 그만한 손실이 있을 수밖에 없을 것이다. 여기에 우리의 오늘날 문학이론의 현실에 대한 과감한 반성이 요청되고, 지나간 시대의 우리의 문학적 실제의 총체를 포괄하면서 현재의 창조적 작업에 기여할 수 있는 우리 자신의 자리에서의 폭넓고 타당한 문학적 시각의 확보가 요청되는 소이가 있다.

이러한 시각의 확보, 곧 문학이론의 주체적인 정립은 단순히 우리 고전문학의 실제에서 봉착되는 난관이나 일시적으로 타개하고 넘어가기 위한 잠정적인 편법의 강구일 수는 없다. 말하자면 고립된 특수 이론적인 성격만으로는 문제의 미봉은 될지 모르나 진정한 의미의 해결은 이루어지지 않을 것이다. 문학이론의 주체적인 정립이 지향하는 궁극적인 목표, 여기에 거는 최후의 기대는 문학의 보편이론 영역에의 확충적 참획參劃에 있을 것이다. 실로 지난한 일이 아닐 수 없다. 그러기에 섣불리 거론되지 못했음직하다. 그러나 회피하고 넘어갈 수도 없는 것이 우리의 학문적 양심이요 고민이다.

2)

위의 과제에 감연히, 그리고 가장 정력적으로 도전하고 있는 이가 조동일趙東一 교수다. 《한국문학사상사시론韓國文學思想史試論》은 이 도전에서 이루어진, 같은 저자의 두 번째의 성과다. 작자는 작년에 《한국소설韓國小說의 이론理論》을 펴낸 바 있다. 길지 않은 세월에 결코 용이하지 않은 과제를 놓고 두 권의 실팍한 저서를 내놓는 데에서 이 문제에 대한 저자의 야심과 정열, 그리고 그 온축蘊蓄을 짐작할 만하거니와, 이 문제에 대해 위의 두 권의 실팍한 저서로 그치지 않을 기세여서 우리로 하여금 계속 기대와 주목을 갖게 한다. 실로 우리 학계의 승사勝事가 아닐 수 없다.

이 책은, 문학이란 무엇인가, 또는 문학이란 어떠해야 하는가 등의 문학에 관한 근본적인 물음에 대한 지난 시대의 해답들을 들춰내어 해명하고 사적史的으로 엮은 것이다. 곧 우리의 '문학에 관한 사상'의 역사다. 사적으로 통관하는 데에까지 이르지는 못했지만 이런 각도에서 부분적으로 탐색을 시도한 여타 연구자의 성과가 기왕에 없었던 것은 아니나, 이 방면에 관한 저간의 연구성과의 대부분은 주로 시화류詩話類를 대상으로 하여 다분히 평면적인 고찰에 그친 것이었다. 이런 점에서, 전자의 각도를 수렴하면서 후자의 차원을 훨씬 넘어선 곳에서 사적으로 통관하는 일대 확충을 기한 이 책은 이 방면의 연구 도정途程을 성큼 진전시켜 놓은 이정표로서의 위치를 잡고서 앞으로의 전망을 한층 넓게 틔워 놓고 있다.

그러나 표제의 '시론試論'이란 단서가 의미하듯이, 그리고, 이 책에 대한 저자의 입장을 밝히고 '문학사상의 기원'을 짚고 나서 '원효元曉'에서 시작하여 '조윤제趙潤濟'에 이르기까지 26인의 사상가와 문학가를 대상으로 인물 중심으로 되어 있는 이 책의 구성이 보여주듯이, 이 책에서의 논의가 저자 자신으로서도 아직 완벽에 이른 것은 아니다. 말하자면 예비답사적인 성격을 이 책은 띠고 있다. 반드시 예비답사적이라 해서 그렇다고 할 수는 없지만, 이 책에서의 논의에는 사상사적으로나 문학사적으로, 긍정적이든 부정적이든 크고 작은 문제들이 다기하게 내포되어 있어 여러 각도에서 문제 삼아질 수 있겠으나, 필자로서는 한국의 문학사상사를 다루는 저자의 시각에 특히 유의해 보고 싶다.

필자 나름대로는, 이 책에 투사되어 있는 저자의 시각은 포괄, 갈등, 그리고 주기론主氣論의 그것으로 파악된다. 이들 시각은 이 책에서뿐 아니라 저자의 근년의 일관된 입장이 아닌가 생각된다.

　포괄의 시각은 저자의 문학사상관 내지 문학관이라 부를 수 있는 것으로, 문文·사史·철哲을 통합적으로 보려는 입장을 가리킨다. 다시 말하면 문학의 광의의 개념을 취하는 입장이다. 이 책의 〈한국문학사상사의 개념과 서술방법〉의 장에서 저자는 이렇게 주장하고 있다.

　문학을 이른바 광의의 문학으로 이해할 것인가, 아니면 협의의 문학으로 이해할 것인가 하는 문제는 이미 뒤의 것을 택하는 방향으로 결론이 난 것처럼 생각될 수 있으나, 사실은 그렇지 않다. 이른바 협의의 문학은 신문학 성립 후에야 배타적인 지위를 차지하게 되었고, 전에는 광의의 문학 속에 들어 있던 개념이었으므로 그전의 문학을 다루고 신문학 이전의 문학사상사를 온전하게 서술하기 위해서는 협의의 문학관을 고집할 수 없다. 광의의 문학을 다루면서 협의의 문학도 함께 언급하는 것은 타당한 방법일 수 있어도 그 반대의 방법은 혼란을 초래한다. 그러나 문제는 이런 데에만 있는 것이 아니라, 도대체 광의의 문학이니, 협의의 문학이니 하고 나누는 것부터가 편파적인 구분이다.

　협의의 문학은 문학이야말로 글로 쓰는 표현 그 자체로 독립되어야 하고, 역사적 철학적 의미는 되도록이면 배제해야 한다는 반론이 나타났다. 문학을 협의의 문학으로 규정하게 되면서부터 문학은 배타적일수록 순수하다는 논리가 성립되고, 문학사상의 혼란은 여기서부터 심각하게 되었다.

저자의 이 주장은 전적으로 타당하다. 문예만을 문학으로 보려는 오늘날의 통념에 대해 하나의 충격적인 도전이겠지만, 이것은 동양과 한국의 전통적인 문학관으로서, 이 자리를 되찾지 않고서는 허다한 고전문학의 유산은 쓸모없는 기물棄物로 떨어지고 말 것이며 문학이론의 주체적인 정립도 근원적으로 저지당할 것이다. 한국한문학의 연구가 부진했던 것은 바로 편협한 문학관의 통념화에도 크게 기인했던 것이다. 사마천司馬遷의 《사기》가 문학상의 걸작으로 보여져 왔듯이, 김부식金富軾의 《삼국사기》나 조선왕조 시대의 상소문도 문학으로 다루어질 수 있는 자리가 마련되어야 할 것이다. 구비전승까지를 문학으로 포용하면서, (김윤식金允植 교수의 용어를 빌어) 당당한 '문자행위文字行爲'가 문학에서 제외되는 당착은 시정되어야 마땅하다.

위의 입장에 선 저자는 한 걸음 더 나아가 문文·사史·철哲의 경계조차 허물어버리고 한꺼번에 다루어야 한다는 주장에까지 이르고 있다. '우리 선인들은 문·사·철을 한꺼번에 했는데, 우리가 그중에서 어느 것만 하게 된 것을 발전이라고 할 수 있겠는가? 오늘날엔 공부해야 할 것이 너무 많기 때문에 문·사·철 중에서 어느 하나에 특히 힘을 기울일 수밖에 없다고 한다면, 그것은 발전이 아니고 편법이다'라고 했다. 저자의 말대로 '남의 전공을 존중하여 쉽사리 침범하지 않는 예절이 확립되어 있는 시대에' 대단히 도발적인 주장으로 보이겠으나, 실은 '오늘날 우리가 수립해야 할 문화 이론의 이상理想'으로서 그 타당성을 인정해야 할 것이다. 결국 연구자 개인의 능력이나 성과의 수준에 귀착될 성질의 문제이지 학문영역의 배타적인 점유가 어떤 절대적인 원칙일 수 없음은 인정해야 할 것이다. 적어도 논리적으로는 그렇다. 어쨌든 저자의 이런 입장이 그동안 문학적 시각에서는 벗어나 있었던 원효元曉 · 서경덕徐敬德 · 최한기崔漢綺와 같은 사상가들을 이 책에서 대담하게 수용하게 했다.

다음, 갈등의 시각은 이 저자만의 입장도 아니요, 사회과학 쪽에서 온 안목으로서 이미 널리 채택되고 있어 그 강점과 약점도 대체로 드러나 있는 터이므로 여기에서 따로 사족을 붙일 필요는 없을 것 같다. 현상의 깊은 곳을 헤쳐 보고 역사를 생동적으로 파악하게 하는 이 시각의 강점이 저자의 이 책에서도 십분 발휘되고 있는데, 특히 김부식과의 관련에서의 이규보의 문학사상 파악에 유감없이 발휘되어 있다.

끝으로 주기론主氣論의 시각이다. 이 책의 주기론적 시각은, 인물 중심으로 구성되어 있는 이 책의 그 인물 선정에 우선 약여躍如하게 드러나 있다. 즉 이기철학理氣哲學이 전개되던 시기에서 선정된, 정도전鄭道傳에서 최한기에 이르기까지의 14人 중에 주리적主理的 입장의 인물로는 이황李滉 1인밖에 거론되지 않는 반면에, 주기적 입장의 인물로는 서경덕을 위시하여 이이李珥 · 홍대용洪大容 · 박지원朴趾源 · 최한기 등 절대 우세로 선정되어 있다. 이 대상 선정에서뿐만 아니라 전반적으로 서술의 태도에 있어서도 저자의 주기론적 시각은 강하게 작용되어 있다. 이규보에 대한 논의에서의 주기론적 시각의 성급한 참섭參涉 등 일일이 거례擧例할 필요도 없다. 저자는 주기론 가운데서도 특히 일원론적 주기론의 자리에 서서 한국의 문학사상사를 보려 하고 있다.

역사의 연구에서 연구자는 어차피 자기 나름의 일정한 입장을 갖게 마련이고, 주관 즉 가치판단의 개입도 당연하거나, 또는 불가피하다. 때문에 하나의 문학사상사관으로서 저자가 일원론적 주기론의 시각을 취하는 것 자체에 대해서는 무어라 탓할 것 없을 것 같다.

그러나 이 대상 선정에서의 주기론 편중이 이기철학 시기의 문학사상사의 실상을 보여주기에는 아무래도 거리가 있을 것 같다. 다시 말하면 주리론적 문학사상이 퇴계退溪로서 끝난 것이 아니고, 이 범주의 문학사상의 세력도 거의 왕조 말까지 완강하게, 오히려 주기론적 문학사상보다 실제적으로는 훨씬 더 성한 세력으로 지속되어 온 것이 문학사상사의 실상인데, 이 책에서는 이 점이 거의 사리捨離되다시피 되어 있다는 말이다. 조선 후기의 주기론적 문학사상이 한층 빛나 보인다면 바로 이 주리론적 문학사상의 광범하고 완강한 흐름에 저항해서 나왔다는 견해도 크게 기인할 것이다. 저자의 입장에서 비판의 대상으로라도 후기 주리론적 문학사상가가 실상에 상응하도록 거론되었어야 마땅하지 않겠는가 생각된다. 이 점은 저자의 주기론문학사상사관을 한층 강하게 돋보여 주기 위해서도 필요했을 법하다. 그리고 주리와 주기만이 아니고 이기절충적理氣折衷的인 입장의 문학사상도 상정해볼 법한데, 이런 점에서 가령 김창협金昌協의 문학사상도 주목됨직했다.

지엽적인 문제는 일일이 지적할 겨를이 없지만, 홍만종洪萬宗과 관련하여 언급한 북애北崖의《규원사화揆園史話》에 대해 저자는 한영우韓永愚 씨의 논문《17세기의 반존화적反尊華的 도가사학道家史學의 성장成長 —북애北崖의《규원사화揆園史話》에 대하여—》를 채택했는데 규원사화는 17세기의 저작이 아니라 한말韓末의 위작으로 보임을 지적해 둔다.

아무튼 '시론'으로서 인물 중심의 구성이었기에 피하기 어려웠겠지만 '사史'의 표제하에 시대구분까지 되어 있음에도 불구하고 사史

로서의 계기성繼起性과 연속성이 불분명하고, 각 시대 문학사상의 양
상이 보다 뚜렷하게 부각되지 못해 다소 산만한 인상을 주기도 하
고, 그리고 자가의 이론을 위해 자료를 무리하게 해석한 곳도 적잖
으나 매우 주목할 만한 저작임에는 틀림없다. '시론'의 단서를 제거
하고 완벽을 보여주는 책이 이어 나오기를 기대해 마지않는다.

(《한국사상韓國思想》 16호, 1978)

6. 전통·방법, 그리고 역사에의 자세

—이우성李佑成 선생의 《한국고전韓國古典의 발견發見》을 읽고

벽사碧史 이우성李佑成 선생이 망팔望八의 해를 기하여 두 권의 책을 내놓았다. 《한국고전韓國古典의 발견發見》과 《실시학사산고實是學舍散藁》가 그것이다. 전자는 우리나라 중요 고전의 해제들을, 후자는 편폭이 작은 논문들을 위시하여 서序·기記·비문碑文·잡문雜文들을 모아 엮은 것이다. 모두 기왕에 발표되었던 글들이나, 유를 따라 한자리에 모여진 데에서 각개로 대했을 때와는 또 다른 개발과 감흥을 얻게 된다. 더구나 선생에게 있어 이 두 책의 출간이 연구의 새 지평을 열어가기 위한 과거의 정리로 짐작되어, 대학에서는 퇴임했으나 학문에서는 끝까지 현역이고자 하는 노학자의 자세와 의욕 앞에 후학들은 안도와 독려를 함께 받아 마지않는다. 두 책 중 필자의 관심 영역에 직접 관련되는 전자에 한해서 간략하나마 독후기讀後記를 초하여 경하慶賀의 뜻을 표하고자 한다.

《한국고전의 발견》은 선생이 1966년 이래 최근까지 30년간에 걸쳐 우리나라 중요 고전의 영인, 또는 번역으로의 출간에 접하여 쓴 39편의 해제를 모은 책이다. 서문에서도 밝혔듯이 이 책은 처음부터 일정한 기획에 의하여 체계적으로 집필되어 온 것이 아니고, 그때그때 선생 자신의 필요와 주변의 요구에 따라 쓰여진 글들의 찬집이다. 그럼에도 불구하고 이 책은 결과적으로 일정한 체계성을 보여 주고 있다.

우선 《치평요람治平要覽》 등 4·5종을 제외하고는 모두 집부集部에 속하는 고전들이 대상으로 되어 있다는 점이다. 이 점은 1960년대

이래 문집의 영인, 또는 번역으로의 출간이 점증되어 왔다는 외적인 형세와도 무관하지는 않겠으나, 근본적으로는 역사학자로서의 선생이 문집의 사료로서의 가치에 남다른 인식과 이해를 가지고 있었음이 반영된 것이다. 바꾸어 말하면 우연의 결과가 아니라 선생의 평소 학문 의식 내지 방법에 내장되어 있던 잠재적 기획성의 발현인 셈이란 것이다. 더구나《이상국집李相國集》에서부터《심산유고心山遺》에 이르기까지 일정한 통시적 연속성까지 가지고 있어서 외적으로는 마치 처음부터 일정한 기획 아래에 씌어지기라도 한듯 할 정도로 정연하다. 선생의 해제가 책에 대한 단순히 기술적記述的인 소개와는 차원을 달리하고 있다는 점에 비추어 생각하면, 이 해제 대상 고전들의 통시적 연속성은 결국 선생의 역사 탐구가 고려시대와 실학시대-바꾸어 말하면 선생 자신이 설정한 '사대부 시대'- 역사의 어떤 노맥路脈의 수미를 꿰뚫고자 한 데에서 온 당연한 귀결이라고 할 것이다.

이 사실은 곧 이 책에 엮어진 해제들이 대체로 선생의 학문적 관심의 소재와 성과에 긴밀하게 연계되어 씌어졌음을 뜻한다. 바꾸어 말하면 이 책에 실린 해제들이 선생의 연구 논문들과 일종의 표리, 또는 자매 관계에 있다는 것이다. 이 점은 물론 이 책을 한 권의 독자적인 고전해제집으로 간주할 때에는 그 대상 범위에 일정한 제한성으로 작용한다. 선생도 서문에서 "우리 고전의 중요한 것을 죄다 다루어 놓은 것이 아니"라서 "아쉬운 점이 한두 가지가 아니다."라고 하였다. 그러나 대상 고전의 범위의 이 일정한 제한성이 다름 아닌, 선생의 학문적 탐구의 방향과 긴밀하게 연계된 데에서 유래했다는 점에서 오히려 이 해제집의 장점의 하나로 될 수 있다. 대상 구성에 있어 일정한 체계적 면모를 갖추면서 대상 고전에 대한 의

미 포착의 정도가 그만큼 깊고 시각이 그만큼 선명하기에 이르러 있기 때문이다.

과문의 탓인지는 모르지만 바로 이 해제집의 찬집이 가능했던 점이 웅변해 주듯이 우리 역사학계에서의 문집의 사료적 가치가 적극적, 본격적으로 선양되기는 아마도 선생으로부터가 아닐까 한다. 그래서 이 해제집에는 종래로 손꼽혀져 오던 것 외에 선생의 해제로 인해서 비로소 학계에 그 가치가 인정되게 된 것들이 많은 수를 차지하고 있다. 이런 점에서 이 책에 실린 해제들의 대부분은 각개로 이미 그 일차적인 소임은 다했다고 할 수 있다. 그러나 근 40종의 문집 또는 고전의 작자와 중요 내용이 한자리에 엮어져 서로 조응하는 데에서 발생하는 모종의 인식변수認識變數 또한 유의함직하다 할 것이다. 앞에서 말한 이규보로부터 김창숙에 이르기까지의 일정한 통시적 연속성에서도 그것이 찾아질 수 있겠거니와, 고전 또는 문집의 질량을 간단하게 급수를 매길 수 없기는 하나, 가령 범박하게 《퇴계전서退溪全書》·《여유당전서與猶堂全書》 같은 것들을 1급으로 칠 경우 그 이하 몇 층위에 이르기까지의 일정한 종적縱的 다층성多層性의 현출-특히 조선 후기 이래의 경우-에서는 그것이 보다 명료할 수 있다. 이 책이 가진 이러한 점을 세심하게 운용한다면 우리나라의 그 허다한 문집들 개개에 대해 작자와 내용을 아우른, 사료적 가치의 총체적 이해에 유용한 준거들을 도출해 낼 수도 있을 것 같다.

이런 요소들은 물론 이 책의 학술적 가치 내지 의의에서 부차적인 것이다. 그 선차적인 것은 말할 것도 없이 매편 해제의 내용 그 자체에 있다.

그러나 매편의 구체적인 내용 특징들은 여기서 일일이 들 겨를도 없고 또 그럴 필요도 없다. 다만 이 책에 실린 해제들에 드러나 있는 해제 방식상의 두드러진 특징 한 가지를 두고 생각해 보기로 한다.

매편 그런 것은 아니지만 대체로 문집 저자의 인간에 대한 파악, 또는 그 부각에 매우 힘이 주어져 있음이 이 책에 실린 해제의 방식 상의 한 특징으로 볼 수 있을 것 같다. 즉 시대의 동태에 밀착시켜 저자의 가계·생장환경·생활·학통·당색·사환·업적, 그리고 선생이 애용하는 '인간 자세' 등의 범주들을 대상에 따라 적의하게 운용, 유의미한 사실들을 구사하여 저자의 사회경제적 처지나 인간기질을 파악하고 현실대응 자세를 부각시켜 놓곤 하였다. 다시 말하면 저자들을 가급적 선명하게 역사화시켜 놓았다. 선생의 이러한 방식에의 유념의 정도는 가령 《명남루전집明南樓全集》의 초간과 재간에 부친 두 편의 해제가 웅변적으로 보여 주고 있다.

한 인간의 사고·의식·행동 양식, 그리고 저작 등을 이해하기 위해 먼저 그 인간 존재의 역사성을 구명하는 것은 주지하는바 현대 역사과학의 한 방법이다. 우리는 선생의 이 해제집에서 바로 이 방법이 고도하게 세련되고, 정치하게 기능하고 있음을 보겠거니와 무엇보다 감각적 안정성을 느끼게 되는 데에 주목한다.

선생의 이 해제집에서 느껴지는 이 감각적 안정성은 어디로부터 온 것일까? 대체로 알고 있듯이 이러한 방법적 관점은 인간 그 자체를 역사의 주체로 인식하고 역사 이해의 원점으로 삼아온 동양의 전통적 사유 안에도 면면히 있어 왔다. 일찍이 《맹자》에서 "그 시를 읊고 그 서書를 읽으면서 그 사람(작자)을 모른대서야 되겠는가. 이러므로 그가 살았을 때의 행적을 논한다"고 한 말이나, 역대의 정사正史가 열전에 그토록 비중을 둔 사실이 그 단적인 증빙이란 것도 새로운 이야기가 아니다. 우리나라 사대부의 사유에 있어서도 물론 예외는 아니다. 선생은 바로 이 전통을 이어받은 위에다 외래의 역사과학 방법을 접목시켰던 것이다. 선생에게서의 안정성의 소종래는 바로 여기일 터이다.

여기에다 선생의, 다양한 전적典籍에 대한 박람강기와 국고전장國故典章에 관한 해박한 지식이 새로운 발상의 계기로 가세하여 방법적 디테일을 더욱 정치하게 세련시키면서 안정성은 더욱 높아지기에 이르렀을 터이다. 이처럼 선생의 경우에 비추어 알 수 있듯이 아무리 정교하게 다듬어진 외래 방법이라 하더라도, 자기 전통에 접목되어 자기화하지 못해 대상과의 사이에 괴리가 존재하는 한 아직 진정한 의미의 방법이라고 하기는 어려울 것이다. 이런 점에서 이 책은 오늘날 우리의 학계 풍토로 하여금 깊은 자기성찰을 요구하게 한다.

선생의 이 책에서 우리는 신선한 지적 활력을 느낀다. 이 지적 활력과 신선함은 방법이 아무리 정교하다 하더라도 그것만으로는 획득되지 않는다. 선생 자신《한국의 역사상韓國의 歷史像》의〈머리말〉에서 "느끼고 생각하는 사람으로서의 '나'의 주체가 역사의 주체로 통일되어야 함"을 내세웠거니와, 역사의 주체로의 끊임없는 자세지움에서 오는 긴장이 있고서야 획득되는 것이라고 이해해야 할 것이다.

끝으로 선생의 이 책에서 실현된 전통적 사유와 새로운 방법과의 융합, 그리고 역사에의 주체화 자세에 유념하면서 이 책의 다음과 같은 서문 첫 문장을 떠올리고 싶다.

"근대적 예지叡智와 고전적 교양을 겸비한 사람으로, 오늘날 물질 만능의 풍조 속에 굳건히 자기를 지켜가며 민족과 사회의 기강을 바로잡을 지주支柱가 될 수 있는 품위있는 학자·지식인이 지금 어느 시기보다 절실히 요망되는 상황이다."

(《역사비평》, 1995년 겨울호)

7. 《갈암집》 해제

(《갈암집》은 17세기 영남학파(퇴계학파)의 대표자였던 갈암葛庵 이현일李玄逸
의 문집이다. 번거로움을 피해 그의 가계와 생평生平은 생략하고, 그의 학파적 위
치와 문집의 성향性向만 싣는다.)

1) 갈암의 학파적 위치

식산息山 이만부李萬敷는 갈암의 영남 유림 내 지위가 성장할 즈음
의 퇴계학파의 내부 분파를 다음과 같이 기록한 적이 있다.

> 지금 강우江右 상류 지역의 논의는 서애西厓를 받들어 우복愚伏
> 에게 미치고, 성주 이하 지역의 논의는 한강寒岡을 받들어 여헌旅軒
> 에게 미치고 있다. 안동 일대는 서애와 학봉鶴峯을 아울러 칭도하나
> 예안 사림은 월천月川 조목趙穆을 가장 높인다. (〈퇴도연원필첩발退
> 陶淵源筆帖跋〉)

식산의 이 기록에 의하면 남명학파南冥學派가 해체된 뒤의 17세기
영남학파는 안동·상주의 서애 계열, 성주 이하의 한강 계열, 안동의
학봉 계열, 그리고 예안의 월천 계열로 압축된다. 갈암은 이 네 계열
중 학봉 계열에 속하고, 따라서 갈암의 학통이 '퇴계退溪 이황李滉 -
학봉鶴峯 김성일金誠一 - 경당敬堂 장흥효張興孝 - (석계石溪 이시명李
時明) - 갈암 이현일'로 된다는 것은 주지의 사실이다. 그런데 갈암의
학파적 위치는 이 학봉 학통에 한정되어 파악될 수 없다.

여기에서 우리는 '학통'과 '학파'의 개념을 분명히 구별할 필요가 있다. 학파는 다른 학문적 집단과의 횡적 관계에서 학문적 성향의 변별성에 의해 규정되는 개념이고, 학통은 다른 학문적 개체와의 종적 관계에서 학문적 성향의 공질성共質性에 의해 규정되는 개념이다. 이 논리에 입각하면 위의 네 계열은 어디까지나 통틀어 퇴계학파이고, 이 학파 안의 네 개의 학통일 뿐이라는 말이다. 퇴계의 학문·사상의 계승에 있어 위의 네 학통들 사이에는 서로를 하나의 학파로 변별시켜 줄 만큼 학문적으로 일정하게 배타적인 고유성이 인정되지 않기 때문이다.

요컨대 갈암의 학파적 위치는 학봉의 학통적 위치에 한정되는 것이 아니라, 학통을 초월하는 위상에 놓여 있다는 말이다. 그것은 다음 두 가지 점에서다.

첫째, 갈암은 퇴계 이후 퇴계의 학문·사상을 적극적으로 계승하여 정련精鍊하고 발전시켜 같은 학파 선배들이 일찍이 이룩하지 못한 업적을 이룩한 최초의 학자라는 점이다. 사실 갈암이 출현하기 이전과 이후 퇴계학파의 학파적 실질에 있어서는 현격한 차이가 있다. 학문적 생산성과 학파적 정체성에 있어 이전이 상대적으로 소극적이었다면 갈암은 매우 적극적이었다. 사실 퇴계학파는 갈암의 업적과 활동에 힘입어 그 학파적 고유성이 확고하게 수립되었던 것이다.

이것은 물론 그가 퇴계의 주리론主理論을 역시 퇴계의 이기호발理氣互發과 사칠분대四七分對의 논리틀에 입각하여 그 강화의 명제命題를 철저히 관철시킨 결과에 주로 의한 것이다. 그러나 그의 퇴계 계승의 업적은 심성론에만 그치지 않는다. 그의 경세의 비전도 변화된 시대 여건에 대응한, 퇴계의 그것으로부터의 연변演變·발전의 형태라고 할 수 있기 때문이다.

둘째, 퇴계학파 내에서의 그의 인적人的 관계의 총회성總會性이다. 퇴계학파도 그 제 1 대 제자들 사이에 이미 간극이 발생한 경우가 있었지만 그 재전·3전 제자 세대로 내려가면서 분화가 보다 확실해지고 계파간의 우위 경쟁도 진행되어 갔다. 그래서 갈암의 시대에 이르러 이미 후일 병호시비屛虎是非로 발전될 조짐이 잉태되고 있었다. 이러한 상황에서 갈암은 계파를 넘어 학파의 사림士林을 광범위하게 결집하여 학파의 구심점이 되고 영수로 성장하게 되었던 것이다.

여기에는 물론 그의 외조 장경당이 학봉뿐 아니라 서애·한강과도 일정한 사제 관계였다는, 상대적으로 유리한 조건이 없지는 않았으나, 앞에서 본 한강·여헌 계열의 김응조, 서애 계열의 홍여하 등과의 관계를 미루어 단적으로 알 수 있듯이 역시 그 자신의 역량에 의해서다.

그의 이 학파적 위치의 성립에는 그 자신의 문도 또한 340여 명의 성세盛勢였다는 사실도 물론 무관할 수 없다.

퇴계학파 = 영남학파에서의 갈암의 학파적 위치의 이러한 성취는 마침내 학봉 학통이 학파의 주류의 위상을 점하게 되는 계기가 되었다. 그래서 퇴계 = 영남학파는 학통들의 경쟁적 공존에 의한 다양태多樣態의 발전보다는 주리사유主理思惟의 정밀화와 그 신념의 관철 과정을 역사 위에 가지게 되었다.

그리고 갈암에 의한 퇴계학파의 학파적 고유성의 확고화는 한편으로는 퇴계의, 학문·사상사적 위상의, 기호학파畿湖學派와의 상대화相對化라는 역작용을 낳았다. 여기에는 물론 학문외적이지만 학문과 밀접히 연계되어 있었던 당쟁의 작용이 적지 않았지만, 퇴계학파로서는 실失이 아닐 수 없다.

아울러 언급할 것은 갈암이 속한 학통의 전개에 있어서 중요하게 유의되어야 할 두 사람이 있다는 사실이다. 앞의 그의 생평에서 이미 언급된 바 있는 그의 중형인 존재 이휘일과 모부인인 장씨 부인이 그들이다. 사실 갈암의 학문의 생육은 존재라는 요람, 그리고 장씨 부인이라는 잠재 태반潛在胎盤이 있고서야 그렇게 출중할 수 있었다. 물론 장씨 부인의 경우 현재적顯在的인 지적知的 활동을 통해 갈암에게 영향을 주었으리라고 보기는 어렵다. 그러나 지적으로 일정한 온축이 있었을 뿐 아니라 그 부친 경당을 통해 퇴계의 심학心學을 체득하였던 터여서 갈암의 퇴계학 계승에 유력한 매개로 작용했던 것은 의심 없는 사실이다.

2) 《갈암집》 성립의 역사 공간과 그 내용 성향

인간의 사위事爲치고 역사의 제약으로부터 자유로운 것이 어디에 있을까마는 특히 언어 행위에 의해 이루어지는 저작물은 그 제약을 받는 정도가 보다 높다고 할 수 있다. 그러므로 저작물이 성립되어 나온 역사 공간의 정황과의 조응照應에서야 그 저작물은 자기 속을 보다 밝게 드러내 보인다. 특히 행간에 숨겨져 있는 것까지 간취하고자 할 때에 이 조응은 가위 필수적이다.

《갈암집》이 성립되어 나온 역사 공간, 즉 갈암이 재세했던 17세기 역사 공간은 임진·병자 양란 이후 왕조의 중세적 체제 전반이 동요·이완弛緩되어 가는 추세와 이 추세를 거슬러 체제를 다시 안정·수렴收斂시키고자 하는 작위, 즉 변화와 지속의 두 지향이 서로 역방향을 취해 길항拮抗하는 모순의 공간이었다. 좀 더 정확하게 말한다면 이루어져 지속되던 것이 갖기 마련인 관성慣性에다 안정·수렴을 위한 작위의 힘이 보태져 변화의 힘보다는 아직은 지속의 힘이 더 도도한 그러한 길항의 공간이라고 할 수 있다.《갈암집》의 내용 및 그 성향도 대체로 여기에 대응되고 있다. 다만 여기서 말하는 변화와 지속의 두 지향에 대해 가치론적인 속단을 개입시키는 것은 마땅하지 않다. 변화라고 해서 모두가 다 그대로 가치를 가지는 것은 아니며, 지속이라고 해서 모두 다 역리逆理는 아니기 때문이다.

갈암은 일차적으로는 도학자다. 그러므로 그의 문집 내용 중에서 비중이 가장 큰 부분은 역시 도학 관련 문자일 수밖에 없다. 특히 퇴계의 주리적主理的 사단칠정四端七情·이기理氣·인심도심人心道心에 관한 이론을 퇴계의 논리틀에 입각하여 강화·심화시킨 것이《갈암집》의 핵심적 내용 및 성향이다. 그의 주리 논리는 도학적 문제에 관한 직접적 내용에 대해서만 운용되는 데에 그치지 않는다. 예학禮學은 말할 것도 없고 정치·사회 등에 관한 문제의 논의에서도 보이지 않는 가운데에 하나의 원리로 작동하고 있다고 보아야 할 것이다.

퇴계의 주리론에 이미 그러한 성향이 함축되어 있었거니와 이理의 능동성이 강화된 갈암에게서의 주리론은 세계에 대한 인식 논리로서의 성격이 더욱 감퇴減退되는 반면에 세계에 대응하는 신념 논리로서의 성격이 더욱 강화되었다. 즉 천리天理라는 도덕 원리의, 무위 정적無爲靜寂한 초월적 임재臨在보다는 즉현실적卽現實的 유위 능동有爲能動에 대한 신념이다.

그러니까 갈암은 당시 체제의 동요·이완 현상, 그리고 이러한 현상의 근원의 성격을 갖는, 호청胡淸의 군림과 그 아래에서의 지배계급 내부의 쟁투·부조리 등의 역사 상황을 원천적으로 도덕 원리의 무력화로 인한 소치로 인식하고, 이理 능동성 강화에 기초하여 현실에서의 도덕 원리의 유위적 작동을 진작시킴으로써 당시의 역사 상황에 대응하고자 했던 것이다. 이러한 신념은 자연히 율곡의 기발이승일도설氣發理乘一途說이 이를 무력한 피동적 존재로 인식케 하여 도덕 원리의 무력화를 조장할 위험을 내포하고 있다고 보아 배척하게 된 것이다. 이런 점에서 문헌으로서의 《갈암집》의 최대 특성은 퇴계 주리론의 17세기 상황적 체질 강화의 구현장具現場이라고 할 수 있다.

갈암은 도학자로서의 자기 정체성에 못지않는 비중으로 경세가로서의 정체성을 아울러 가지고 있었다. 그래서 《갈암집》의 내용 중에는 소疏 · 차箚 · 경연강의經筵講義 · 설說 등의 형식을 통해 경세 방략 · 시무책 등을 피력해 놓은 것이 많다.

경세가로서의 갈암은 분명히 도학적 경세가다. 그래서 그의 경세론 중에는 인주 일심人主一心이 만화萬化의 근원이라는 등 전통적인 도학적 경세 논리가 많은 것이 사실이다. 그러나 전통적인 도학적 경세 논리의 중심 주제인 도덕적 이상주의의 실현 비전이 보다 더 즉현실화卽現實化의 지평으로 나아간 자취가 뚜렷하다. 주리론이 비현실적 성향을 갖는다는 종래의 통념 ─ 이 통념은 주로 속류 유물론에 바탕하여 형성된 것임은 주지의 사실이다 ─ 과는 다르다.

그의 경세론의 이러한 성향은 그가 42세경, 당시 심각한 민생고를 목격하고 그 해결 방략을 제시한 〈정설政說〉에 특히 선명하게 표출되어 있다. 유감스럽게도 8가지 방략[治道八事] 중 3가지만 남아 전하지만, 사창제社倉制 강화를 주 내용으로 한 실혜론實惠論, 전부부정田賦不正을 해결하기 위한 균전론均田論, 군제軍制의 불합리를 개혁하기 위한 군제론을 통해 보건대 그의 경세론의 즉현실적 지평의 최선단最先端은 바로 실학파의 경세치용계經世致用系의 그것이다. 그의 이 경세론이 유형원의 《반계수록》과 같은 시기에 제시된 점을 우리는 특히 주목할 필요가 있다.

호란胡亂을 당한 지 오래지 않은 시기라 어쩌면 당연한 일이기도 하겠지만, 갈암이 그의 경세관에서 무武를 문文과 대등하게 인식하고, 그 시무책에서는 국방 문제에 매우 중점을 두고 있는 점도 이 즉현실성의 발현임은 말할 것도 없다.

그리고 소·차 중에 피력된 경세의 방략 또는 방안 가운데에는 외양外樣으로는 도학적 입장의 일반적 논리를 보이지만 당시의 현실現實 문맥文脈이 행간에 은장隱藏되어 있는 경우 또한 적지 않다. 이를테면 공도公道를 넓혀 왕법王法을 바로 세우라는 명제 같은 경우 도학 경세의 일반론이면서 실은 당시 정치 상황과 관련하여 매우 강한 현실성을 함축하고 있다. 즉 경화京華의 훈척勳戚·벌열閥閱의 농단으로 권력 체제의 변방으로 밀려나 있었던 정치 세력들의 입장을 함축하고 있다고 보아야 할 것이다.

이제 《갈암집》의 내용 및 그 성향을 제약한, 17세기 역사 상황의 보다 구체적 국면과 관련하여 논의를 진전시켜 보자.

이 시대를 가장 무겁게 제약한 모순은 남한산성의 치욕 및 청淸과의 은비隱祕 속의 잠재적, 그리고 힘겨운 대치對峙일 터다. 이 '대치'는 물론 다분히 우리 민족만의 주관 의식, 주관 자세에서의 상황이다. 앞의 갈암의 생평에서 이미 드러난 바이지만 갈암의 의식에도 항청복명抗淸復明이 무겁게 과제화課題化되어 일생 동안 제약을 가했다. 그의 유년기의 항청복명 포부와 작고하기 1년 전의 《존주록尊周錄》 편차를 연결해 보면 그의 문집의 성립에 일관되게 가해진 중요한 제약의 하나가 무엇이었던가가 자명해진다. 여기에다 아호의 '갈葛' 자에 '흥복한실興復漢室'을 도모한 제갈량諸葛亮을 함축해 넣고, 해배解配되어 돌아온 그에게 일가들이 베푼 위로연 석상에서 〈출사표出師表〉를 노래한 사실을 고려하면 항청복명에 대한 그의 생애의 집념의 정도를 짐작하기에 어렵지 않다. 무武와 군략軍略 문제에 열성적이었던 것도 모두 이 집념의 표출이다.

그의 북벌론은 청나라 내부 사정을 지나치게 자가自家 희망적으로 이해하는 면은 있으나, 어떠한 정략성政略性이 없음은 분명하다. 사실 갈암은 북벌론을 정략화할 수 있는 정치적 위치에 있지도 않았다. 요컨대 자신이 인간의 보편가치로 믿는 의리義理에 대한 강한 신념이 그 기본 동기다. 이런 점에서 그의 북벌론은 그의 주리론 강화의 명제와 결코 무관하지 않다.

다음으로는 당쟁 모순이다. 이 점 역시 그의 생평에서 짐작할 수 있듯이 그의 문집의 성립에 가해진 비중 있는 제약 조건의 하나다. 무엇보다 그 자신의 드높은 영광도, 참담한 치욕도 모두 당쟁에 관련되어 있지 않았던가. 그 시대 많은 지식인들이 그러했듯이 말이다.

그런데 당쟁 당사자들의 의식에는 대개는 당쟁이 당쟁으로서가 아니라 군자君子의 선善·의義가 소인小人의 악惡·불의不義에 대한 투쟁으로 의식되었으므로, 문집과 같은, 주로 자기의 주관적 생각이 표출되는 저작의 내용 성향이 자연히 그런 방향에서 제약됨은 말할 것도 없다. 갈암의 경우도 물론 여기에서 예외는 아니다. 그의 유명한 〈율곡이씨논사단칠정서변栗谷李氏論四端七情書辨〉은 자신의 주관 의식에서는 물론 진리·진실의 천명이다. 그러나 당시의 당쟁적 여건과 결코 무관할 수 없다. 사칠·이기 문제에 대한 그의 논의 곳곳에는 실은 이미 이데올로기 투쟁적 성향이 농후하게 발현되어 있다.

앞의 그의 생평에서 논급한 바 있지만 당쟁 모순과 관련하여 그의 문집에 은미隱微하거나 우회적인 통로로써나 무시할 수 없는 영향을 가한 것은 경기 남인과 그와의 정치적 관계다. 첫출사 때에 같은 당인黨人들의 비열성鄙劣性에 분개했다가 그의 순직성純直性만 상처받고, 두 번째 출사에서는 그를 산림山林으로 앉힘으로써 영남 남인을 정치적 지원세력으로 끌어들이면서 정작 정치 실권으로부터는 그를 따돌리려는, 권대운權大運·목내선睦來善 등의 경기 남인들과 갈등을 할 수밖에 없었던 것이 그 관계의 내면 실상이다. 그의 선거제選擧制 개혁, 향약鄕約 실천 등의 경세 방략이 좌절된 것도 경기 남인들의 다분히 의도적인 무성의 내지는 저지 때문인 듯하다.

다음으로는 명분론名分論의 날로 더해 가는 발달이다. 명분론은 원래 사회적 동물로서의 인간의 사회적 조직이 요구하는 질서 부지扶持의 근거다. 그러나 이것이 인간성을 압제하는 데 이르면 질서 혼란이라는 모순에 대응하기 위한 논리로서의 명분론이 도리어 새로운 모순으로 전이된다.

17세기 역사 공간에는 이러한 추세가 강하게 흐르고 있었다. 주로 임진·병자 양란 이후 신분제의 동요·이완과 여기에 추동推動된 체제 전반의 동요·이완 조짐에 지배층적 입장에서 대응하고자 하는 과정에서 빚어진 것이다.

이 명분론 발달의 실체적 구현이 바로 이 시기 예학禮學·예설禮說의 호한浩瀚한 산출이다. 그리고 이것은 바로 이 시기에 이르러서의 도학의 이데올로기적 공고화鞏固化 과정의 한 표현에 다름 아니다. 갈암의 문집에도 적잖이 들어 있는 예학 관련 논의들도 역사적 입장에서는 일단은 이러한 시각으로써의 이해 대상이다.

그러나 시각을 달리해서 관조해 보면 인간 삶의 존재론적 내포內包의 풍부화 추구라는 적극적 의의가 인정될 수 있는 내용이기도 하다. 인간의 사위를 보다 명료하게 이해하기 위해서 역사적 시각을 유효하게 운용할 것이 요구되나 끝내 여기서만 머물면 사위의 역사성의 궁극에 담겨 있는 천인지제天人之際의 이치를 놓치게 될 수 있다. 이렇게 역사적 시각으로서의 이해 넘어 있는 지평을 전망하고자 하는 시각이 필요한 것은《갈암집》의 내용에서 비단 이 예설에만 국한되지 않는다.

3) 맺음말

《갈암집》은 특히 다음의 두 가지 측면에서 중요하다.

그 첫째는, 퇴계에서부터 한주寒洲 이진상李震相에 이르는 퇴계 - 영남 주리론의 발전 과정의 중요한 단계로서 17세기 영남 주리론의 진경進境이 집약되어 있는 저작이다. 특히 기호 지방 율곡학파의 이 시기 학설의 전개와의 대응에서 그 사상사적 의의가 더욱 제고된다.

둘째는, 갈암의 주리론은 17세기적 역사 상황의 산물이다.《갈암집》은 바로 이 주리론으로서의 상황에의 대응 논리가 피력되어 있는 곳이다. 특히 그의 경세 방략과 시무책 등이 그것이다. 따라서《갈암집》은 이 17세기 영남 도학파의 경세론이 그 시기에 출현하기 시작하는 실학파의 경세론과 어떤 관계에 서며 어떤 의의를 갖는가가 탐색될 수 있는 잠재성을 가진 최상의 문헌이다.

(《국역 갈암집》, 민족문화추진회, 1999)

Ⅱ. 한문학의 방법론

1. 한문학 연구의 회고와 방향

한국한문학회가 출범한 지 30년이 되었습니다. 학회의 회원도 10여 명에서 근 7백여 명으로 불어났습니다. 경향 각지에서 성격이 같거나 비슷한 학회가 한국한문학회와의 연관 아래에 활동하고 있는 것이 10여 개나 됩니다. 그리고 해마다 발표되는 논문, 출간되는 서적이 최근은 180여 편이나 됩니다. 일단 외형적으로는 괄목할 성장에 이르렀습니다.

'회고와 전망', 또는 '회고와 방향'이라는 성격의 글은 내가 가장 쓰기 싫어하는 글의 한 가지입니다. 쓰는 데에 품이 많이 들고, 써서도 자기의 빛나는 업적으로 남을 글이 아니어서가 아니라, 인문학 특히 문학 연구에서 이런 성격의 글이 갖는 효용이 회의적이기 때문입니다. 연구자 개개인이 몸으로 실감하는 분위기와 필요 속에서 그 개개인의 의지에 의해 연구 과제를 찾고 연구를 하는 것이지, 누구의 '회고와 전망'류의 글에 기대어 그런 과정을 수행한다고는 생각되지 않기 때문입니다. 그러나 연구 행정行程의 과거를 점검하고 미래를 예상하여 개괄적으로라도 지표指標해주는 것이 개인에 따라서는 연구에 관련되는 사유와 의지에 근원적으로 일정한 영향을 끼치리라는 기대가 있습니다. 이 기대가 이런 글이 요구되는 소이일 것입니다. 이번 30주년 기념 학술회의에서는 이런 글이 내게 맡겨졌습니다.

다행하게도 2000년 12월에 출간된 《고전문학연구》18집에 쓴 심경호 교수의 「한문학 연구의 회고와 전망」이란 글에서 그동안의 연구 상황과 앞으로의 과제에 대해 아주 자세히 밝혀 놓았습니다.

1980년대 이전의 한문학 연구를 개괄함과 아울러 한문학 관련 학회
· 기관과, 그 학회 · 기관에서 발간하는 논문집까지 열거하고, 이어
1980년대 이후 연구사를 한문학의 '갈래'를 위시하여 다각도로 상세
한 각주를 뒷받침하여 밝혀 놓았습니다. 아울러서 심교수는 미래의
과제로서 '한문학 연구 대상의 확대' 등 무려 10개 항목을 제시, 설
명하고, 또 '마무리' 항에서 4개 항을 추가로 설명해 두었습니다. 거
의 나의 이 발표가 필요치 않을 정도입니다. 5년 동안 우리의 연구
추세에 별도의 설명이 필요할 정도로 무슨 큰 변화가 있었다고 생각
되지 않기 때문입니다. 그래서 나의 이 발표에서는 낙수落穗 몇 가지
를 주워 시각을 조금 달리하여 말을 할까 합니다.

한문학이 우리 학계에 인문학의 한 분야로 시민권을 공인받은 것
은 대략 1950년대 말 1960년대 초가 아닐까 합니다. 다 알다시피
1931년에 김태준金台俊 선생의 《조선한문학사朝鮮漢文學史》가 나왔습
니다만, 그 저작의식은 거의 부정적이었습니다. 그분은 "이러한 (한문
학) 연구는 고대문화의 결산 · 정리에서만 의미가 있고(한문학사의 사명
— 특히 조선한문학사) 독자편으로 보면 박물관에 가서 석기시대의 부족
斧鏃이나 선영의 분묘 앞에서 촉루髑髏를 발견한 느낌이나 되지 아니
할까 두려워한다"고 말했습니다. 조윤제趙潤濟 선생은, 처음에는 "소
설은 한문이라도 일반 국문학사에서 다루고 한시漢詩와 서序 · 기記 ·
발跋 등 산문들은 한문학으로 다루기로 하자"고, 김태준 선생과 대동
소이한 태도였습니다만 나중에는 《국문학사國文學史》《한국문학사韓國文
學史》 속에 포괄하여 서술함으로써 한문학에 한국문학으로서의 지위
를 인정했습니다. 1950년대에서 1970년대에 이르기까지는 주로 이

60

가원李家源·이우성李佑成 두 선생이 한문학 연구의 고루孤壘를 힘써 지켜옴으로써 일반 학계로부터 시민권의 공인을 인정받기에 이릅니다. 특히 1960년에 출간된 이가원 선생의 《한국한문학사韓國漢文學史》가 한문학 전공자의 일정한 확산에 기여를 했을 것으로 생각합니다. 그러나 두 분의 방법론적 입장은 다릅니다. 이가원 선생이 사조사적思潮史的 방법을 주로 하는 입장이라면 이우성 선생은 역사과학적歷史科學的 방법을 주로 하는 입장이라고 하겠습니다.

1970년대로 접어들면서 그동안 주로 두 이李 선생을 친자親炙하거나 사숙私淑하며 한국한문학을 공부해 온 학인들이 두각을 나타내어 독자적으로 학계라는 것이 형성되게 되었습니다. 이어서 대학에 한문교육과, 또는 한문학과가 설치되기 시작하고, 바로 그즈음(1975년)에 한국한문학연구회가 발족하게 됩니다. 이래서 한문학 연구가 새 국면으로 나아가게 되었던 것입니다.

1970년대 이후의 연구에 대해서는 나는 주로 연구방법과 연구대상을 중심으로 말할까 합니다.

1970년대 이래 오늘날까지 한국한문학의 주류적인 연구방법은 역사과학적인 방법이 아닐까 합니다. 이 학회의 10주년(1985년)기념학술대회에서 이우성 선생 역시 「한국한문학연구의 회고回顧와 전망展望」을 말한 적이 있습니다. 여기서 선생은 역사과학적 방법을, "한문으로 된 모든 작품을 일정한 시대의 역사적 소산으로 보고 그 시대의 정치·경제·사회적 사정에 밀착시켜 고찰하면서 작자 자신의 사회계급적 성격과 그 의식작용을 면밀히 분석하여, 그 작품의 사회성 내지 역사성을 파악하는 것으로 결론을 도출하는 것"이라고 정의했습니다. 이 방법은 지난 시기뿐만 아니라 앞으로도 계속 주류적인 방법으로 기능할 것입니다. 한문학은 우리에게 이미 하나의 역사물歷史物이 된 것입니다. 역사물에 대해 역사과학적 방법의 적용은 당연하고도 올바른 선택일 것입니다. 그러나 이 방법을 편협하게 고집하는 것은 득책이 아닙니다. 기본적으로 이 방법을 날줄로 삼되, 작품 등 연구대상에 따라 신축성을 두고, 여타 사조적 방법, 해석학적 방법, 심리주의적 방법 등 문학 연구에 적의한 방법들로 씨줄을 삼아 활용할 일입니다.

앞에서 말했듯이 10주년 이후 오늘토록 20년간에도 연구의 대부분이 역사과학적인 방법을 원용하고 있다고 보아집니다. 그런데 그 앞 10년의 성과에 비해 이 방법의 적용이 많이 세련되기는 했습니다만 아직도 20년 전 이우성 선생의 다음과 같은 평가가 여전히 유효한 논문들이 있습니다. "그중에는 작품외적作品外的 사상事象에 지나치게 이끌려, 작품 자체의 문학성·예술성에 소홀하게 됨으로써 역사논문인지 문학논문인지 구분하기 어려운 논문들이 있기도 합니다. (중략) 작자의 의식문제도 그렇습니다. 작자의 의식을 다루는 구절에는 의례히 '민중이 어떻다', '현실인식이 어떻다'라는 말들이 나옵니다. 작품 자체의 구조적 논리에서 필연적으로 도출된 것이라기보다는 연구자 자신의 과잉의식에서 나오는 경우가 적지 않습니다. 이것은 마치 허공을 향한 외침으로, 결과는 공허를 느낄 뿐입니다. 우리는 작자와 그 작품에 대해 좀 더 냉철하게 그 시대 현실과의 관계를 객관적으로 살피면서 모든 연구를 작품 그 자체에 즉卽해서 작자의 의식을 파악해야 하겠습니다."

여기에 더 보태어 말할 것이 있습니다. 그동안의 연구에서 역사과학적 방법을 적용한 논문의 대부분은 기본적으로 작가론에다 작품론

II. 한문학의 방법론

을 아우른 체제를 갖춘 논문입니다. 여기에 흔히는 작가의 생애·사상(또는 세계관, 인생관)·문학관 등이 서술되고 나서 작품의 분석 또는 해석이 있습니다. 그런데 이것들이 각기 따로 노는 논문을 봅니다. 이들 각항各項의 서술만으로 무책임하게 방치할 것이 아니라, 항목을 제시했으면 어떻게 하든 각항의 서술, 또는 분석 사이를 연계할 수 있는 논리를 찾아야 할 것입니다. 애초에 생애·사상 등을 작품의 내용에 조응照應하여 가급적 조응되는 내용을 위주로 서술할 일입니다. 그뿐 아니라 생애·사상 등속은 작품 분석, 또는 해석을 위한 예비적 논의의 성격을 가질 터인데, 예비적 논의가 양적으로, 또는 질적으로 작품 부분을 압도해서 문학논문으로서 결격缺格에 이르는 경우를 흔히 봅니다. 그리고 작품에 대한 분석, 또는 해석이 아니라 작품 내용을 패러프레이즈(paraphrase)하는 것으로 대신한 경우를 너무 흔하게 봅니다. 한국한문학 연구에서 역사과학적 연구방법은 앞으로도 기본적으로 채용될 것이므로 보다 더 세련되게 활용할 줄 알아야 할 것입니다.

연구대상에 있어서는 학회 창립 당시에 비해서는 말할 것도 없지만 10년 이후 20년간에는 더욱 괄목할 정도로 확대되었습니다. 연륜이 쌓임에 따라 발굴되는 작가나 작품의 수가 늘어나는 것은 자연추세일 것입니다. 더구나 연구 인구가 늘어남에 따라 작가나 작품의 발굴은 더욱 촉진되었습니다. 발굴은 앞으로도 계속될 것입니다. 민족문화추진회의 문집총간 발행이 여기에 좋은 조건이 되어주고 있습니다. 그런데 가끔 상대적으로 저급하거나 문학적이 아닌 작가의 발굴에 접하는 수가 있습니다. 문집 등 서적을 널리 읽고 비교·검토한 끝에 학계에 보고할 일입니다. 그리고 꼭히 문학작품만이 아닌, 범국학汎國學의 자료 발굴을 주로 하는 계간지 《문헌과 해석》이 근년(1997년)에 창간되어 이 방면에 기여하는 바 적지 않음은 기억할 만합니다.

장르에서는 먼저 전傳의 연구가 신장되었습니다. 국문문학 측의 진작부터의 한문소설 연구의 연장선상에 있었던 전의 연구는 특히 1980년대 이후 신진 연구자들에 의해 연구범위도 확립되고 방법도 세련되었습니다. 이에 짝하여 1970년대부터 야담野談 연구가 시작되었던 것도 서사 장르에 대한 상대적으로 높은 선호도 때문일 것입니다. 그러나 한문 서사 장르는 양적으로 매우 한정적이어서 전공 인구의 대부분은 시詩 연구로 나아가게 됩니다. 시의 연구야말로 우선 시를 시로서 읽고 감상할 줄 아는 자질이 있어야 하는데, 요즘 신진 연구자 중에는 그렇지 못한 사람이 많은 것 같습니다. 학계를 위해서 저으기 걱정이 됩니다. 이런 연구자들에게는 대체로 한 작가의 작품 중에서 상대적으로 좋은 작품이 연구대상으로 오른 것보다 열악한 작품이 연구대상으로 오른 것이 우세한 논문을 많이 보게 됩니다. 시화·시론 등 비평 연구도 이 시기에 신장했습니다. 근년 들어 산문·소품 연구가 활발해지고 있는 것은 다 알고 있으리라 믿습니다. 그런데 아직은 주로 유통사流通史·문학사회사 등 작품 외적外的인 연구에 머무는 것 같습니다. 물론 작품 내적內的 연구라고 할 만한 것이 있습니다만 대부분은 '시렁 밑에서 숟가락 줍기'식으로 작품 표면에 뻔히 노출되어 있는 관념 따위를 주제로 잡는 데 만족하고 있습니다. 이를테면 '충忠'의 관념을 산문으로 서술한 작가는 매우 많을 것입니다. 이때 '충忠'이 최종 주제가 아니라 '충忠' 너머에 은비隱祕되어 있는, '충忠'에 대한 작가의 이면태도裏面態度, 또는 속생각이야말로 마지막으로 추구되는 주제입니다. 이것은 행문行文으로 서술되지 않습니다.

그리고 이것을 포착하기 위해서는 행간行間, 즉 말해지지 않은 부분을 잘 읽어야 합니다. 김성탄金聖歎의 비평용어 '홍운탁월烘雲托月'법을 음미할 필요가 있습니다. 산문 연구와 함께 산문비평 연구가 일어난 것은 당연한 추세일 것입니다. 최근에 여성 담론이 활발하게 일어난 것도 이 시기의 한 특징이라고 하겠습니다.

그리고 이것은 연구대상은 아닙니다만 이 시기 학계의 한 동태로 우리가 다 같이 유념할 만한 일이라서 말합니다. 근년 들어 글 솜씨 좋은 젊은 연구자들의, 주로 대중들의 고급 교양을 위한 연성軟性 글쓰기가 우리의 관심을 끕니다. 한문학 연구는 최종적으로 대중교양, 국민교양으로 녹아듦으로써 현대 문화 창성에 기여할 수가 있습니다. 가급적 많은 연구자가 자기의 근본을 튼튼히 해가면서 이런 작업을 해줬으면 하는 바람은 비단 나뿐만 아니리라고 생각합니다. 나머지는 전게前揭한 심교수의 글에 미룹니다.

앞으로의 연구 방향에 대해서는 다 함께 고민했으면 하는 문제를 중심으로 말하겠습니다.

우리 한문학에서 민족적인 것을 추구해 가는 일입니다. 일단 민중적인 것이 곧 민족적일 수 있을 가능성은 큽니다. 그러나 한문학에 관한 한 이것도 상층 지배분자에 의해 그려집니다. 말하자면 제2차 자료에 속합니다. 그리고 한문학 작품에서 민중적인 사고, 민중적인 감각을 묘사하거나 서술한 작품이 과연 얼마나 되겠습니까? 민중에 관련되는 지배층의 긍정적인 기록의 대부분은 그들의 애민의식에 관한 것입니다. 애민의식이 민족적인 것이 될 수 없음은 자명합니다.

그렇다면 당연히 지배층 자기들의 삶을 그려놓은 작품을 대상으로 민족적인 것을 찾아야 합니다. 한문학은 어디까지가 민족적인 것일까요? 서거정徐居正은 〈동문선서東文選序〉에서 대단한 선언을 했습니다. "이것은 우리 동방의 글이다. 송宋·원元의 글도 아니고 한漢·당唐의 글도 아니라 바로 우리나라의 글이다."라고 했습니다. 이때 '우리나라의 글'을 우리 '민족적인 글'이라고 이해할 사람은 아마 없을 것입니다. 그렇다면 서거정의 이 말을 어떻게 이해해야 할까요? 단순히 우리나라 사람에 의해서 우리나라 사람의 삶을 한문으로 서술한 것이란 뜻에서 '우리나라의 글'이라고 했을까요? 이때 또 의문이 드는 것은 송·원이나 한·당을 본질적인 타자他者로 인식한 전제에서 '우리나라'를 내세웠을까의 여부입니다. 〈동문선서〉의 전체 문맥으로 봐서 그럴 가능성은 거의 없을 것 같습니다. 설령 그렇다 하더라도 그 자체로서 민족적인 것이 보장되지 않습니다. 항차 그럴 가능성이 없음에랴. 결국 표면적으로는 대단해 보이는 서거정의 이 선언에서 우리는 민족적인 것을 찾을 어떠한 단서도 얻지 못할 것 같습니다.

조선후기 실학자들에 의해 우리의 국토·풍속·역사에 대한 긍정지향의 저작이 꽤 나왔습니다. 이것은 민족에 대한 관심이거나 애정으로서, 민족주의적인 것일지언정 민족적인 것은 아닙니다.

그렇다면 한문학을 통해 민족적인 것을 찾는다는 것은 연목구어緣木求魚일까요? 김만중金萬重의 앵무지인언론鸚鵡之人言論이라는 절대비관론을 우리는 따를 수 없습니다. 한국한문학에는 분명 중국의 것과 변별되는 우리만의 요소나 자질이 있습니다. 필연적으로 있게 되어 있습니다. 다만 그 변별이 얼마나 유의미한 변별이냐가 문제일 뿐입니다. 원칙적으로 하자면 하위 단계의 작은 변별들을 밝혀내어서 상위 단계의 큰 변별로 귀납해감으로써 유의미한 변별에 이르는 것입

II. 한문학의 방법론

니다. 그러나 연구자에 따라서는 이 귀납적인 과정을 밟아가기도 할 것입니다만, 연역적인 과정을 밟아가는 것도 하나의 방법입니다. 이런 막막한 상황에서는 연역적인 방법이 오히려 희망을 주고 단서를 열어주는 길이기도 합니다. 즉 가설을 세우고 그 가설을 유수한 작품들에 검증해가는 방식입니다. 그런데 문학에서 찾는 민족적인 것의 핵심은 미학적美學的인 것일 수밖에 없습니다.

자연히 함께 고민했으면 하는 문제의 두 번째로 들어섰습니다. 단도직입으로 시험 삼아 하나의 가설을 제시하겠습니다. 김택영金澤榮은 "동방의 시詩는 나려羅麗로부터 본조本朝에 이르기까지 모두 이순理順하고 순아醇雅하다. 지기地氣가 그렇게 하는 것 같다."《연암집서》라고 말했습니다. '이순理順'과 '순아醇雅'가 한국 한시의 주류적인 미학적 특질이라고 했습니다. 물론 이 말은 중국적인 미학적 특질을 밝히지는 않았지만 그것과 대비의식에서 말한 것입니다. "지기地氣가 그렇게 하는 것 같다."라고, 우리나라의 풍토風土에서 그 특질의 근원을 찾은 데에서 명백히 알 수 있습니다. 풍토에 근원을 둔 미학적 특질은 민족과의 거의 숙명적宿命的 관계에 있는, 민족의 기질의 한 가지입니다. 외래의 영향 속에 점차 변질은 되어갈망정 우주적 시간으로 단시일 안에 없어지지는 않습니다. 그리고 그 '변질'이란 것도 일정하게 진취적으로 생각할 필요가 있습니다. 민족적 미학 특질을 인因으로 하고 외래의 것을 연緣으로 하는 어울림으로 말입니다.

'이순理順'과 '순아醇雅'를 통합하여 '자연스러움'이란 개념으로 세울 수 있지 않을까요? 우리나라 고미술사 학계는 오래 전부터 내외국 학자 할 것 없이 대체로 이 자연스러움의 개념에 포괄되거나 연관을 가진 개념들로 우리나라 고미술의 특질을 말하고 있습니다. 나는 연전에 우리나라 고대 제천의식祭天儀式 등 의절儀節이 중국에 비해 현저히 간략하고 소박함을 문화의 선후진先後進의 차이에서가 아니라 애초에 두 민족에 의해 채택된 문화노선文化路線의 차이라는 시각으로 설명하고, 그것을 '순자연順自然'이란 문화심리로 개념화한 적이 있습니다. 문화심리는 미학적 특질의 원천입니다.

나아가서 김창협金昌協이 우리나라 한문 산문의 미학적 특질에 대해 내린, "부솔膚率해서 심절深切하지 못하고, 이속俚俗해서 아려雅麗하지 못하고, 용미冗靡해서 간정簡整하지 못하다."(《息庵集序》)라는 부정적인 평가도 적극적인 시각으로 역전시켜 바라볼 필요가 있습니다. '부솔膚率'·'이속俚俗'·'용미冗靡'는 중국의 산문을 기준에 둔 평가이니만큼, 일단 중국의 기준에서 떼어내어 우리나라 산문 독자적으로 생각해 적극적으로 그 독자적인 의미를 탐구할 필요가 있습니다.

두 가지 사례를 제시했습니다만 이런 사례에서 논의를 출발시켜 논리를 발전시켜 가면 한문학에서의 미학 세계도 서서히 문이 열려지리라 생각합니다. 이것은 널리 유관 분야의 자료와 연구성과의 지원·참조를 받아서 수행할 필요가 있습니다. 이제까지 우리 한문학계에서는 엄밀한 의미에서의 본격적이라고 할 우리의 미학 논의가 없지 않았나 생각됩니다. 그것은 고미술사학계나 국문문학계도 아마 사정이 비슷할 것 같습니다. 대개는 연역근거가 될 개념이나 명제만 제시해둔 수준이 아닐까 생각됩니다. 연역할 가설에 연역의 논리가 뒷받침될 때 비로소 본격적인 우리 미학이 성립될 것입니다.

포스트모더니즘 이후로 민족 담론을 기휘忌諱하는 경향이 학계 일각에 있는 것 같습니다. 그건 그것대로 있는 것이 나쁠 것이 없습니다. 문화는 일정하게 다양한 것이 좋습니다. 그러나 민족 담론은 우리에게 있어서는 하나의 소명召命입니다. 민족 담론이 소명인 근본적 이유는 아직 민족 통일을 성사시키지 못해서, 또는 중국이 우리의 고구려사를 빼앗을 정도로 그들의 중화주의가 기염을 토하고, 일본의 군국주의 세력의 준동이 없어지지 않을 것으로 예감되는 등의 이데올로기적인 이유 때문만이 아닙니다. 한문학에서 민족적인 것의 추구를 포기하는 것은 바로 중국 고전문학의 시시한 아류亞流를 농弄하게 되는 결과에 이르기 때문입니다. 민족적인 것이 가장 동아시아적인 것이요 가장 세계적인 것입니다.

아무쪼록 한국한문학회가 외형적인 성장에 만족하지 말고 끊임없이 내적內的 단련에 힘써주기 바랍니다.

《한국한문학연구》 37집, 한국한문학회, 2006)

2. 고전 여성 문학에의 접근의 한 시각:
주체론적主體論的 시각

1)

고전문학 연구에서 여성 문학을 특히 구획하여 하나의 영역으로 설정하는 의도는 대체로 다음 두 가지로 요약될 수 있을 것이다.

첫째는 그동안 남성 고전문학을 곧 일반 고전문학으로 동일시하는 관점에 엄폐되어 온 여성 고전문학을 남성 고전문학의 대대영역對待領域으로 독자화시켜, 그것이 가진 문학적, 내지 문학사적 사상事象을 고구함으로써 남성 고전문학 영역과의 공통성과 차별성을 인식하고자 해서일 터이다. 이것은 이 자체로서 고전문학사 일반에 대한 인식 체계를 보다 입체화·약동화 시켜줄 뿐만 아니라, 나아가 남성 문학 영역에 대한 조명의 거점 한 가지를 더하게 될 것이다.

둘째는 목하 진행되고 있는 실천 과제로서 남성, 내지 남성성 중심의 사회·문화 현실의 극복, 즉 남녀 성차별 의식 및 구조의 타파의 논리를 강화하고자 해서일 터이다. 모든 지적인식은 직접적으로든 간접적으로든 궁극적으로는 실천으로 지향되어 있고, 또 그래야 마땅하거니와 이 경우는 그 인식의 실천으로의 지향성이 매우 직접적이라고 할 수 있다.

고전 여성 문학의, 남성문학에의 대대 영역으로서의 설정이 의도하는 바 이 같은 목적에 착목着目하여 여기에 적의한 방법의 하나로서 나는 주체론적 접근의 시각을 생각해 보고자 한다.

여기서 말하는 주체는 인간 각 개체가 스스로의 세계 내에서의 관

Ⅱ. 한문학의 방법론

계를 통합하고 대응을 결단하는 인격으로서 인간 각 개체가 자의식하는 존재론적 실체다. 주체는 자아를 인소因素로 하여 성립되나, 자의식되는 한에 있어서만 주체로서 기능한다. 세계 내에서의 관계를 통합한다는 데에 이미 시사되어 있는 이 주체는 스스로의 세계의 중심임이 자기 규정되어 있다. 그러므로 중심에 놓여 있지 않는 주체의 존재 양태는 주체성의 이상異常이다. 그렇다고 하여 고체적 불변체는 결코 아니다. 자기 정체성의 일정한 지속성의 기저 위에 가변운동이 있을 수 있다.

문학 작품에서 주체의 존재 양태는 화자의 언술 내용 및 어조와 작중 존재자의 동태 및 작자의 자세 등 여러 문학적 인소·자질들에 의해 설명되거나 형성되어 잠재되어 있다가 독자의 해석의 개입으로 일정하게 완성되어 드러난다.

주체가 그 안에서 존재하게 되는 세계는 각자의 주관에 의해 구성되므로 물론 한결같지가 않고, 따라서 그 안에서의 주체의 존재 양태도 한결같을 수 없다. 이 한결같을 수 없음을 조건 짓는 주요변수가 다름 아닌 세계를 구성 짓는 개인의 사회 관계에서의 위상이다. 이것은 외면의 사회적 위상이 그대로 직접적으로 내면의 세계 구성 및 주체의 존재 양태를 규정지음을 뜻하는 것이 아니다. 외면의 사회적 위상이 세계 구성 및 주체의 존재 양태에 어떻게 관계지어지느냐는 일단은 전적으로 당사當事 개인의 주관의 작용에 의해 결정된다. 즉 배제·회피하거나 극복·수용하거나 하는 등 여러 가지 양태가 있을 수 있다. 그리고 이 관계 양태에 따라 개인의 세계 구성 및 주체의 존재 양태는 크게 제약된다. 따라서 외면으로는 같은 사회적 위상 아래에 유형을 달리하는 주체의 존재 양태가 얼마든지 있게 된다.

위와 같이 개념 규정되는 '주체'를 고전 여성 문학의 해명에 방법적 도구로 사용함으로써 다음과 같은 일정한 효능이 기대된다.

첫째로는 과거시대 여성 각 계층의 사회적 위상에 따라 그 문학에 대한 인식에서 자칫 쏠리기 쉬운 획일 지향성으로부터 자유로울 수 있다는 점이다. 바꾸어 말하면 크게 보아 남성에게의 종속이라는 사회적 위상의 개괄성의 표면 아래에 여성 주체의 다양한 존재 양태에 의해 다양하게 빚어져 전개되어 온 여성 문학의 실상을 드러내기에 일정하게 유효할 터라는 것이다.

둘째로는 과거시대 여성의 남성에게의 종속의 형태를 분명하게 구체적으로 알 수 있게 하는 데에 일조가 될 것이라는 점이다. 종속이라고 해서 획일적으로 몰주체, 또는 비정상 주체라고 인식해서 여성사 관련 사상에 대한 인식에 있을 수 있는 오류를 차단할 수 있다는 것이다.

2)

고전 여성 문학을 별도의 영역화 하여 고구하기를 요구하는 제1의적 조건이 그것이 다름 아닌 남녀 차별 구조의 사회에서 이루어진 문학 유산이라는 사실이다. 주지하듯이 여성에게 가해진 차별은 중첩적이었다. 우선 사회 관계 성립의 두 층위 - 가정과 일반 사회 중 후자에는 그 입지가 아예 주어지지 않았다. 여기서 여성 개인들의 세계 구성과 주체의 존재 여건이 남성 개인들의 그것에 비해 제한적일 수 있는 장애가 가로놓이게 된다. 그래서 "사방지지四方之志를 펼 수 있는 남자로 태어나지 못하고, 규문閨門 안에 갇혀 오직 주식酒食이나 의논해야 하는 여자로 태어난 것이 불행이다"라는 절규는 물론 19세기의 금원錦園만의 것이 아니게 되어 온 것이다.

II. 한문학의 방법론

다음으로 가정의 층위에서도 여성의 위상이 차별적이었던 것이 또 하나의 제한 가능 조건이었다. "규중閨中의 여자로서 / 다 알 수야 있냐마는 // 칠거지악七去之惡 옛법이라 / 삼종지도三從之道 모를소냐"는 조선후기 내방가사內房歌辭[계녀가戒女歌]의 사설에서 그 극단이 어떤 상태에까지 이르렀나를 볼 수 있다.

여기에다 여성 개인이 소속되는 사회 신분상의 계급차라는 또 하나의 제한 가능 조건으로 더해졌다. 이 조건이 매창梅窓에게서와 같은 비애, 그리고 금원에게서와 같은 "부귀 계층에 태어나지 못하고 한미 계층에 태어난 것이 불행이다"라는 쓰라린 자기 신분 탄식을 있게 했다.

고대 이래 일정한 시대 단위 사이에 그 차별의 정도에 있어 일정한 차이는 있어 왔고, 또 예외적인 특수 경우도 있어 왔지만 크게 보아 차별 구조의 대국이 바뀌어져 본 적은 물론 없었다. 없었을 뿐 아니라 오히려 시대가 내려올수록 더 엄중해져서 가부장적 종법제宗法制가 완성되는 조선후기에 이르러 마침내 그 극단에 달했다.

그런데 여성들의 이러한 외면의 사회적인 존재 조건의 한정성에만 착목하고 여기에 대응되는 작품적 증적證跡만을 고려할 경우 과거시대 여성 개인들은 거의 대부분이 몰주체적 또는 비정상 주체적 존재로 판단되기에 족하다. 실은 이러한 판단이 그동안의 우리 여성사 인식의 주류로 행세해 왔음을 우리는 알고 있다.

그러나 주체 개념을 가지고 여성사 내지 여성 문학사 내면으로 들어가 탐구해 보면 이 불평등적, 제한적인 사회적 존재 조건과 여성 개인들의 주관이 부딪쳐 빚어내는 세계 구성 및 주체의 존재 양태는 거시적으로는 시대에 따라, 미시적으로는 개인에 따라 다양한 편차

2. 고전 여성 문학에의 접근의 한 시각: 주체론적 시각

를 지으며 전개되고 있어 결코 어느 한 방향으로 일개一槪로 규정지을 수 없음을 보게 된다.

즉, 여성 개인들의 주관의, 그 자신들의 사회적 존재 조건에 대한 배제·회피·극복·수용 등 갖가지 작용에 의하여 내면에서의 주체의 존재 양태들은 하나의 스펙트럼을 현출現出한다. 이를테면 "어름우희 댓닙자리 보아 / 님과나와 어러주글 만뎡 // 어름우희 댓닙자리 보아 / 님과나와 어러주글 만뎡 // 정情둔 오눐밤 더듸 새오시라 더듸 새오시라"(〈만전춘滿殿春(별사別詞)〉)의 양태로부터 앞에서 예시한 바 있는 "칠거지악 옛법이라 / 삼종지도 모를소냐"(〈계녀가〉)의 양태에 이르기까지다. 즉 전자의 경우는 주체성의 고양이 극에 달해 거꾸로 자기침몰로 지향하는 단계에까지 이른 경우라면, 후자의 경우는 가중된 규범의 무게에 주관 자체가 압사당할 지경으로서의 몰주체성 단계라고 볼 수 있기 때문이다.

주관은 곧 판단준거다. 그러므로 주관은 그 개인이 수용하는 사상이나 신념 체계에 의해 주로 형성되거나 지배된다. 그리고 세계를 구성하고 주체의 존재 양태를 정하는, 사회적 조건에 대한 주관의 작용은 특히 그 시대의 지배적인 사상이나 신념 체계와 순으로든 역으로든 관계를 가지는 것이 일반적인 현상이다. 이를테면 〈만전춘(별사)〉의 주체 존재 양태는 불교의 염세·허무주의에 의한 제한조건의 초극의 결과일 듯하고, 17세기의 안동장씨부인安東張氏夫人의 〈성인음聖人吟〉·〈경신음敬身吟〉 등의 주체 존재 양태는 도학적 주체의 자기화에 의한 제한 조건의 수용·소화의 결과다. 그러나 한 시대를 지배하는 사상·신념 체계가 교조화되면 이것에의 순응에 의한 것은 말할 것도 없거니와, 이것을 거스르는 성향의 사상이나 의식에 의한 주체

II. 한문학의 방법론

의 존재양태도 출현한다. 조선후기의 여성사 내지 여성문학사가 바로 그 경우다. 이 시기 다른 계층의 여성들에는 물론이거니와 사대부 계층 여성들에게도 이를테면 윤지당允摯堂 임씨任氏의 저작에서 파악되는 주체와 함께 〈용부가庸婦歌〉의 주체가 아울러 출현되었다. 그리고 이 두 극단 사이에 또 다양한 양태들이 혼잡을 이루고 있다.

3)

다른 형편상의 편의도 있거니와 이 주체론적 접근 방법의 실현은 여성의 사회적 존재 조건에 가해진 제한성이 더욱 엄중해져 가던, 유교 지배 시대인 조선조 여성들의 삶과 문학에서 그 도구적 가능성이 보다 더 명료하게 드러날 터이므로, 여기서는 잠정적으로 이 시대에서 몇 가지 사례를 개략적으로 - 즉 여성 개인의 사회적 존재 조건의 제한성의 정도가 결코 비례比例적으로 그 주체의 존재에 제약을 가하지 않는다는 점에 중점을 두어 제시해보고자 한다. 한 주체의 존재 양태의 조정措定에는 사회적 존재 조건 외에 다른 요인도 변수로 가담하기도 하려니와, 조선시대 한 여성 주체의 존재 양태 자체에 대한 완정完整한 이해에 도달하기 위해서는 다면적인 분석 · 검증의 절차를 거쳐야하는, 복잡한 편에 속하는 기제機制이기 때문이다.

여기서 말하는 여성의 사회적 존재 조건의 제한성이란 남녀성 차별의 조건과 함께 신분 계층적 제한을 가리킨다. 여기에 따르면, 그리고 대체로 법제적 준칙에 따르면 조선시대 여성 중 그 제한의 정도가 가장 얕은 계층이 양반의 적녀嫡女 · 정실正室이고, 다음은 중인층의 여성, 다음은 양민층의 여성, 다음은 양반의 서녀 · 첩실, 다음은 기녀의 순으로 그 정도가 깊어지는 것이라고 할 수 있다. 그러나 여성문학사상女性文學史上으로는 대체로 양반의 적녀·정실 및 서녀·첩실과 그리고 기녀층이 직접적으로 유의미하다.

기녀 황진黃眞과 양반의 정실 허난설헌許蘭雪軒의 주체의 존재 양태는 우리에게 흥미로운 대조성을 제공해 준다. 한 마디로 전자는 거침없는 자기 세계의 구성 안에서 그 중심부에 안전적으로 위치하여 세계에 대해 자재로이 통어統御하고 대응했다. 그녀의 〈동짓달 기나긴 밤…〉, 〈청산리 벽계수靑山裏 碧溪水…〉 등의 시조 작품이나, 〈영반월詠半月〉, 〈봉별소세양奉別蘇世讓〉 등의 한시 작품이나 다 이러한 넉넉히 자재로운 주체를 잘 시현해 준다. 뿐 아니라 그녀의 이생李生과의 금강산 유람, 이사종李士宗과의 계약 결혼 생활 같은 실제 삶은 그녀의 이러한 주체성을 보다 더 분명하게 드러내어 준다.

기녀 황진에게 어떻게 주체의 이러한 존재 양태가 가능했을까? 그것은 현실의 규범 질서 세계의 바닥에 놓여 있는 자신의 위상을 타자화하고, 여기에 따라 현실의 규범 질서 세계까지도 타자화되자 그녀는 마침내 방외적方外的 세계 구성 속에 자신의 주체를 편안하게 위치시키고, 그리고 방외적 자유를 향유할 수 있었던 것이다. 그녀가 서화담徐花潭을 특히 존모한 데에는 화담의 방외적 세계에서의 소요逍遙에 쉽사리 기식氣息이 통했기 때문이다.

황진의 주체가 안정적이고 자재롭기는 하다. 그러나 주체로서의 완족성完足性에 도달된 것은 아니다. 이것은 역시 그녀의 기녀라는 신분이 주는 숙명적 제약을 벗어날 수 없었기 때문이다. 주체로서의 완족성에의 미달은 주체 자신으로 하여금 삶을 일정하게 가벼이 여기는 태도를 갖게 한다. 위에 든 그녀의 작품들에는 이런 태도가 작용하고 있다.

한편 허난설헌은 당당한 양반 가정 출신으로 양반의 정실로 있는 신분, 즉 사회적 위상임에도 불구하고 그 주체의 존재 양태는 결코 완족적이거나 안정적이지는 못했다. 오히려 불안정하고 결핍적이었으며, 따라서 허약한 일면이 있기까지 하다. 그러나 그녀의 자아는 매우 집요했다. 이 집요한 자아에 의한 주체의 자기 완족, 자기 안정 획득의 운동은 그녀의 주체 자신으로 하여금 늘 실존적 번뇌에 부침하게 했다. 그리고 탐미에로 전도했다. 그녀의 작품 세계의 큰 국면들을 이루고 있는 당대唐代의 변새邊塞, 강남江南의 풍정風情, 선계仙界·궁정宮庭의 화미華美, 규중의 원願과 원怨의 제재 및 정취 등에서 간취되는 주체의 존재 양태다.

난설헌의 주체가 이러한 존재 양태를 취하게 된 이유는 무엇일까? 남편과의 금슬부족琴瑟不足, 잇따른 상아喪兒 등 개인적 불행과도 무관하지 않겠으나, 다른 중요한 한 가지로는 난설헌에게는 양반 계층 여성에게 상응하게 요구되는 규범 체계가 너무 중압스러웠던 것이 아니었나 생각할 수 있다.

같은 기녀 신분이면서 그 주체의 존재 양태가 황진과는 자못 대조적인 경우로 매창을 들 수 있고, 같은 양반 여성으로서 난설헌과는 자못 대조적인 경우로 18~19세기의 삼의당三宜堂 김씨金氏를 들 수 있다. 그리고 황진과 유형을 같이 하고 있는 경우로 19세기의 금원을 들 수 있다. 이들에 대한 논의는 여기서는 생략한다.

4)

주체론적 정도의 시각에 대해 파악되는 고전 여성 문학 작품들에서의 주체 내지 그 작자들의 주체의 존재 양태를 근거로 하여 우리는

2. 고전 여성 문학에의 접근의 한 시각: 주체론적 시각

내면의 여성사, 하나의 자세한 정신 지형도로서의 여성사를 추구해 갈 수 있을 것이다.

그리고 이 주체론적 접근의 방법은 비단 고전 여성 문학사의 추구에만 한정할 이유는 없다.

(한국고전여성문학회 창립기념 학술대회 기조 연설.
2000년 1월 29일)

Ⅱ. 한문학의 방법론

3. 한국한문학사韓國漢文學史의 서술의 문제

1)

한국한문학韓國漢文學이 근대적 방법에 의한 학문적 관심의 대상으로서 본격적으로 떠오른 지는 불과 한 세대 남짓하다. 따라서 여기에는 응당 탐구되어야 할 무수한 하부 소단위 문제들 가운데 아직 한 차례도 거론되지 않은 것들이 너무나 많다. 또 거론이 되었다고 하더라도 그야말로 거론만 되었을 뿐 어떠한 방법론적 시각에서건 잠정적으로나마 해결에 이르렀다고 인정할 만한 문제들이 과연 얼마나 되겠는지도 실은 궁금한 형편이다. 그러므로 만일 문학사 서술이 그 문학사를 구성하고 있는 하부 소단위 문제들이 양적으로나 질적으로 일정한 해결을 보고 난 뒤에 쓰여지는 것이 마땅하다면 한국한문학사의 서술은 현 단계로서는 통상 말하는 수준의 시기상조 그 이상이다.

그러나 알다시피 하부 소단위 문제들은 각기 고립적·폐쇄적으로 있는 것이 아니라 '문학사적'으로 존재한다. 따라서 하부 소단위 문제들, 나아가 중간단위의 문제들에 대한 온전한 탐구를 위해서도 한국한문학사에 대한 가설적 구도는 필요하다. 연구의 초창단계라고 할 수 있는 현 단계에 이미 4·5종의 한국한문학사가 공간되어 나온 것도 바로 이런 관점에서 받아들여야 할 것이다.

2)

한국한문학사의 서술에서 가장 먼저 제기되는 문제는 한문문화권의 범한문문학과 우리의 국문고전문학과의 관계에서 그 자체로서 자족할 수 있는 하나의 독자적인 유기체로서의 한국한문학사 서술이 가능한가의 문제다. 이것은 말할 것도 없이 문학(작품)에 어떻게 접근할 것인가의 방법의 문제에 관련되어 있다.

주지하듯이 문학에 접근하는 방법들은 실로 다양하게 고안, 제시되어 있다. 그런데 이들은 다음 세 가지 큰 범주로 압축할 수 있을 것 같다. ① 내적 접근, ② 외적 접근, 그리고 ③ 내외 통합적 접근이 그것이다.

한국한문학사 서술 문제를 놓고 ①의 입장을 취할 경우 독자적인 하나의 유기체로서의 한국한문학사 서술은 거의 불가능하거나, 가능하다 하더라도 매우 제한된 국면에 그치는, 극히 불완전한 것이 되고 말 것이다. ①의 입장에서의 문학사 서술은 문체·구성·리듬·심상·상징 등 문학 고유적 요소, 또는 국면들의 발생·계승·변모 등의 운동양상과 과정을 밝히는 데에 중점을 두자는 것이다. 그런데 특정 언어에 의한 문학에 나타나는 이들 요소, 또는 국면들의 상당 부분은 그 구체상이 바로 그 특정언어의 제약을 받고 있으며, 이들 요소, 또는 국면들의 통시적 운동은 특정언어에 의한 문학전통권 전반을 그 장으로 삼고 있다. 이런 관점에서 보면 한국한문학사는 한문이라는 특정언어성에 기초하여 장르체계 등 문학적 전통을 공유해온 동북아 범한문학사라는 거대한 유기체의 일부다. 따라서 한 유기체의 일부를 떼내어 독자적인 다른 한 유기체로 구조한다는 것은 불가능하거나, 상당한 무리가 따를 수밖에 없다. 이 점은 물론 한국한문학사의 경우에만 해당되지 않는다. 일본·월남의 경우도 마찬가지이거니와, 중국 단독의 고전문언문학사의 경우도 동북아 범한문학사라는 시각에서 보면 엄밀한 의미에서 불완전하기는 마찬가지이다.

II. 한문학의 방법론

①의 입장에 서고서도 한국한문학사를 독자적으로 서술할 수 있는, 상대적으로 다소 유력한 근거가 없는 것은 아니다. 한자의 소리가 중국을 위시한 다른 단위체의 그것들과 일정한 변별성을 가지고 있다는 점과, 한문의 문장에 국어의 조사나 어미를 토로 씀으로써 그 읽음의 감각에 있어 또한 일정한 차이를 가지고 있다는 점이 그것이다. 토를 달아 읽는 것이 한문의 통사론적 측면에 어떤 작용을 어느 정도로 하는지 정확히는 알 수 없으나, 일정 정도 작용을 함에는 틀림없을 것이다. 게다가 특정언어의 특정성에는 통사론적인 측면과 함께 말의 소리 조직의 작용도 아울러 비중이 크다. 특히 언어의 문학적 사용에 있어서는 더욱 그러하다. 말하자면 우리의 한문문학에 쓰여진 언어로서의 한문은 한국적 한문의 성격을 띠고 있는 셈이다. 물론 한자의 소리가 특히 중국의 그것과 변별성을 뚜렷하게 가지게 되는 것은 한자수용으로부터 일정 시기 지난 이후의 일이지만, 적어도 우리의 한문문학이 본격화되는 삼국통일 이후로는 이 소리의 변별성을 적용해도 무리가 없을 듯하다.(우리의 한자음의 정립을 대체로 6·7세기경으로 보고 있으나 그 이전으로 더 소급될 가능성이 높다) 그러나 이 정도의 근거로서는 ①의 입장에서의 한국한문학사의 독자 서술은 그 이론적 입지가 여전히 박약하다.

그런데 범한문학사와의 관계에서는 독자체로서의 한국한문학사의 서술에 부정적이었던 ①의 입장으로써의 접근이 우리의 국문고전문학사와의 관계에서는 그 독자성의 성립에 긍정적인 근거로 되고 있다. 우리가 통상 한국'한문학'이라고 하는 이 명명에는 국문과는 다른 한문의 언어적 특성과 이에 기초한, 국문문학의 문학적 특성과는 다른 한문문학의 문학적 특성에 대한 매우 당연시되는 인식, 또는 가

정이 전제되어 있다는 점에서 재론의 여지가 없다. 그러나, 범한문학사로부터의 독자성을 보장해 주지 못하는 것으로 판명되는 이 ①의 입장인 만큼 국문고전문학사와의 관계에서 얻어지는 독자 서술에의 보장성은 아무런 실제적인 의의를 여전히 갖지 못한다.

한국한문학사의 독자 서술의 상대적으로 일정한 타당성을 가지는 방법은 ②의 입장에서의 접근에서 찾아진다. ②의 입장은 다름 아닌, 종래의 역사주의적, 그리고 사회적·윤리적인 접근이 그것이다. 문학이 한 개인의 차원에서든, 민족이라는 집단의 차원에서든 그 창작주체의 실제적인 경험적 삶과 무관하게 이루어진다는 견해는 어떤 논거에서도 성립될 수 없다. 종래의 범한문학권에서의 한국한문학에의 독자체로서의 인식의 근거는 바로 여기에 있어 왔으며, 현재까지 나온 한국한문학사들도 모두 이 입장에 섬으로써 쓰여질 수 있었던 것이다.

그러나, ②의 입장에의 충실은 국문고전문학사와의 관계에서 한국한문학사의 독자 서술의 근거를 마침내 소멸시킨다. 적어도 방법적 일관성의 시각에서 보면 그러하다. 문학사 서술을 문학 외적 요소라는, 창작주체로서의 개인 및 민족의 경험적인 삶에 근거해서 문학적 현상 또는 사실을 해명하는 입장에서 하는 마당에라면 창작주체가 동일한 국문문학의 역사와 한문문학의 역사를 굳이 따로 갈라서 서술해야 할, 이론상 필연적인 이유는 없기 때문이다. 결국 이론적으로 보면 바람직한 형태는 한국한문학사는 한국고전문학사의 유기적 일부로 구조되는 것이라는 결론이다. 어느 때엔가는 우리의 한문문학이 모두 국어로 번역되어야 하고, 이 번역본을 가지고 우리의 한문문학이 연구되어야 할 경우를 생각하면 더욱 그러하다.

II. 한문학의 방법론

3)

　동북아 범한문학사로부터도, 우리의 국문고전문학사로부터도 그 독자 서술의 방법적 근거를 획득하지 못하는 한국한문학사의 독자 서술이 요구된다면 그 요구의 근거는 이러저러한 편의성의 수준을 크게 벗어나지 못한다. 이러한 편의성의 요구를 수긍하고 한국한문학사를 독자적으로 서술한다면 그 방법적 입장은 위의 ③을 취하는 것이 가장 바람직하다. 한 대상의 해명에 기존의 어느 한 방법의 획일적 일관성을 군이 고집할 아무런 이유가 없다. 오히려 기존 방법들을 적의適宜하게 아우르면서 그것들을 뛰어넘는 전진성이 필요하다. 이런 점에서 ③의 입장을 한국한문학사의 서술에서 예의 추구하고 세련시킬 필요가 있다.

　③의 입장의 성립 근거는 개인에게 있어서든, 민족에게 있어서든 경험적인 삶이 내포하고 있는 요소들은 단순히 문학적 현상의 발생론적 계기로 전제되기만 하는 것이 아니라, 문학적 현상 자체 안에 하나의 요소들로서 내재화된다는 관점에 있다. 따라서 ③의 방법의 성공적 수행은 ①의 방법의 편협성·폐쇄성을 극복하면서 종래의 ②의 방법의 치명적 약점인, 문학과 경험적 삶 사이의 연결에 있어서의 논리적 무매개성을 구제할 수 있다. 이 ③의 방법의, 한국한문학사 서술에서의 성공적인 수행이란, 한국한문학이 가진 문학의 내적 요소들과 이것들의 원천으로서의 작가 개인들과 우리 민족 집단의 경험적 삶 - 문학의 외적 요소(이 경우 '외적'이라는 말은 종래의 관습에 따른 편의적 구분을 나타낼 뿐이다)들을 고도로 밀착시켜 특히 후자의 전자에의 연계·융합의 양상을 심층적으로 구명하여 한국한문학사의 통시적 운동에서의 사실과 사실, 또는 현상과 현상 사이의 인과적 연관의

근저적 논거의 일부로 제시하는 것을 말한다. 이렇게 함으로써 동북아 범한문학사에서 한국한문학사가 가지는 독자성의 변별도를 보다 높이 이끌어 올리면서 국문고전문학사와의 유기적 연관도를 보다 깊이 확충할 수 있으며, 그리고 여기에서 한국한문학사의 독자 서술의 의의가 획득된다. 기간 한국한문학사들은 아직 이 단계까지 나아가지는 못했다.

③의 방법의 성공적인 수행을 위해서는 그 기초로서, 문학의 외적 요소로서의 우리의 경험적 삶에 대한 보다 더 정밀한 섭렵 내지 탐구가 요구된다. 즉, 우리의 국토 자연에 대한 이해를 보다 깊이 해야 할 것이고, 우리의 각 시대마다의 의·식·주를 위시한 생활풍습 및 가치표준 등의 일반 사회생활상을 파악해야 할 것이고, 각 시대마다의 정치·경제·사회의 각 부면 및 층위의 제도 및 실태에 대한 정밀한 이해를 갖춰야 할 것이고, 각 시대마다의 정파·학파 등의 형세와 그들 사이의 관계에 대한 정세한 파악이 필요할 것이다. 그리고 각 시대마다의 종교적·윤리적·정치적·사회적·경제적 사상과 관념들을 정확히 이해해야 할 것이고, 우리 민족의 신화적 전승 총체에 대한 깊은 이해를 가져야 할 것이다. 그리고 이 같은 제요소들의 연계·착종錯綜의 양상을 미시적 및 거시적으로 볼 수 있어야 할 것이다.

4)

문학사를 어떻게 탐구할 것인가만으로 문제가 끝나는 것은 아니다. 왜 탐구되어야 하느냐가 최종적으로는 더 중요한 문제이다. 문학사 탐구의 목적은 원칙적으로 탐구자 각 개인에게 맡겨질 성질의 것

Ⅱ. 한문학의 방법론

으로, 규범적으로 제시하는 것은 바람직하지는 않다. 그러나 크게 보아 다음 두 가지 방향은 함께 생각해볼 수 있을 것 같다. 즉, 어떤 보편원리의 추구와 자기 시대의 어떤 요구에의 부응이 그것이다. 이 중 어느 한 편에 치중할 수도 있겠으나, 가능하다면 이 두 방향이 조화롭게 추구되는 것이 바람직할 것은 말할 것도 없다.

여기서 전자에 대해서는 구체적으로 제시하기는 어렵고 후자에 대해서는, 이 시대의 한국한문학사 탐구라면 적어도 다음 두 가지는 예의 유념해야 할 것이다. 그 한 가지는 한국한문학의 민족문학성의 제고이고, 다른 한 가지는 이 시대가 당면하고 있는 삶의 황폐화에의 대응이다. 전자는 특히 중국의 신중화주의라는 도전에의 대응으로서, 앞에서 말한 방법 ③이 긴절히 요구되는 이유이기도 하다. 후자는 한문학 유산이 특히 두드러지게 포유하고 있는, 자연과 인간과의 합일, 인간주의·인문주의 등의 정신에 대한 새로운 조명으로 가능의 실마리를 찾을 수 있다고 본다.

(《어문론집語文論集》 31집, 고려대학교 국어국문학연구회, 1992)

4. 한문학漢文學의 갈래 원리 및 양식樣式 인소因素에 관한 시론

1)

지난 70~80년대에 국문학계에서 국문학의 갈래 문제가 활발히 논의된 적이 있었다. 국문학 각 갈래의 갈래적 특성에 대한 선학先學들의 초기적 논급을 넘어 보다 본격적이고 이론적인 탐구로 나아가고자 한 움직임이었다. 주로 조동일 교수 주도의 문제 제기 및 논의와 이에 대한 비판적 반응으로 이루어진 성과는 문학 현상 이해에 있어서의 갈래론이 가진 효용성을 국문학 현장에서 일깨워주기에 일정한 기여를 했다. 그 성과의 주요 내용은 결국 조동일 교수가 제시한 갈래 원리-자아와 세계의 대결의 네 가지 구도에 근거한 서정·교술·서사·희곡 네 가지 큰 갈래 획정에 대한 일정하게 보완·정련된 인식으로 집약된다.

그런데 이 논의에 가담한 사람들이 한문학까지도 고려에 넣고 획정하고 개념을 부여한 큰 갈래 체계임에도 불구하고, 한문학 실제에의 효용도는 그리 높지 못해서 한문학의 연구에서는 이 성과가 별로 원용되지 않았다. 효용도가 높지 못하다는 것은 대체로 다음 두어 가지 이유를 두고서다.

첫째, 4분법 갈래 체계의 1/4에 해당하는 희곡 갈래가 한문학에는 거의 무관하고, 한문학의 특성에 가장 긴밀하게 연계되기를 기대한, 주로 가사歌辭를 대상으로 도출된 교술敎述 갈래의 개념이 한문학의 특성을 충분히 감당하지 못한다는 점이다. 즉 체계·개념 자체가 한

문학과는 아귀가 맞지 않는다는 뜻이다.

둘째, 갈래의 개념 내용이 한문학의 일반적 성향이나 개별 작품의 이해에 보편적으로 유용한 도구로 될 만큼 적실하지 못하다는 점이다. 조동일 교수가 갈래 원리를 자아와 세계의 관계 구도의 양태에서 찾고자 한 착상 자체는 높이 평가할 만한 사실이나, 그 관계를 굳이 '대결'로 설정한 것은 지나치게 일방一方에 국한시켰을 뿐 아니라, 한문학의 전통은 물론이요 국문문학의 전통에도 솔직히 말해서 그 적실도的實度가 그리 높지 못한 것이라 생각된다.

주지하듯이 큰 갈래 체계는 시공적時空的으로 일정하게 보편성을 가져야 한다. 이를테면 국문학과 영문학을 아우를 수 있어야 함이 바람직하다. 더구나 같은 문화권 내지 문학 전통권 안에 있어온 국문문학과 한문학을 아우를 보편성도 보장되지 못한다면, 이러한 갈래론은 아직 문제가 적지 않음을 뜻함에 다름 아니다. 그럼에도 불구하고 우리나라에서 갈래론은 이 정도에 머문 채 논의 자체가 뜸해졌다. 최근(1997년) 가사의 갈래 문제를 다룬 학위 논문이 한 편 나온 바 있기는 하나 관심의 저조는 마찬가지다. 바깥 세계에서의 인문학 내지 문학 연구의 추세와도 무관하지 않을 듯하니 갈래론이 기본적으로 들이는 힘에 비해 보장되는 성과는 만족하기 어렵다는 점과도 무관하지 않을 듯하다. 그런데 논의를 하지 않는다고 해서 갈래 문제에 대한 이론적 이해의 요구가 소멸되는 것은 아니다. 특정한 개별 문학 전반의 통시적·공시적 존재 양상으로부터 개별 작품의 양식樣式에 이르기까지 그 기초적 층위에 대한 구체화된 이해나 설명을 위해 갈래론적 투시透視는 필수적이다. 더구나 한문학의 경우 서구의 갈래론이 그대로 차용될 수 없을 뿐 아니라, 국문학의 입장에서 마련된 갈래론도 위에서의 지적과 같이 맞지 않음에도 불구하고 그 동안 이에 대한 본격적 논의는 거의 없었던 것으로 알고 있다. 과문의 탓인지 모르겠으나 중국에서도 그들의 문학의 입장에서 현대 갈래론적 시각에서 갈래 체계를 새롭게 수립하고자 한 성과가 나온 것을 보지 못했다. 80년대 후반 중국에서 국가적 우수 저작으로 인정받은 저빈걸褚斌杰의 《중국고대문체개론》(1990. 북경대학출판부)은 여전히 전통적인 문체 분류 안목에 의해 구성한 갈래 체계에 의거하고 있다. 그러면서 그 〈전언前言〉에서 "우리나라의 고대 문체와 문체사에 관한 연구는 현재로서는 기대를 가지는 하나의 개척적 영역이다."라고 말했는데, 그 연구 고무鼓舞의 방향 역시 기본적으로 전통적 문체분류관에 입각해 있음을 알 수 있다. 이처럼 한문학 분야에서는 국내외를 막론하고 그동안 갈래에 관한 논의가 있었다면 전통적 문체분류관의 입장에서였고 한문학 연구에 적용된 갈래론적 고려考慮 역시 전통적인 그것에서 별로 나아가지 못했던 것으로 알고 있다. 물론 전통적인 문체분류관에 기초한 이러저러한 관점이나 논의가 무용하거나 무의미하다는 뜻은 결코 아니다. 한문학에 대한 보다 이론적인 이해를 위해, 또는 효용성을 제고하기 위해서는 현대 갈래론적 관점에 의거한 갈래 체계가 세워지고 전통적인 관점이나 논의가 이 체계에 통섭統攝되는 것이 바람직하다는 뜻이다.

2)

큰 갈래의 설정에는 2분법에서 7분법까지 그 분류 체계가 다양한 것으로 알고 있는데(김흥규 교수의 《한국문학의 이해》, 민음사) 4분법이 역시 적합하다고 생각한다. 문제는 갈래 설정의 원리와 각 갈래의 개념

Ⅱ. 한문학의 방법론

이다. 결론부터 먼저 제시하면 나는 서정적抒情的인 것 · 논리적論理的인 것 · 서사적敍事的인 것 · 표언적表言的인 것 네 큰 갈래로 체계를 구성하는 것이 적합하다고 생각한다. 이 4분 체계는 한문학의 전통적 갈래론에서의 서정抒情 · 기사記事 · 의론議論의 3분 체계를 기초로 하여 발전시킨 것이다.

희곡적인 갈래는 한문학에 해당되지 않는다고 제외한 것은 결코 아니다.(나의 이 갈래 체계 역시 당연히 보편성을 지향하고 있다) 내가 보기로는 희곡적인 것과 서사적인 것 사이에 본질적 차이가 있다고 생각되지 않기 때문이다. "희곡은 '총체적 동작'이지만 서사는 '사실들의 총체'라"고 (헤겔의 《미학강의》 중의 말. 조동일의 《한국문학의 갈래이론》34면에서 재인용) 하지만 희곡에서의 '동작'도 궁극적으로는 어떤 사건 · 사실 · 사태의 전개상展開相을 보여주자는 목적을 향해 진행되므로 이런 점에서 희곡 갈래의 존재 양태도 서사 갈래와 본질적으로는 다를 것이 없다. 서술자의 개입 여부의 차이는 본질적 차이가 아니다.

서정적인 것의 개념은 말 그대로 정감 · 정서를 발서發抒한다는, 일반적 정의를 승습하면서 그 원리적인 기초는 달리 규정하고자 하는데 뒤에서 논의하겠다.

논리적인 것, 즉 사물(또는 세계)의 이치를 따지는 것으로 지향된 갈래는 그동안의 우리나라 갈래 논의의 어디에서도 제기된 적이 없었다. 이것은 그동안의 갈래 논의가 이른바 '교술'이라는 갈래 설정까지 하여 한자문화권의 문학 전통에 합치시키려고 극진히 애썼음에도 불구하고 문학을 본질적으로 상상想像의 산물로 보아 온 서구적 전통의 선입견적 속박으로부터 충분히 벗어나오지 못했음을 뜻한다. 논리적인 것의 설정은 한문학의 특수성으로부터 발상되었지만 서구의 문학 전통이라고 해서 결코 무관한 것일 수 없다는 판단에서다. 엄밀히 말해서 상상이라는 사고 행위조차도 이치적理致的 질서에 대한 의식 내지 감각이 없이는 진행될 수 없다. 이 논리적인 것은 그 원리적 기초에서부터 서정적인 것과는 대극적인 관계에 있지만 한 편의 서정시의 성립도 이 논리적인 자질의 개입 없이는 불가능하다. 한문학의 전통적 갈래 논의에서의 '의론議論' 개념의 핵심 국면을 이어받은 경우다.

서사적인 것은 전통적 갈래론에서의 '기사記事' 개념의 핵심 국면과 현대 갈래론에서의 '서사敍事' 개념을 통합하여 새로이 정립한 것이다. 즉 세계의 움직임의 현전現前인 사건·사실·사태나 이것들의 의상태擬象態를 접수하여 서술하는 것이다. 서사적인 갈래를 현대에서는 일반적으로 허구적인 사건·사실·사태, 즉 실재하는 그것들의 의상태에 한정해서 인식하는 경향이 있는데, 이는 물론 서구적 서사 개념에 그 근원을 둔 것이다. 그런데 이런 인식은 결코 득당할 수 없다. 후세에 소설이 그 갈래의 주종主種이 된 서사적인 것의 원천은 동·서양 할 것 없이 신화에서 찾아진다. 그런데 신화는 후세의 합리적 사고로 보았을 때 그것이 허구이지 신화의 생산·향유의 주체의 입장에서는 허구가 아니었다. 주지하듯이 그것은 하나의 실재하는, 또는 실재한 사건·사실·사태였다. 이 공통성을 갖는 원천이 희랍에서는 사시화史詩化로, 동아시아에서는 사실화史實化로 그 발전의 노선이 달라짐으로써 서로 다른 문학관과 이에 기초한 갈래관을 가지게 되었거니와, 가령 허구적인 '사事'에 대한 서술로서의 소설과 실재한 '사事'에 대한 서술로서의 사전 사이에 무슨 본질적 차이가 있겠는가. 동아적 문학 전통에서의 후세의 허구적 서사인 소설의 발달 과정에

Ⅱ. 한문학의 방법론

사전이 그 직계 선행태先行態로 있었던 것은 결코 우연이 아니며, 양자의 본질상의 동일성을 뜻함에 다름 아니다.

표언적表言的인 것은 그 명칭상으로는 낯설어 보이지만 고금의 문학적 현실에서는 너무나 익숙하고 뚜렷한 갈래적 성향이다. 즉 사물(세계)에 대해 주체가 가지고 있는 지식·소감·견해·신념 등을 표백함을 가리킨다. '언言'이란 실은 이런 사고 그 자체인 것이기 때문이다. 이것은 과거 역사 기술에서 '기사記事'와 함께 그 두 큰 방향을 이루었던 '기언記言' 방향의(《한서·예문지》, "左史記言좌사기언, 右史記事좌사기사.") 실제를 토대로 하여 개념을 정립한 것이나, '의론議論' 갈래의 상당 부분이 여기에 포섭된다. 다만 '기언記言'이라 함은 그 어원상에도 '기記'하는 행위의 주체와 '언言'의 출자出自로서의 주체가 서로 다름을 함축하고 있고, 또 설혹 후세에 한 주체로 통합됨을 함축한 용례가 있다 하더라도 그 어의에 수동적受動的을 함축하고 있어서 (허미수許眉叟의 《기언記言》의 경우는 예외적이라 하겠음) 주체적인 욕구에 추동되는 문학적 저작을 상대로 한 용어로서는 적절치 않다고 생각하여 '표백表白'의 '표表'로 바꾸어 조어造語했다. 여기서의 표언 개념은 조동일 교수의 교술 개념과 상당 부분 같다. 그러나 "첫째, 있었던 일을, 둘째, 확장된 문체로, 일회적으로, 평면적으로 서술해, 셋째, 알려주어서 주장한다. … 필자는 가사가 속해 있는 이 제4의 장르류를 '교술敎述 장르류' 라고 부르고자 한다. '교敎'는 알려주며 주장한다는 뜻이고, '술述'은 어떤 사실이나 경험을 서술한다는 뜻이다."(《한국문학의 갈래 이론》 61면)의 개념 정립에 비추어 보면 '교敎'의 부분과만 합치될 뿐 '술述'의 부분은 나의 표언 개념에서는 배제되어 있음을 알 수 있다. 조교수가 말한 교술 개념의 '술述' 부분은 실은 서사적 갈래의 본령적 부분에 해당할 성분의 것이다. 그동안 적잖은 시비의 대상이 되어 왔던 조교수의 교술 개념의 불완정성, 또는 불안정성을 여실히 드러내는 허점이다. 그리고 이 교술 갈래에 한문학의 작은 갈래로는 가전체·몽유록·수필·서간·일기·기행·비평 이상 포함시키지 못했거나, 또는 어떤 것들은 부적합하게 포함시키게 된 한계를 드러내고 있다.

이상의 진술에서 나는 큰 갈래를 가리키는 술어로서 '서정'이라는 명사형을 쓰지 않고 '서정적'이라는 관형사형을 고집해왔다. 이것은 명사형을 구사한 조동일 교수의 갈래론이 다분히 가지고 있는 범주론적·정태적 구도의 한정성·폐쇄성에 대한 김흥규 교수의 비판적 대안에 동의해서인데, 이 동의의 동기는 기본적으로 동아시아의 전통적 세계관이자 사고 양태인 유기체적有機體的 세계관, 또는 사고 양태를 내 자신의 세계관으로 신념하면서 학문의 방법적 관점으로 채택해 온 데에 놓여 있다. 어떤 문화, 내지 문학 현상의 해명에는 가급적 그것의 기초가 된 세계관에 입각하여 관조하고 사고하는 것이 순리일 터이다. 유기체적 세계관은 아는 바와 같이 세계를 개별 존재자들의 원자론적原子論的 집합으로서가 아니라 하나의 생명적 총체로 본다. 따라서 개별자들 하나하나의 실체와, 그것들 사이의 배열 질서에 주안을 두는 것이 아니라 개별자들 사이의 관계와 생명적 운동으로서의 이 관계의 전변轉變의 양태에 주안을 둔다. 이러한 관점에 서면 각 갈래성의 절대 실체로서의 고정적 범주는 인정되지 않는다. 다만 갈래성의 운동의 진행에서 몇 가지 경향으로의 운동의 각 극치점極致点을 이념적으로 상정하여 서정적인 것, 논리적인 것, 서사적인 것, 표언적인 것이라고 할 수 있을 뿐이다.

Ⅱ. 한문학의 방법론

그렇다면 이 갈래성의 산생産生의 근원은 어디인가? 바꾸어 말하면 갈래의 산출의 원리, 또는 조건은 무엇인가? 그것은 인간의 삶이다. 삶이란 인간 주체의 세계와의 관계로서의 운동 그것에 다름 아니다. 이 관계로서의 운동은 물론 끊임없이 전변하는 관계 양태들을 낳는다. 그러나 이 관계의 양태들을 낳는, 세계에 대한 주체의 작동이 취하는 경향성이 무한제無限制한 것은 아니다. 그 기본 경향성은 네 가지로 한정된다. 즉, 주체의, 세계와의 합일合一 지향, 주체의, 세계로부터의 이격離隔 지향, 세계의, 주체에로의 현전화現前化 지향, 주체의, 세계에 대한 현시現示 지향이 그것이다. 삶이란 네 가지 기본 경향성의 단일지향적單一指向的 운동이거나 상호함섭적相互涵攝的 운동의 연속일 터이다. 문학이란 결국 인간의 삶-즉 주체의 세계와의 관계 양태들의 언어로써의 일정한 조직적 환기喚起에 다름 아니다. 따라서 이 환기가 주체의 세계와의 관계 양태에 대응하는 경향성, 즉 갈래성을 가지게 되는 것은 필연의 논리다. 여기에서 서정적인 것은 주체의, 세계와의 합일 지향에 대응되고, 논리적인 것은 주체의, 세계로부터의 이격 지향에 대응되고, 서사적인 것은 세계의, 주체에로의 현전화 지향에 대응되고, 그리고 표언적인 것은 주체의, 세계에 대한 현시 지향에 대응된다.

　보는 바와 같이 나의 이 갈래 체계와 그 원리에 있어서의 4분법의 형식적 틀은 조동일 교수의 그것과 궤를 같이하고 있다. 그리고 실제로 조교수의 틀로부터 힘입은 바 많았다. 그러나 이 갈래론 자체가 조교수의 갈래론의 문제성을 극복할 필요성으로부터 나왔기에, 그 틀을 채우는 내용은 위에서 논의한 바와 같이 조교수의 그것과 상당 정도 다르게 귀결될 수밖에 없었다.

4. 한문학의 갈래 원리 및 양식 인소에 관한 시론

3)

　문학의 갈래 성향은 기본적으로 구체적 작품의 양식인소樣式因素 그
것의 기본소로 작용한다. 이것은 보편적인 현상이다. 양식을 결정짓
는 보편적인 인소의 다른 한 유類는 주지하는바 운문성과 산문성의
두 가지 표현 형식 성향이다. 여기에 특히 한문학의 양식 직조織造에
비중을 크게 가지고 있는 인소로서 우리는 작품의 기능면의 전제를
중시할 필요가 있다. 크게는 사적 영역과 공적 영역으로 나눌 수 있
지만, 작게는 과거의 문체 분류의 상당 부분이 여기에 해당한다.
　위에서 정립한 네 가지 갈래 성향, 일반적인 두 가지 큰 표현 형식
성향, 그리고 한문학 특유의 공·사 영역에 걸친 작품 기능면의 전
제, 이들이 한문학 작품의 양식을 직조하는 기본적인 인소들이다. 그
리고 이것은 한문학의 일정 단위의 전체상全體狀 및 개별 작품에 대한
이해의 기본적인 도구들이다. 이 도구들을 유효하게 구사하면서 개
별 작가·작품에 작용한 인소들을 세심히 찾아 적용할 때 한문학 이
해는 보다 이론적 심화를 전망할 수 있지 않을까 생각한다.

　　　　　　　　　(《모산학보慕山學報》11집, 모산학회 초청발표, 1999)

Ⅲ. 신라 시대

1. 진흥왕 순수비巡狩碑의 "수기이안백성修己以安百姓"에 관하여

한국에 유학이 전래되기는 전국말기에서 진한秦漢 사이에 중국의 망명 지식분자나 한사군의 지배 관료에 의해서였을 것이다. 그러나 전래와는 별개로 그것이 수용되어 사회적 기능을 발휘한 시기는 3국이 고대국가로서의 한창 성장기인 4세기 중엽 무렵부터다. 그리고 그 수용은 대체로 국가 전장제도典章制度의 설치, 또는 개편으로 나타났다. 고구려가 소수림왕 2년(327)에 태학을 설치하고, 그다음 해에 율령律令을 반포한 것이나, 신라가 법흥왕 7년(520)에 율령을 반포하고 백관百官의 공복公服을 제정한 것이 그것이다. 개인들의 의식 속에 유학의 이러저러한 관념이 침투하기는 훨씬 후대의 일이다. 유학이 수용되던 초기에는 토착 신앙(신도, 최남선의 용어)이 관습처럼 봉행奉行되었고, 국가적인 전교傳敎 과정에 있던 불교의 전파가 세勢를 장악해 가고 있던 시기였기 때문에 유학의 수용은 국가를 경영하는 제도·기술 면에 대체로 국한되고 있었다. 신라 진흥왕 순수비는 이런 시기에 세워졌다.

진흥왕은 그의 연호인 개국開國 5년(재위 16, 서기 555) 경 서울의 북한산北漢山에, 개국 11년(재위 22, 서기 561)에는 경상남도 창녕의 화왕산火旺山에, 그의 두 번째 연호인 태창太昌 원년(재위 29, 서기 568)에는 함경남도 이원利原의 마운령磨雲嶺에, 그리고 같은 시기에 함경남도 함주咸州의 황초령黃草嶺에 각각 비碑를 세웠다. 당시 팽창하는 신라의 국경을 확정하고, 고구려·백제·가야에서 새로이 신라 국민으로 편입된 주민을 위무慰撫하여 신라에 일체감을 갖도록 하자는 것이 목적이었다. 그중 북한산비·창녕비·황초령비는 비문이 대부분 마멸되어 그 내용을 알아보기 어렵게 되었으나, 마운령비만은 거의 완전에 가깝게 보존되어 있다. 그리고 황초령비는 비문 내용이 마운령비와 거의 같음이 밝혀졌다. 그런데 이 가운데 사상사적으로 가장 주목되는 비문은 마운령비, 또는 황초령비의 내용이다.

대저 순풍純風이 불지 않으면 세도世道가 진실되지 않게 되고, 현화玄化가 펼쳐지지 않으면 사특함과 거짓이 다투어 나선다. 이러므로 제왕帝王이 명호名號를 세움에 자기를 닦아 백성을 편안하게 하지(수기이안백성修己以安百姓) 않아서는 안 된다. 그리하여 왕위를 계승할 차례가 나의 몸에 당하여, 우러러 태조의 기업基業을 이어 왕위를 계승하여 행여 건도乾道에 어그러질까 몸을 조심하고 스스로 근신했다. (중략) 이에 사방 경계를 넓혀 백성과 토지를 광범하게 얻었다. (중략) 굽어 촌탁하건대 새로 얻은 백성과 이전부터 있던 백성을 어루만져 기르었으나 오히려 도화道化가 두루 미치지 못하여 은혜의 베풂이 아직 있지 않았다고 한다.

비碑의 양면陽面 분량의 대략 2분의 1에 해당하는 내용이다. 문제의 핵심은 자기를 닦아 백성을 편안하게 하다.(수기이안백성修己以安百姓)라는 《논어論語》〈헌문憲問〉편의 구절이다. 일반적으로 《논어》의 어구가 비문에 인용된 만큼, 적어도 당시 신라 지배층 사회에서는 《논어》 중 덕목德目의 실천이 일상화되어 있었던 것으로 알기 쉽다. 그러나 사상사적 시각에서 전연 그렇지 않다고 말할 수 없지만, 《논

Ⅲ. 신라 시대

어》의 그 구절은 다른 실상을 표현하기 위한 격의적格義的인 것이다.
(중국에서 불교를 수용할 때 불교의 개념을 도가의 용어로 표현한 현상을 가리켜
격의불교格義佛教라고 한다)

　더구나 이 비문을 《서경書經》〈강왕지고康王之誥〉와 연계지워 왕도
정치사상이 있다고 해석한 어느 대가大家(김철준)의 견해는 과녁을 빗
나갔다. 제왕의 이름으로 세우는 비문에 왕도정치사상이 없을 수 없
지만, 주周나라 강왕康王 즉위시의 의절儀節을 주로 다룬 〈강왕지고〉
와는 아무런 관계가 없다. 진흥왕의 왕도정치사상을 찾으려면 차라
리 '수기이안백성修己以安百姓' 구句의 인용에서 찾을 것이다.

　'수기이안백성修己以安百姓' 구는 《논어》에서 나왔지만 그 실질적 수
단으로서의 덕목이 반드시 《논어》에서 나오거나, 또는 유교의 것이라
고는 할 수 없다는 것이다. '수기이안백성修己以安百姓'은 논리적으로
허위개념虛位概念이고, 그 수단으로서 또 다른 허위개념인 '순풍純風'
과, '현화玄化'가 제시되어 있기 때문이다. 문제는 '순풍純風'과, '현화
玄化'가 실질적으로 무엇을 가리키느냐에 있다.

　'순미純美한 교화'를 뜻하는 '순풍純風'과, '성덕聖德의 교화'를 뜻하
는 '현화玄化'는 주로 후한말과 위·진시대의 문헌에서 출현하기 시작
한 말이다. 이 시대는 중국사상사에서 도교가 일어나고 현학玄學이
지배하던 시대다. 도교나 현학은 노자와 장자의 도가사상道家思想을
원천으로 한 종교·사상이다. 따라서 이 말들은 노老·장莊의 도가사
상 계열에서 주로 쓰이는 말임을 알 수 있다. 실제로 동진東晉의 간문
제는 '청허淸虛 과욕寡慾하고 더욱 청담淸談(위·진시대에 유행한 현리玄理
에 대한 담론을 잘했던' 도가풍道家風의 군주였는데, 그의 유덕遺德을
잘 표현하여 '순풍淳風과 현화玄化를 백성들이 읊조리네'라고 했다.

'순풍淳風'은 '순풍純風'과 같은 말이다. 그리고 '현화玄化'라는 말은 뒤에 불교에서 가져다가 불교에 의해서 이루어지는 교화를 표현하는 말로 쓰였다. 오묘奧妙한 불교의 교리체계를 한 글자로 표현하는 데는 '현玄'자가 적합했던 것이다.

여기서 '수기이안백성修己以安百姓'의 실질적 수단으로서의 덕목이 《논어》나 유교의 덕목이 아니라 도가사상 내지 불가사성의 덕목임이 드러났다. 그렇다면 진흥왕은 도가사상 내지 불가사상으로 세상을 교화하려 했던가? 진흥왕은 독실한 불교신자였다. 말년에는 선위禪位하고 삭발·출가하여 '법운法雲'이라 자호할 정도였다. 그의 섭정이었던 태후 김씨金氏도, 또한 그의 후后인 사도부인思道夫人 박씨朴氏도 말년에는 모두 비구니比丘尼가 되어 여년을 마쳤다. 당시 신라 왕실은 국가적인 전교傳敎에 한창 열정을 기울이던 때였다. 이로써 '현화玄化'는 분명 불교적인 덕목을 가리켜 말한 것이다. 더구나 이 황초령비와 마운령비를 세울 때 법장法藏과 혜인慧忍이라는 두 불교 도인道人이 어가御駕를 수행했음에랴.

그리고 '순풍純風'은 당시 민중民衆 일반에 봉행되던 토착신앙(신도)을 염두에 두고 한 말일 터다. 도가사상이 당시 수용은 되었더라도 그것이 민중을 교화할 하나의 이데올로기는 될 수 없었다. 진흥왕이 독실한 불교 신자이면서 신도를 포용하는 것은 자신이 나라를 다스리는 왕王으로서 아직도 광범하게 신도가 신앙되고 있는 현실이 엄연한 데다, 3국의 항쟁抗爭 속에 새로 편입된 주민의 신라국민화新羅國民化와 함께 오랫동안 갈등을 빚어오던 신도와 불교 사이의 이데올로기적 조제調劑로 국민통합을 도모하자는 것이다. 이 이데올로기적 조제의 상징이 바로 화랑도花郞徒 창설이다.

이렇게 《논어》의 '수기이안백성修己以安百姓'과 '순풍純風'은 격의적으로 쓰였으며, 신도와 불교로써의 교화의 실질이 유교의 격자格子에 의해 정리되는 데서 유교적 사고방식의 잠입潛入을 본다.

(《박약회소식博約會消息》13호, 사단법인 박약회博約會, 2006.11.)

2. 김유신에게서의 사상적 복합성複合性

삼국 시대의 우리나라의 사상적 상황은 보편적인 재래신앙·종교인 신도神道를 위시하여 보편화 과정에 있는 불교, 그리고 제한적인 도교와 유교가 서식하고 있었다. 이러한 사상의 복합적 상황을 우리는 김유신의 일생에서 그 대표적인 사례를 본다. 즉 이들 사상이 김유신을 통해 구현된 경우를 사록史錄은 수다하게 전하고 있다.《삼국사기》〈김유신전〉에 "유신이 15세에 화랑이 되자, 당시 사람들이 유신의 무리를 용화향도龍華香徒라고 불렀다"고 했다. 주지하듯이 이것은 미래세에 미륵불이 하생下生하여 용화수 아래에서 성도한다는 미륵하생사상을 김유신을 통해 표현된 것이다.

또 〈김유신전〉에는 "17세 때 홀로 중악中嶽(경주 단석산으로 비정) 석굴에 들어가 적국을 평정한 수단을 하늘[天王]에게 여러 날 빌자, 홀연히 '난승難勝'이란 한 노인이 나타났다"고 했다. 여기서 '난승'이란 이름을 가진 노인은 다름 아닌 노인으로 현신한 산신山神으로 이해된다. '난승'이란《인왕호국반야바라밀다경》에 "세간의 여러 기예技藝가 가지가지로 군생을 이롭게 하니, 이름해서 '난승지難勝地'라고 한다"에서 왔다. 유신이 적국을 평정한 병술비법을 간절히 구하니, 여기에 대응하여 산신이 '여러 기예(병술도 기예의 한 가지임)로 군생을 이롭게 한다'는 '난승'이란 이름으로 현신한 것이다. 신도와 불교의 습합이라고 할 수 있다.

또 같은 기록에 "18세에 적국의 침략이 절박해 오자 홀로 보검을 가지고 인박산咽薄山(미상) 깊은 골짜기에 들어가 분향하여 하늘에 고

하기를 중악에서 하듯이 하고 기도했더니, 천관신天官神(도교의 신)이 빛을 드리워 보검에 영기靈氣를 내리고 3일 되는 밤에 허수虛宿·각수 角宿(28수의 두 별자리)의 광망光芒이 환하게 내려 닿으며 보검이 동요하는 것 같았다"고 했다. 여기에서는 도교의 성수신앙星宿信仰을 볼 수 있다.

《삼국유사》〈김유신편〉에는 고구려 첩자 백석白石이 유신의 낭도郎徒에 스며들어 유신을 꾀어 고구려로 데려가려다 신라의 나림·혈례·골화 세 산의 호국護國 여산신女山神이 출현하여 유신에게 고구려 첩자에 의해 고구려로 유괴되어 간다는 사실을 말해 주어 화난을 모면했다는 기록이 있다. 유신의 신도신앙의 지극함의 반영이다. 특히 신라 3신산神山의 호국 여산신의 동시 출현은 유신의 신라에서의 비중과 유신이 처한 상황의 위중함을 나타내기도 하지만, 그 이전에 유신의 도저한 산신 신앙이 없이는 호국 3산신의 유신에게의 출현은 생각할 수 없을 것이다. 유신이 나중에 강릉·진천·군위 등지에서 산신(서낭신)으로 만들어지는 것이 우연이 아닐 것이다.

〈김유신전〉에는, "고구려 공벌에 나선 소정방의 군량 요청에 적진을 뚫고 군량을 전달하려 가 때 현고잠懸鼓岑(소재지 미상)의 수사岫寺에 이르러, 재계하고 영실靈室에 들어가 혼자 분향 기도하기를 여러 날, 그리고 나와서 기뻐하며 '내가 이번 길에 죽지는 않게 될 것이다'라고 말했다"고 한다. '懸鼓岑'이란 '북을 매달아 놓은 멧뿌리'란 뜻이다. 필시 《삼국지》〈동이전〉의 '소도별읍蘇塗別邑'의 큰 나무에 북을 매달아 놓고 신을 섬기던 신도의 옛 신앙 습관이 남아 있는 곳일 것이다. 그리고 '수사의 영실'이란 후세의 사찰의 산신각처럼 사찰에 부속하여 기도장으로 쓰이는 건물을 말할 것이다. 유신은 이렇게 신도의 적극적인 신앙자다.

그밖에 백제 정벌시 소정방 면전에서 소정방이 '불상지조不祥之鳥'라고 생각하는 새를 칼로 겨누기만 해서 갈갈이 찢겨 떨어지게 했다든가, 한산성漢山城에서 고구려·말갈 연합군의 포위에 위급해진 신라군을 경주 성부산星浮山에서 작단作壇, 신술神術로써 벼락불을 날려 보내 적진영을 박살냈다든가 하는 등은 위의 기록들과 함께 그의 많은 신이한 능력에 관한 기록 가운데 남아 있는 몇 가지일 것에 불과할 것이다. 왜냐하면 〈김유신전〉은 그의 현손玄孫 장청長淸이 쓴 10권이나 되는 유신의 행록行錄을 김부식이 취해 와서 쓴 것인데, 거기에는 김부식이 보기에 '지어 넣은 말이 자못 많다(頗多釀辭)'고 하여 3권으로 줄여 지었기 때문이다. 삭제된 기록의 상당 부분은 아마 유신의 신이한 사적일 것이다.

유신이 죽음에 앞서 요성妖星이 나타나고 지진이 있어 문무왕이 근심을 하자, 유신이 "나라의 재앙이 아니라 신臣에게 재앙이 있습니다"하고, 군복에 병기를 든 수십 명이 유신의 집에서 울면서 떠나 곧 사라지자, 유신이 듣고서 "이는 필시 나를 보호해주던 음병陰兵일 것이다. 나 이제 죽을 것이다"라고 했다고 한다. '음병'이란 도교적 정기精氣, 불교적 신중神衆, 그리고 신도적 신귀神鬼가 하나로 합쳐진 존재가 아닐까 한다.

《오주연문장전산고五洲衍文長箋散稿》의 기록은 더욱 우리의 흥미를 끈다. 군위의 김유신 신사神祠에는 그의 어머니 만명萬明을 부녀들이 받들고, 신당에는 반드시 명도明圖라는 구리거울 걸어 놓는다고 했는데, 지금도 무속巫俗에서 받드는 '만명할미'는 김유신의 어머니 만명이라는 것이다. 김유신의 신도 신앙적 측면은 그의 어머니 만명의 신도 신앙적 소질과 역량이 유신에게로 전해졌다고 할 수 있다. 유신의 서현손庶玄孫 암巖도 방술方術의 학습을 좋아하여 젊어서 당나라에 가 음양가陰陽家의 술법을 배워 뛰어났다고 한 사실도 우연이 아닐 것이다.

(이동환 역해, 《번역과 해설 삼국유사》)

2. 김유신에게서의 사상적 복합성

3. 고유사상 풍류도風流道

적어도 통일신라 시기까지는 유교의 세勢는 그리 크지 못했다는 것을 한두 차례 언급했거니와, 그것은 이차돈의 순교 이후 불교의 세勢가 확장일로에 있었고, 그리고 무엇보다 고유사상인 신도神道가 여전히 광범하게 신봉되고 있었기 때문이다. 신도는 주로 산신山神(=천신天神)에 대한 신앙이다. 하나의 최고신인 천신이 자기분화自己分化해서 지상의 산악들에 산포散布해 일정한 구역 단위의 인간세상에 임재臨在해 있는 신神에 대한 신앙이기 때문이다. 그것은 주로 천신인 산신을 신앙하며 현세에서의 복락福樂을 빌고, 그 천신인 산신의 위엄威嚴과 자애慈愛의 빛 속에서 공동체 윤리를 자기화自己化하고 실현하는 것이었다. 이러한 신도의 최고층위最高層位가 바로 풍류도風流道다. 신라 말의 문인인자 학자인 최치원은 〈난랑비서鸞郎碑序〉에 다음과 같이 풍류도를 말했다.

나라에 현묘玄妙한 도道가 있으니 이를 풍류風流라 이른다. 이 가르침을 둔 연원은 《선사仙史》에 자세히 실려 있거니와, 실로 이는 3교를 포함하여 뭇 생령生靈을 감화시킨다. 들어가서는 집에서 효도하고 나와서는 나라에 충성함은 공자孔子의 주지主旨이고, 자연스럽게 순리에 따라 대처하고 요란스럽게 떠들지 않는다는 가르침을 행함은 노자老子의 종지宗旨이고, 모든 악한 일은 하지 않으며 모든 선한 일은 행함은 석가釋迦의 교화教化이다.

풍류도를 그 자체 독자적으로 설명하지 못하고 유교, 도가, 불교 3교에 의지해서 설명하고 있다. 그것은 3교가 당시의 보편적인 준거準據로 성립되어 있었기 때문인데, 더구나 12살에 당唐나라에 건너가 28살이 되도록 거기에서 공부하고, 과거에 합격하고, 그리고 관리생활까지 지내면서 3교에 아주 익숙해 있는 최치원으로서는 이 3교를 준거로 빌려 풍류도를 설명하는 것이 더없이 손쉬웠을 것이다. 아무튼 풍류도는 유·불·도 3교의 실천윤리의 가장 평이하고 가장 일상적인 요소를 포함하고 있으면서 3교 그 자체로 환원還元될 수 없는 독자성을 가지고 있는 것으로 파악된다. 당시 최치원은 말하자면 국제인이다. 그러한 최치원의 감각으로, 보편적인 3교의 준거에 의해서도 설진說盡되지 않는, 즉 3교 자체로 환원될 수 없는 독자성의 존재를 인정하지 않을 수 없고, 그러한 독자성은 논리적으로 명쾌하게 설명할 수 없는 것이어서, '현묘하다'고 한 것이다. 그렇다면 풍류도의 어떤 성격을 가리켜 '현묘하다'고 했을까?

풍류도의 연원이 기록되었다는 《선사仙史》는 오늘날 전하지 않는다. 그리고 비碑의 주인공인 난랑鸞郎이라는 화랑의 행적, 즉 비碑의 본문 역시 전하지 않는다. 그래서 최치원이 밝혀놓은 3교의 일상적 윤리와 그리고 '현묘玄妙한 도道'라는 것으로 풍유도의 윤곽이나마 그려야 할 처지다. 혹자는 최치원이 말한 《선사》는 바로 8세기초 성덕왕대 김대문金大問이 저술한 《화랑세기花郞世記》라기도 하나, 《선사》가 꼭 김대문의 《화랑세기》만을 지칭했다는 확증도 없지만 그마저도 지금은 전하지 않는다. 근년에 《화랑세기》가 발견되었다 하고, 혹자들은 이를 진본眞本으로 믿어 번역이 나오고 인용도 하고 있으나 이는 일제시대 한 호사가好事家의 농필弄筆에 의한 위작일 뿐이다.

단재丹齋 신채호류申采浩流의 국수주의자들은 '풍류風流'를 고유사상 '부루'의 음차音借라 하나 '풍류'는 엄연한 한자어다. 대체로 중국의 위진육조시대魏晉六朝時代에 그야말로 '풍류적인' 독특한 문화 분위기를 타고 빈번히 쓰이기 시작한 이 말에는 유별나게 뜻이 많다. 근년에 중국에서 나온 최대의 한자어사전《한어대사전漢語大詞典》에는 무려 15가지의 뜻이 열거되어 있다. 그 가운데 우리나라에서 주로 취해 쓰느 뜻은 '쇄탈방일灑脫放逸, 풍아소쇄風雅瀟灑'로, 우리 국어사전에서는 대체로 '속된 일을 떠나서 풍치가 있고 멋들어지게 노는 일', 또는 '운치스러운 일'로 훈석訓釋되어 있다.

　　그런데 '풍류'에는 중국에서 나온 사전의 15가지 훈석 가운데도 없는, 우리나라에서만 부여한 독특한 뜻이 있다. 그것은 '음악音樂(무용까지를 포괄하는 개념으로서임)'이다. 풍류가 우리나라에서 음악을 뜻하는 것은 단적으로 한자 '악樂'자의 훈訓이 '풍류'로 되어 있는 데에서 알 수 있거니와, 국악계國樂界에서는 현재에도 '줄풍류', '대풍류', '사관풍류', '풍류방'—악기의 편성, 악곡, 음악하는 사람들이 모이는 곳 — 등 음악의 여러 가지 형태를 지칭하는 데에 쓰이고 있다.

　　난랑鸞郎이라는 화랑의 비문에 풍류도가 등장했듯이 풍류도는 바로 화랑도花郎道의 연장이다. 화랑도는 우리 민족의 삶의 중심에 주로 신도의 신앙에 결부되어 이러저러하게 전래해 오던 정신精神·습속習俗이 6세기 중기 신라 진흥왕대에 이르러 자각적인 반성反省이 일어 여기에 불교의 어떤 요소가 가미되어 성립된 것으로, 이 화랑도는 주로 화랑과 그 낭도郎徒들에 의해 실현되었다. 화랑과 낭도들에 의한 화랑도의 실현에 관해서 김부식은 그의 《삼국사기》에서 다음과 같이 언급했다.

그 뒤 다시 미모남자美貌男子를 취하여 장식을 가해서 '화랑花
郞'이라 이름하고 받들었다. 이 화랑 밑에 무리들이 운집하여 도의道
義로써 서로 연마하기도 하고, 음악音樂으로써 서로 즐기기도 하고,
산수山水를 노닐어 멀다고 이르지 않는 곳이 없었다. 이를 통하여 그
사람됨의 사정邪正을 알아 그 선善한 자를 조정에 천거하였다. 그러
기 때문에 김대문의 《화랑세기》에는 현명한 보좌와 충성스러운 신하
가 이 화랑제도를 좇아 빼어났고, 우량한 장수와 용감한 병졸들이 이
화랑제도를 통해 생겨났다.

우리는 김부식의 이 기록에서 15~6세쯤의 귀족풍의 화랑이 수많
은 낭도들을 데리고 음악을 연행演行하기도 하면서 두루 산천山川을
순유巡遊하고, 그 과정을 통해 공동체 윤리를 서로 실천하는 모습을
상상할 수 있다. 그런데 음악을 연행하고 산천을 순유하는 것이 단순
히 놀기 위함이 아니다. 거기에는 산신=천신을 신앙하는 종교적인 제
의祭儀가 개재해 있다. 음악의 연행으로 산신을 즐겁게 하고, 명산名山
의 산신에게 참배하기 위해 산천을 순유한다. 그런데 김부식의 화랑
도花郞徒 생활의 묘사에서 그들의 중요한 면모가 선명치 않게 언급되
어 있다. 그것은 예비전사단豫備戰士團으로서의 면모다. 화랑도의 창
설에는 군사적 동기가 크게 작용했다. 3국통일에 기여한 화랑도의
뒷받침은 이미 널리 알려진 사실이다. 김부식은 예비전사단으로서의
화랑도의 면모를 무술수련·군사훈련 등은 생략한 채 "우수한 장수
와 용감한 병졸들이 이 화랑제를 통해 생겨났다"고 한 김대문의 《화
랑세기》로부터의 인용을 가져다가 우회적으로 언급해 두는 데에 그
쳤다. 어쨌든 신라사회에서 화랑단花郞團이 갖는 존재 의의와 기능은

단순하지가 않다.

이 단순하지 않은 존재 의의와 기능은 시대에 따라 강조점이 다르게 나타날 수 있다. 통일 전 3국의 항쟁抗爭 속에서는 예비전사단으로서의 면모가 강조되었다면 통일 전쟁이 끝난 뒤로는 수양단체修養團體로서의 성격이 강조되어 나타났다는 말이다. 그래서 가무歌舞의 연행이라든가 산천 순유가 강화되고, 전사단적 동기가 약화되어 가는 대신에 심미적審美的인 의도가 보다 심화되어 갔다. 말하자면 '풍류화風流化'되어 갔다는 뜻이다. 우리는 대체로 15~18세 사이에 화랑의 임기 중 산천 순유를 하며 가무의 내공內攻을 쌓아가는 과정에 유·불·도의 그것과 상통하는 일상적 실천윤리, 즉 김부식이 말한 "도의道義로써 서로 연마하기도 했다"는 그 도의의 연장으로서의 풍류도의 윤리를 실천하고 있는 모습을 상상할 수 있다. 최치원이 '현묘한 도道'라고 말한 소이는 바로 여기에 있다. 가무와 산천 순유라는 심미적 활동을 윤리실천이라는 윤리적 활동에 결합한 풍류도는 과연 '현묘한 도'라고 이를 만하다.

한 교의教義가 전통적으로 실현되어 오면 그 교의 실현의 전통 속에는 반드시 그 교의를 대변할 만한 역사적 명인名人이 출현하기 마련이다. 사상사를 이러한 시각으로 바라보면 보다 분명하게 윤곽이 파악된다. 사상사란 것도 일정한 역사공동체가 성립되고 나서의 일이고 보면 우리나라 사상사의 시작은 부여扶餘를 제외하면 아무래도 고대국가로서의 3국, 실은 가야加耶까지 4국의 성립으로부터일 수밖에 없다. 여기서는 풍류도의 전통이 비교적 뚜렷하게 파악되어지는 신라의 경우에 한해서 논의하기로 한다.

단적으로 신라—통일신라에 걸쳐서 유교의 명인이 몇 사람이나 되는가 생각해 보자. 문헌에 남아 있는 세 사람 정도를 꼽을 수 있을 뿐이다. 특별한 경우를 제외하면 대체로 당대의 명인이 역사적 명인으로 남는다. 강수強首와 설총薛聰과 최치원崔致遠 정도다. 게다가 강수와 최치원은 문장을 주업主業으로 한 문학유文學儒란 점에서 유교경전에 대한 지식知識 및 해석解釋과 그 실천을 추구하는 본격적 유자는 아니다. 그리고 보면 '국어로 구경九經을 번역해 읽었다'는 설총만이 남는다. 이에 대하여 불교의 명인은 몇 사람이나 되는가? 진평왕대의 원광圓光을 위시하여 원효元曉 · 의상義湘 … 그리고 통일신라 말엽의 진감眞鑑 · 낭혜朗慧 · 지증대사智證大師에 이르기까지 부지기수다.

그렇다면 풍류도의 경우는 어떠한가? 풍류도는 우리 민족이 고유한 표기수단을 가지지 못했거나, 가졌더라도 불완전했을 때부터 전래해 온, 그리고 후세에는 한자 · 한문에 힘입은 신앙체계란 점에서 당초에 그 교의나 역사를 기록으로 남기기에는 매우 한계적 상황이었는 데다, 외래 종교의 세력에 밀려 풍류도 자체마저 사라져버린 터라 지금은 그 실정을 알기가 무척 어렵게 되어 있다. 그런데, 지금은 모두 없어졌지만, 한문에 의한 풍류도 관련 기록이 상당량 축적되어 있었고, 이런 사실을 통해 풍류도 관련 역사적 명인도 적지 않았으리라는 짐작이다. 풍류도는 당초의 원시토속신앙原始土俗信仰에서 출발하여 불교의 수용으로 한 차례 충격을 받아 화랑도花郎道로 발전하였고, 3국 통일 이후 이 도道의 존재 환경의 변환變換에 따라 풍류도로 발전했던 만큼 이러한 두어 차례, 다소는 비약적인 발전의 단계를 가져온 역량力量의 축적이 있었고, 이러한 역량의 축적에는 필연코 그 역량을 담지擔持한 역사적 명인들이 있었을 터이다. 김부식金富軾의 《삼국사기》에는 "3대(신라를 상고上古, 중고中古, 하고下古로 나누어서 3대라

했음)의 화랑花郎이 무려 200여 명이나 되었는데, 그들의 꽃다운 이름
과 아름다운 사적은 기록에서와 같이 자세하다"라고 했다. 200여 명
의 화랑이 다 역사적 명인이 될 수는 없지만 3대의 무수한 낭도郎徒
를 포함한 인물들 가운데 적잖은 역사적 명인의 산출産出이 있었음은
김대문의 《화랑세기》에 "어진 재상과 충성스런 신하가 이 화랑제로
부터 솟아나고 우수한 장수와 용감한 병졸이 이 화랑제를 통해 생겨
났다"고 한 데에서 짐작할 수 있다. 김대문은 통일 직후인 성덕왕대
의 학자다. 그런 만큼 그의 이 서술은 주로 3국의 항쟁과 통일 과정
에 국가에 기여한 사다함斯多含·김흠춘金欽春·김유신金庾信 이하 화
랑과 낭도 출신의, 즉 화랑도花郎道 시대의 명인들만 지목하여 한 말
이다. 여기에 비추어 통일 전 화랑도 시대에 비해 명인이 될 여건이
많이 달라지긴 했지만 통일 후 풍류도 시대에 나온 명인의 수도 미루
어 짐작할 만하다.

　풍류도 시대에 나온 명인들에 관한 기록은 한 편도 전하지 않는다.
김부식이 말한 200여 화랑 중 절반 이상은 풍류도 시대의 화랑이겠
는데 이들의 '꽃다운 이름과 아름다운 사적'을 기록한 전적류典籍類들
은 김부식이 눈으로 보았으나 지금은 한 편 전하는 것이 없다. 역사
가 김부식은 어째서 이들 막중한 사료들을 《삼국사기》의 역사 서술
로 거두어들이지 않았는가? 그것은 단재 신채호의 주장처럼 '사대주
의자 김부식'이 우리의 고유사상을 말살하기 위해서가 아니다. 그 이
유는 간단하다. 《삼국사기》는 중국의 정사正史를 본보기로 삼았다. 그
런데 중국의 정사들에는 한두 경우의 예외를 제하고는 열전列傳에 석
로釋老, 즉, 불교인佛敎人과 도교인道敎人을 입전立傳하지 않는 전례를
따랐을 뿐이다. 그래서 화랑제 성립이라는 진흥왕대의 역사적 사실

은 역사적 진실이니까 기록하면서도 그 기록에 동원된 〈난랑비鸞郎碑〉를 자료로 삼아 '난랑전鸞郎傳'을 입전하지는 않았던 것이다. 김유신 이하 통일 전역戰役에 기여한 화랑 및 화랑도의 명인들은 통일 전역이라는 역사적 사건에 관련되어 있기 때문에, 그리고 생애의 외적外的 이력履歷으로 대체로, 15~20세 사이의 화랑이나 낭도의 신분을 겪은 뒤의 관리나 전사로서의 생애의 비중이 있기 때문에 기록한 것이다. 이렇게 순수한 화랑도와 풍류도의 명인에 관한 기록은 석로의 예例에 준準해져서 유가사서儒家史書《삼국사기》에서 배제되었던 것이다.

순수한 화랑도와 풍류도의 명인에 관한 기록이 배제되기는 불가사서佛家史書인《삼국유사》에서도 마찬가지다. 찬자 일연一然의 시대에 이르면 화랑도와 풍류도에 관한 기록이 거의 산일되었기도 했을 터이지만 불교 관련 사건에 관계되거나, 48대 경문왕景文王처럼 화랑 경력 이후 생애의 비중 때문이 아니면 가급적 배제하려는 태도다. 불교와는 명백히 다른 교의 체계임을 시인했기 때문이다.

이렇게 고려시대의 유교와 불교의 사서史書에서까지 유儒·불佛과는 별도의 독자적인 신앙·사상체계임이 인정된 화랑도 내지 풍류도의 신라 당대의 위치와 형세는 우리의 상상을 훨씬 넘어설 것이다. 수많은 명인이 있을 테지만 기록의 일실逸失로 겨우 몇 사람이 전설적으로 남아 있을 뿐이다. 이 문제와 관련해서 나는 고려 중기 예종 대에 송宋나라로부터 귀화해 온 관리 호종단胡宗旦을 한없이 증오한다. 호종단은 열렬한 도교도로 예종의 총애를 받는 것을 빌미로 고려에 도교를 부식扶植하여 도교를 고려의 국교로 삼고자 획책하였다. 화랑도 내지 풍류도의 유적이 자기의 이 사업에 방해된다고 생각하여, 특히 총석정叢石亭·삼일포三日浦·경포대鏡浦臺에 있던 화랑 관련 비석들을 모두 깨뜨려 바다에 처넣거나 땅에 묻어 버렸다. 심지어 그는 경주 봉덕사奉德寺의 신종神鍾마저 아구리에 흙을 처넣어 울리지 못하게까지 했다.

전설적으로 전해 오는 풍류도의 명인 중에 사선四仙이 가장 두드려져 있다. '사선四仙'이란 명칭은《고려사高麗史》〈중동팔관회의中冬八關會儀〉에 처음 나온다. 고려 태조 원년에 신라고사新羅古事를 본떠서 국가적 기복행사新福行事로 팔관회八關會란 신앙행사를 개최하기 시작했는데, 그 행사 내용의 하나에 '사선악부四仙樂部'가 있다. 이로 보면 '사선四仙'은 이미 신라 때에, 그리고 음악과 관련된 계기로 형성되어 있었음을 알 수 있다. 그러나 그 실체에 대해서는 알려진 것이 아무것도 없다. 4선이 통일 후 어느 시대의 인물인지, 그리고 동시대에 병세幷世한 인물인지, 일정하게 상이相異한 시대의 풍류도의 명인 네 사람을 합칭合稱한 것인지도 정확히 말할 근거가 없다. 4선의 실명이 술랑述郎·남랑南郎·영랑永郎·안상安詳이란 것도 전설에 의해 전해올 뿐이다. 이중 남랑을 제외한 나머지 세 사람은 문헌과 금석문에 의해 확인된다.《삼국유사》〈백율사栢栗寺〉 조條에 안상은 효소왕대(629년)에 화랑이 된 부례랑夫禮郎의 낭도로 후일 대통大統이란 승직僧職에 임명된다. 일연은 영랑永郎과 준영랑俊永郎을 동일 인물로 보아, 세상에서 안상을 준영랑도로 잘못 알고 있다고 비판하고, 영랑도에는 오직 진재眞才와 번완繁完만이 이름이 알려져 있으나 그 실체는 알 수 없다고 했다(일연은 영랑의 별전別傳을 보았다). 그리고 울주蔚州 천전리川前里 서석書石에 있는 "술년육월이일 영랑성업□戌年六月二日 永郎成業□"이라는, 영랑이 화랑도(풍류도) 수련을 마친 기념 각석刻石이 있다. 그러나 '戌年'이 어느 왕 때 '戌' 자字 든 해인지 현재로선 알 수가 없다. 술랑述郎은 이곡李穀의 〈동유기東遊記〉에 의하면 삼일포三日浦 가의 석벽에 '술랑도남석행述郎徒南石行'이란 단서丹書가 분명하게 남아 있다고 했다. 4선 중 이렇게 세 사람이나 문헌과 금석문에 의해 확인되는 만큼 전설적인 인물이지만 결코 가공架空의 인물은 아니다. 그런데 이들이 후대에까지 추앙받는 이유는 뭘까? 물론 풍류—곧 음악과 관련이 깊고, 동해안에서 서해 백령도白翎島까지 걸친 그들의 산수山水 순유도 관련이 있지만 이것만으로 역사적 명인이 될 수는 없다. 음악과 산수 순유 속에 교의, 즉 '현묘지도玄妙之道'가 있어 이에 의한 인격의 형성과 단련이 높은 경지에 이른 것이 아닐까. 경문왕대의 네 화랑 요원랑邀元郎·예흔랑譽昕郎·계원랑桂元郎·숙종랑叔宗郎 신사선新四仙이 해금강 일대를 순유하면서 저으기 군주를 위하고 나라를 경륜할 뜻이 있어 사뇌가詞腦歌 3수首를 지어 후일 각각 〈현금포곡玄琴抱曲〉·〈대도곡大道曲〉·〈문군곡問群曲〉으로 작곡된 사실은 구사선舊四仙의 이해에도 일정하게 도움이 될 것이다.

이렇게 통일신라 시대까지에는 유교 이전에 우리의 고유 신앙·사상의 뿌리가 탄탄했다.

(《박약회소식博約會消息》 17호, 사단법인 박약회博約會, 2008.12.)

4. 최치원崔致遠의 사상적思想的 정체성正體性

흔히 신라유학新羅儒學은 주로 육두품六頭品 계층에 의해 담지되어 왔고, 특히 나말여초의 최씨崔氏들이 그 주요 세력으로 지목되어 온 것으로 알고 있다. 유학이 얼마나 신념화信念化되었는지를 따지지 않고 범칭 유학이라는 입장에서 보면 강수强首를 비롯하여 설총薛聰, 그리고 제문帝文, 수진守眞, 양도良圖, 풍훈風訓 등을 거쳐 말기의 박인범朴仁範과 최씨崔氏들, 즉 최치원崔致遠, 최승우崔承祐, 최언위崔彦撝에게로 이어진다고 이를 만하다. 그러나 이들은 대개 관료이자 문사유文辭儒다. 유학은 현실의 학學이다. 승려나 도사가 되지 않고 현실의 최전선最前線이라 할 수 있는 정치, 행정, 외교에 본인들이 가진 문사文辭에 대한 능력으로 이바지하는 것 자체로서 그들은 이미 유자儒者인 것이다.

그러나 진정한 의미의 유자는 유학의 관념체계를 신념화한 사람만이 해당된다. 후세 도학道學의 이기론理氣論을 제외하고는 유학은 객관적 진리眞理를 다루는 것이 아니라 주체적 신념을 다루는 것이기 때문에 더욱 그러하다. 그러므로 앞에 든 제인들이 정말 유자인지는 별도로 따져 보아야 한다. 우리는 위에서 강수가 '유자지도儒者之道'를 자신의 삶의 지표指標로 삼았음을 보았고, 설총이 국어로 구경九經의 훈독체계訓讀體系를 세웠음을 미루어 진정한 유자에 접근한 것이라고 보았다. 제문, 수진, 양도, 풍훈 등은 이름만 전할 뿐 사적이 전하지 않아 뭐라 말할 수 있는 처지가 아니다. 그리고 박인범, 최승로, 최언위는 사적이 너무 소략하게 남아 그것으로 진정한 유자 여부를 판단하기에 주저가 되나 진정한 유자와는 거리가 있는 것으로 생각된다.

최치원은 그의 42세 때 쓴 한 대당외교문장對唐外交文章에서 자신을 "유문말학儒門末學"이라고 했다. 곧 자신을 '유가적 소양素養이 얕고 엷어 보잘것없는 사람'이라는 뜻이다. 겸양스러운 표현을 썼지만 자신이 유가의 한 사람임을 자처自處한 것만은 틀림없다. 한편 후세의 퇴계退溪는 '최고운, 내전신시녕불지인崔孤雲, 乃全身是佞佛之人'이라고 평가했다. 최고운은 전적으로 부처에게 아첨한 사람이라는 뜻이다. 말하자면 유가와는 거리가 먼 거의 불교도佛教徒에 가깝다는 것이다. 최치원의 자처와 퇴계의 평가가 이렇게 다른 것은 말할 것도 없이 전자는 범칭 유학의 입장에서, 후자는 진정한 유학의 입장에서 생각했기 때문이다. 게다가 최치원에게는 진작부터 '유선儒仙'이란 칭호가 있어 왔다. 이 칭호는 그의 삶에 도선적道仙的 면모가 있었음을 알려준다. 이와 같이 유儒·불佛·도道에 관련된 최치원의 사상적 정체는 무엇인가?

서기 857년에 경주에서 태어난 최치원은 12세에 사비私費로 당唐나라에 유학을 간다. "10년 동안 급제하지 못하면 내 아들이 아니다"라는 그의 아버지 견일肩逸의 다그침에 부응하여 18세에 빈공과賓貢科에 장원으로 급제, 20세에서 23세까지 당나라의 현縣 가운데 상현上縣에 속하는 율수현溧水縣의 종從9품상품上의 현위직縣尉職을 맡는다. 율수현은 생리生利가 풍부하고 풍광風光이 좋은 고을로, 당나라의 유명한 시인인 맹교孟郊같은 이도 진사 급제 후 4년 만에 그 고을의 현위가 될 수 있었다는 곳이다. 여기에서 시문집詩文集인《중산복궤집中山覆簣集》5권을 지었다. 현위의 임기를 마치고 24세에서 28세 귀국할 때까지 제도병마행영도통諸道兵馬行營都統이라는 막강한 권력가 고변高駢의 종사관從事官으로 있게 된다.《계원필경집桂苑筆耕集》20권은 이때 고변을 위해 지은 표表, 주奏, 장狀, 격檄, 서書 등 공사公私 문서에 자신의 사적私的 저작 1권을 합친 책이다. 최치원이 귀국하면서 가졌던 당나라의 직함은 전도통순관前都統巡官 승무랑承務郎 시어사내공봉侍御史內供奉 사자금어대賜紫金魚袋라는 종從6하품品이다. 이렇게 그의 직급職級이 높이 올라간 데에는 고변의 지우知遇에 힘입은 바 컸다. 신라에 돌아온 최치원은 이번엔 헌강왕憲康王의 지우에 힘입어서 시독侍讀 겸兼 한림학사翰林學士 수병부시랑守兵部侍郎 지서서감知瑞書監에 임명되었다. 그러나 헌강왕 지우도 잠깐이었다. 귀국 이듬해(876)에 헌강왕이 죽자 최치원은 중앙 정계政界의 진골귀족眞骨貴族으로부터 견제와 소외를 당하여 외방外方의 직으로 돌게 되었다.

대산군大山郡(鴻山)·무성군武城郡(泰仁)·부성군富城郡(瑞山)·천령군天嶺郡(咸陽)의 태수로 전전하다 42세에 면직되었다. 최치원은 태수로 전전하는 동안 38세 때(894, 진성여왕 8년)〈시무십여조時務十餘條〉를 올렸는데, 그 내용은 골품제 사회의 모순과 지방행정의 불합리성을 일정하게 개혁하자는 것이 아닐까 추측될 뿐이다. 이 상소로 최치원은 6두품의 마지막 관계인 아찬阿飡에 올랐다. 면직된 최치원은 승지勝地를 찾으며 독서, 저작, 음시吟詩로 지냈다. 가야산의 해인사海印寺·청량사淸凉寺, 마산의 월영대月影臺, 지리산의 쌍계사雙溪寺·석남사石南寺·단속사斷俗寺, 의성의 빙산氷山 등처가 그곳이다. 그렇게 보낸 지 20여 년에 왕건이 고려를 세워 도읍을 궁예의 철원에서 송악으로 옮기고, 궁예가 그랬던 것처럼 신라와는 일단 항쟁관계抗爭關係에 서게 되는 일이 일어났다. 그러자 최치원은 왕건에게 편지를 올려 "雞林黃葉계림황엽, 鵠嶺靑松곡령청송"(신라는 단풍 든 잎이고, 고려는 푸른 소나무다)이라는 말로 격려했고, 이로 해서 신라왕의 미움을 받게 되자 가족을 데리고 가야산으로 들어갔다고 했으나, 이것은 고려 건국세력이 민심을 자기편으로 끌어들이려는 하나의 정략에 불과한 날조다. 어쨌든 그는 해인사 서편 홍류동紅流洞 남편 산록에 독서당을 열고 현준賢俊과 정현定玄 등 고승들과 도우道友로 맺어 경론經論의 오의奧義를 탐구하며 생애를 마쳤다. 그러나 그의 최후는 하나의 수수께끼이다. 어느 날 이른 아침 독서당을 나와 관冠과 신발을 수풀 속에 남겨 둔 채 영영 돌아오지 않았기 때문이다.

대체로 현실적이고 합리적인 사고思考를 가진 6두품이 적극적인 입세지향入世志向이었거니와 최치원은 이에서 조금도 못지않은, 오히려 여타 6두품들 이상이었다. 재당在唐 시절 외국인으로서 상현上縣의 현위縣尉에 임명되고, 고변의 두터운 신임 속에서 그렇게 승진할 수 있었던 것도 최치원이 그런 인생 태도에서 자기 직무에 충실했기 때문일 터이고, 신라에 돌아와서 뜻을 제대로 펼 수 있는 조건이 아닌 속에 지방관으로 전전하면서 〈시무십여조時務十餘條〉를 올려 개혁에의 열정을 보였을 뿐만 아니라, 가령 천령군 태수로 있으면서 백성들의 홍수 피해를 막고자 상림제방上林堤坊을 축조한 일이라던가, 천령군은 전주에 본거지를 둔 견훤甄萱의 침공로에 있기 때문에 태수는 방로태감직防虜太監職을 예겸例兼하고 있던 터라 해인사에서 열린 희랑대덕希朗大德의《화엄경華嚴經》강講에 불참不參하고 그것을 가송歌頌한 10편의 새로 대신한 것 등을 그의 관리로서 직무에 임하는 태도를 잘 보여준다. 말하자면 한漢·당唐 유학적 기준에서 보는 그는 유가적 관료로서의 자세에서 가진 당당한 자신의 한 표현이라고 보아야 할 것이다.

한편 퇴계의 평가도 일단 타당성이 있다. 그는 친불교親佛教 문자文字를 많이 저작했다. 유명한 사산비명四山碑銘과 기記·찬讚·원문願文 등 수다한 글들과, 그리고 의상義湘·법장法藏 등 네 사람 화엄종사華嚴宗師의 전기가 그것이다. 그의 문집이 남았더라면 아마 더 불어날 것이다. 이들 저작은 대개 왕과 왕실과 불교계의 요청에 의해 저작되었을 것이나, 네 사람 화엄종사의 전기처럼 순전히 자발에 의한 것도 적지 않을 것이다. 그는 특히 화엄종에 경사傾斜하여 그 지적知的 추구와 선양宣揚을 자임하고 나선 것 같다. 후세 도학道學의 이단관異端觀이 확립되기 전에는, 일정한 수준에서는 실천적實踐的 유교 교의와 불교, 특히 화엄학의 형이상학적形而上學的 체계를 겸유하고도 하등의 사상적 모순을 자의식自意識하지 않았던 것이다. 양梁 심약沈約의 "공자는 그 단초端初를 시작했고, 석가釋迦는 그 극치를 궁구했"고 한 말에 그가 전적으로 동의한 것도, 양자兩者가 각기 다른 특성으로 해서 모순 없이 잘 어울림을 지적했기 때문이지, 유儒·불佛의 등급을 말했다고는 생각하지 않았기 때문이다. 특히 그는 면관免官 이후 현실허무주의적現實虛無主義的 경향 속에 일말의 자조의식自嘲意識조차 있었던 것 같고, 이를 극복하기 위해서도 더욱 화엄의 형이상학적 세계에 침륜沈淪되어 간 것이 아닌가 생각된다.

요컨대 최치원은 단일체계單一體系의 사상에 일철一徹하는 그런 사상가이기보다는 주로 유·불의 융합融合을 꾀하는 통합주의적 사상가이자 문학가다. 그 시대에는 이런 유형의 지식인이 많아서 최치원만의 독특한 특징도 아니다. 그러나 젊어서는 유가적 사상에, 노년이 될수록 불가적 사상에 더 치중한 것 같다. 그에게 도가적道家的 소양은 당대唐代 지식인의 일반적 수준을 넘어서지 않는 것 같다. 그리고 그 도가적 소양은 불가적 소양에 일정하게 융합되기도 하면서 그의 통합주의에 가담된다. 그를 '유선儒仙'이라고 부른 것은 이 말의 본의(자애롭고 온화한 장수 노인에 대한 존칭)와는 다르게 '유자儒者로서 신선神仙 같은 사람'이란 함의를 가진, 주로 면관 후 승지를 순유巡遊한 데에서 연유한 별칭일 것이다.

(《박약회소식博約會消息》 19호, 사단법인 박약회博約會, 2008.12.)

IV. 고려 시대

1. 고려 유교에 대한 착시錯視

17대 인종 때(1123) 고려를 다녀간 송宋나라 사신 노윤적路允廸을 수행한 서긍徐兢이 저술한 《고려도경高麗圖經》에 이런 기록이 있다. "종묘宗廟의 제사에 불승佛僧들이 참제參祭하여 범패梵唄를 노래한다." 종묘의 제사는 역대의 제왕들을 정기적으로 제사하는 국가적 전례典禮이고, 분명히 유교적 의식이다. 그리고 고려의 경우 6대 성종 때 그 의례儀禮가 갖춰진 것 같으나, 제례에 연주하는 아악雅樂은 16대 예종 때에 송나라로부터 대성악大晟樂을 수입하여 태묘악장太廟樂章을 얹어 연주했다고 기록은 전하고 있다.

그런데 이 유교의 대전례大典禮에 불승이 참제하여 부처의 공덕을 찬양하는 가송歌頌인 범패를 노래했다는 것이다. 고려의 유교가 함량 미달含量未達이란 증거는 곳곳에 있지만 《고려도경》의 이 짤막한 기록이 그것을 상징적으로 잘 보여 준다고 하겠다.

《고려사高麗史》나 《고려사절요高麗史節要》를 보면 고려의 유교가 앞 시대에 비해 질량적質量的으로 월등히 상승·확대된 느낌을 받는다. 그리고 태조 왕건王建이, 특히 6대 성종이 유교를 진흥시켰다고 학계에서는 대체로 알고 있다. 고려의 유교가 앞 시대에 비해 상승·확대된 것은 사실이다. 그러나 여기에는 몇 가지 고려할 점이 있다. 그렇지 않으면 착시의 시각을 면할 수 없다.

먼저 오늘날 고려시대를 알 수 있는 중심 문헌인 《고려사》와 《고려사절요》의 역사서로서의 질質의 문제다. 두 책은 조선초기 관찬사서官撰史書다. 조선초기 관찬이라고 해서 다 그렇다고 할 수는 없으나 이 두 관찬사서는 결코 고려시대의 실제를 충실히 반영한 책이 아니다. 조선 태조 때 정도전鄭道傳에 의해 편찬돼 개수改修에 개수를 거듭하면서 80여 년 뒤인 성종 때 완성을 본 이 책이 고려시대의 실제를 충실히 반영하기 위해 그렇게 시간을 끈 것은 아니다. 오히려 그 반대다. 초기에 나온 고려시대 역사서가 고려의 실제를 너무 왜곡했기 때문에 주로 이를 완화하기 위한 개수가 이루어졌다고 해도 과언이 아니다.

물론 내용상 부족한 부분을 양적으로 보충하기도 했다. 그러나 문제는 질質이다. 전통사회 시대에 편찬된 우리나라의 정사正史는《삼국사기三國史記》와《고려사高麗史》두 가지뿐이다. 조선 왕조는 나라가 망해도 전통사회 시대를 벗어난 터라 정사를 편찬해 줄 주체가 사라져 버린 것이다. 그래서 일제 강점기 조선사편수회朝鮮史編修會에서 편찬한 편년사編年史인《조선사朝鮮史》만 있다. 아무튼 전통사회 시대의 우리의 두 정사는 중국의《사기史記》체제를 주로 따랐다. 그러면서, 오늘날 사대주의자로 욕먹고 있는 김부식金富軾은 '삼국三國'의 제왕帝王들에 관련된 기사를 '본기本紀'로 다루고 있는데 대하여《고려사》는 '세가世家'로 처리했다. 세가는 제왕을 제왕으로서 대접하는 것이 아니라 한낱 제후諸侯나 장상將相으로 대접한다는 뜻이다. 물론 고려 왕조의 왕들이 제후나 장상의 명분으로 정치를 했던 것은 아니다. 특히 元의 간섭을 받기 이전의 왕들은 황제皇帝에 준하는 명분과 거기에 맞는 전장典章을 갖추고 있었다.

그런데 고려사 편찬의 주체는 자신들이 조선을 명明나라에 대한 제후국으로 철저히 자처하고 있었기 때문에 원元 간섭 이전의 고려의 황제에 준하는 체제까지도 왜곡하여 자기들이 지향하는 명분에 맞추게 했던 것이다. 오죽하면 세종이 나서서 사실대로 직서直書하기를 강력히 주장했을까.

이렇게 이미 명분을 설정하고 사실을 서슴없이 왜곡하려는 태도로 편수된 《고려사》는 조선 왕조의 국시國是, 즉 유교국가 건설이라는 또 하나의 명분에도 맞춰야 했다. 역사서 편찬에 명분을 설정하는 것 자체가 유교의 감계주의사관鑑戒主義史觀의 소치이거니와 사대事大와 유교국가 건설이라는 두 가지 큰 명분의 설정으로 후세에 감계를 보이겠다는 고려사 편찬 주체의 태도는 자연히 사료의 취택取擇에 적잖은 제약을 두었을 터이다. 즉 가급적 유교 관련 사료에 편중했을 터이다. 고려사 편찬의 1차 사료가 다 멸실된 지금에 그 자세한 정황은 알 수 없지만 위에서 밝힌 《고려도경》의 기록은 국가의 중요한 제도에 속한 것임에도 취택에서 제외된 경우를 단적으로 보여주거니와, 줄곧 고승高僧을 '왕사王師, 국사國師'로 받들고, 지배층의 자제子弟가 여럿이면 그중 한둘은 출가出家하는 것이 일반적이며, 대부분의 관료, 지식인의 삶의 적어도 절반, 또는 그 이상이 불교적인 고려는 실속은 불교국가라 해도 과언이 아님에도 불교 관련 제도 내지 사회적 제도나 동태動態에 관한 내용이 태무하다. 물론 불교와 도교 관련 기사를 정사나 편년사에 싣지 않는 것이 중국의 일반적인 관례이고, 그 중국의 관례를 따라서 편찬한 고려사에서 불교 관련 기록이 태무한 것은 당연한 결과라 하겠으나, 그 점을 인정한다 하더라도 사료 취택의 편중성 자체가 달라지는 것은 아니다.

또 한 가지 고려 유학에 대해 착시하기 쉬운 점은 문학과 유학의 경계가 분명하지 않는 데에 있다. 그때의 문학은 오늘날의 문학과는 그 성질이 다르다. 오늘날의 문학은 시, 소설, 희곡 등 실용과 상관없는 예술적인 글들이지만 당시의 문학은 시詩·부賦를 제외하고는 주로 조칙詔勅·교서教書·제고制誥·표전表箋·장계狀啓 등 관리가 되어 공공적으로 실용하는 글과, 서序·기記·논論·의議 등 개인적으로 실용하는 글을 가리키는 것으로 예술 취향이 빈약하다. 이 경우 '문학'이라는 말보다 '문장文章'이라는 말이 더 적절하다. 그리고 유학은 곧 경술經術, 경학經學이라고 할 수 있다. 그러니까 문장과 경술의 경계가 불분명했다는 것이다.

그 시대는 사회에서 지식인의 자기실현自己實現의 길이 지극히 단순했다. 과거에 급제해서 관리로 입신立身하는 것이 가장 큰 길이고, 과거 중 잡과雜科에 급제하여 기술직技術職에 종사하는 것이, 격格은 많이 떨어지지만, 그다음의 길이다. 과거에 급제하지 않아도 5품 이상의 아들 중 한 사람씩은 관리로 진출할 수 있는 음서蔭敍의 길도 있었다. 그리고 그 격에 있어 과거와 같거나 또는 그 이상인 것으로, 출가하여 중이 되는 것이 또 하나의 길이었다.

관리가 되는 과거에는 제술업製述業과 명경업明經業이 있었는데 제술업은 문장으로, 명경업은 경술로 인재를 뽑는 것이다. 그런데 제술업의 선호도가 절대적이었다. 고려 일대에 제술업 출신이 6,000여 명임에 대하여 명경업 출신은 고작 450여 명밖에 안 되었다. 다시 말하면, 문장의 선호도가 그만큼 절대적이었다는 말이다. 그나마도 내용상 경학 및 역사와의 관계가 깊은, 앞에 든 실용문으로 시험을 보이는 것이 아니라 경사經史와의 관계가 소원한 시, 부가 시험 과목에서 특히 중시되었다.

그러나 관리가 되기 위한 과거 공부 과정에 제술업 선택자도 경서는 두루 공부했다. 11대 문종文宗 때 생겨나기 시작한 사학私學 12공도公徒는 과거 응시자를 위한 준비학교였는데, 이 중에 으뜸인 최충崔沖의 구재학당九齋學堂, 즉 문헌공도文憲公徒의 교과목은 9경經3사史였다. 즉《역易》·《시詩》·《서書》·《예기禮記》·《춘추春秋》·《논어論語》·《효경孝經》등 경서를 주로 공부시켰다는 말이다. 그런데 경학 자체를 목표로 이런 경서를 공부한 것이 아니라 대부분은 문장을 쓰기 위한 바탕을 마련하기 위해 경서를 공부했던 것이다.

작게는 문리文理의 터득·숙달을 비롯해서, 크게는 경서 내용을 문장에서 전고典故로 구사하기 위해서였던 것이다. 바로 여기에 문장과 경술의 경계가 불분명할 빌미가 개재돼 있고, 고려의 문장을 유학으로 보는 착시현상이 있게 된 것이다. 고려의 역대 제왕 가운데 가장 유교지상주의儒敎至上主義를 표방하고 중국을 모방하려 한 제왕은 6대 성종成宗이었는데, 성종은 "주공周公·공자孔子의 기풍을 일으켜 요堯·순舜의 다스림에 도달하고자 한다"고 표방하면서 이 목표의 성취에 이르는 중요한 방도의 하나로 과거를 내세웠다. 그래서 그는 12주목州牧에 경학박사 1인씩을 배치해 교육시키고 그 결과를 과거 합격자로 고평考評해 합격자를 많이 배출한 주목의 박사에게는 표창을 하기까지 했다. 최종 결과가 문장으로 나타나는 경학공부의 성과를 유교 자체로 본 것이다. 얼마나 소박한 유교관인가! 당시의 이러한 문장과 경술의 미분화未分化의 착시를 오늘날 학계에서도 더러 본다.

(《박약회소식博約會消息》 22호, 사단법인 박약회博約會, 2009.12.)

2. 최승로崔承老에 의해 제시된 유교적 제왕으로서의
왕건상王建象

고려 태조로부터 6대 성종에 이르기까지 6대를 역사歷仕한 최승로崔承老(927~989, '丞魯'라고도 표기)는 성리학 수용 이전 나려羅麗에 걸쳐 가장 탁월한 유학자다.

유학적 식견으로는 시대를 초월할 만큼 탁월한 그도 도도히 역사를 흘러내린 불교의 물결을 헤어 나오지를 못했다. 그가 사적私的 차원의 종교로서의 불교의 의의를 끝내 거부하지 못한 점에서도 그러하지만, 그의 유년幼年이 그의 가정의 독실한 관음신앙觀音信仰과 얽혀 있는 점에서도 그러하다.

그는 6두품六頭品으로서 신라의 원보元甫(9등급의 향직鄕職 중 4등급)를 지낸 최은함崔殷誠의 아들로 태어났다. 최은함은 오랫동안 후사가 없어 경주의 낭산狼山에 있던 중생사衆生寺의 관음보살상에 기도하여 승로를 얻었다. 중생사 관음보살상은 당시 경주 일원에서 백율사栢栗寺·민장사敏藏寺의 관음보살상과 함께 영험이 뛰어나다는 관음보살상이다. 기도하여 승로를 얻었을 뿐 아니라 태어난 지 3달이 채 안 되어 후백제의 견훤甄萱이 경주를 습격하여 성안이 혼란에 빠지자 은함은 아기를 안고 와 관음보살상에게 아기를 맡기며 가호를 빌었다. "이웃 나라 군사가 갑자기 이르러 사세가 다급하게 되었습니다. 어린 것이 짐이 되었다가는 둘 다 무사할 수 없을 듯합니다. 진실로 관음대성觀音大聖께서 점지해 주신 것이라면 그 대자大慈의 힘으로 엄호하여 거두어 주십시오. 그리하여 저희 부자로 하여금 살아남아 다시 만나게 해 주십시오" 하고는 눈물을 흘리며 비탄했다. 세 번을 울고 세 번을 그렇게 고하고는 아기를 강보에 싸서 관음보살의 좌상 밑에다 감추었다. 그리고 못내 돌아보며 떠나갔다. 반 달쯤 지나 견훤의 군 대들이 퇴각하자 은함은 중생사로 아기를 찾으러 왔다. 아기는 살결 이 갓 목욕한 듯 정결했고, 얼굴이며 몸피가 복실복실해 있었다. 입 언저리엔 젖 냄새가 남아 있었다. 안고 돌아와 길렀다.

이것은 물론 최승로가 비범한 자질로 태어나 점차 유명한 인물로 되어감에 따라 그의 출생 전후를 비범화하려는 설화다. 그러나 설화 는 터무니없이 지어지지 않는다. 확실한 진실은 대체로 유학을 받들 었다는 6두품 계층도, 여기 최은함의 관음신앙이나 최치원의 화엄신 앙처럼 불교의 어떤 신앙을 독실히 지켰다는 사실이다. 나아가서 중 생사는 최은함 일족一族의 원당願堂일 가능성도 있으며, 6두품의 원당 소유는 최은함에만 그치지 않았을 수도 있다는 것이다. 이러한 신앙 적 기반 위에 고대 영웅의 일생에서 영웅이 어릴 적에 인간으로부터 버림을 당하는 모티프가 가미되어 이루어진 것일 터이다.

이렇게 사적 차원의 신앙으로는 불교를 믿게 되는 최승로이지만 공적公的 차원의 이념理念으로는 6두품의 전통을 따라 의연히 유학이 었다. 그는 총민聰敏하고 배우기를 좋아했으며 글을 잘 지었다. 경순 왕을 따라 아버지 최은함도 고려에 함께 귀순하자 승로는 어릴 적부 터 고려의 신민臣民으로 두각을 나타내기 시작했다. 그는 12살에 고 려 태조의 부름을 받아 그 앞에서 《논어論語》를 읽어 보였다. 태조는 몹시 가상하고 일종의 장학기금으로 염분塩盆(소금을 굽는 가마솥. 소금 생산은 당시 국가의 세원稅源의 하나였다)을 하사했다. 그리고는 이듬해에 원봉성학생元鳳省學生(후일 한림원翰林院의 전신)에 소속시키고, 안마鞍馬

2. 최승로에 의해 제시된 유교적 제왕으로서의 왕건상

와 예식例食(녹봉의 한 형태)을 주었다. 이때부터 그에게 문한文翰에 관한 책임을 맡겼다.

최승로가 상소한 것은 성종 원년(982), 그가 정광正匡(품계) 행선관어사行選官御事(6관의 우두머리 벼슬) 상주국上柱國(공로가 있는 신하들에게만 주던 벼슬 칭호)이 되면서 성종의 구언求言에 응해서다. 구언을 하는 왕은 유위有爲할 군주가 될 수 있다는 싹수를 가졌음을 의미한다. 그래서 최승로는 '기회다!' 하고서 태조에서 경종까지의 앞선 5조朝에 대한 자신의 거침없는 포폄褒貶과 이에 대응해 평소 온축해 온 치국의 경륜을 무려 7천~8천여 언言(시무 28조 중 6조는 전하지 않아 현존은 6,060여 언임)의 장문長文으로 질펀하게 펼쳤다. 당시 그의 나이는 56세, 그의 사상과 식견의 완성도가 최고조일 때다. 한국사상사에서 표지가 뚜렷한 이정표적里程標的 글이다.

최승로는 자신의 성종에게의 상소를 당唐나라 현종 때의 유신儒臣 오긍吳兢이 현종을 위해 《정관정요貞觀政要》를 찬술한 것과 같은 의도라고 했다. 《정관정요》는 당 태종의 훌륭한 치적을 유학적 관점에서 40장으로 구성한 10권의, 일종의 통치지침서다. 그래서 그는 먼저 태조 왕건의 치적의 요체를 다음과 같이 정리한다.

통일을 이룩한 이래로 여덟 해 동안 정사에 부지런하셨습니다. 예禮로써 큰 나라를 섬기고 도道로써 이웃 나라와 사귀었습니다. 편안할 때에 처하여 안일함이 없었으며 아랫사람을 접할 때도 공손하고자 했습니다. 도덕道德을 소중히 여겼고, 절약과 검소함을 숭상하여 궁실을 낮게 지어 겨우 비바람을 가리고자 하였으며, 나쁜 의복을 입어 단지 추위와 더위를 막을 뿐이었습니다. 어진 이를 좋아하고 착한 일을 즐겼으며, 자신의 고집을 버리고 남의 좋은 점을 따랐습니다. 공손하고 검소하며 예의 바르고 사양하는 마음은 천성에서 우러나온 것이었습니다.

더구나 민간에서 생장하여 어렵고 힘든 일을 두루 겪었으므로 사람들의 진실과 거짓을 모두 알지 못할 것이 없었으며, 갖가지 일들의 안위安危에 대해 또한 능히 먼저 간파하곤 하셨습니다. 그래서 상賞과 벌罰이 그 적절한 시기를 놓친 적이 없으셨고, 사邪와 정正이 그 노맥路脈을 명확하게 하여 혼동하는 일이 없으셨습니다. 착한 일을 권면하고 악한 일을 징계하는 방도를 아시고, 제왕으로서 행해야 할 것을 체득하심이 또 이와 같았던 것입니다.

더욱이 사람의 됨됨이를 알아 그들의 재주를 묻히게 하지 않았으니, 아랫사람을 거느림에는 반드시 그들의 능력이 드러나게 하셨고, 어진 이를 믿고 맡기어 의심하는 마음을 갖지 않았으며, 사악한 자를 제거할 때는 거침이 없으셨습니다. 불교를 존숭하고 유술儒術을 소중하게 여겨 임금된 이로서의 미덕이 이에서 갖추어지게 되었으며, 나라를 다스리는 좋은 계책은 본받을 만했습니다.

최승로의 관점에 의해 정리된 태조상太祖像이다. 우리는 이 태조상이 〈훈요訓要〉를 통해 파악되는 태조의 퍼스낼리티와 상당한 모순성矛盾性이 있음을 느낄 것이다. 후자는 "나의 지극한 소원은 연등燃燈과 팔관八關에 있다. 연등은 불佛을 섬기는 것이요, 팔관은 천령天靈과 오악五嶽·명산名山·대천大川·용신龍神을 섬기는 것이다", "나는 삼한三韓 산천山川의 음우陰佑를 힘입어 대업을 성취했다. 서경西京은 수덕水德이 조순調順하여 우리나라 지맥地脈의 근본으로, 대업을 만대에 지

2. 최승로에 의해 제시된 유교적 제왕으로서의 왕건상

속케 할 땅이다. 후계들은 마땅히 네 철의 중월仲月마다 1년에 100일쯤 주류駐留해서 안녕을 이룩하도록 하라”는 제6칙과 제5칙에 단적으로 드러나듯이 태조 왕건의 퍼스낼리티의 중요 특징은 초자연력超自然力에 의존하지 않고는 마음을 놓지 못해 하는 것이다. 그러나 최승로의 관점에서 파악한 전자는 유학적 가치합리성價値合理性의 주체적 구현자具現者로서의 태조의 모습이다. 이 양자가 한 인격 속에 행복하게 통합統合될 수 있다고는 도저히 생각되지 않는다. 요컨대 최승로의 도저한 유학적 식견에 의해 태조의 상像이 재구성되었다 할 것이다. 성종과 그 이후의 왕들이 본받을, 바람직한 유학적 제왕의 모델을 제시하기 위해서 최승로는 자신의 유학적 프레임워크로 왕건을 형상形像했다 할 것이다. 그래서 성종에게 “만약 전하께서 태조의 유풍을 잘 준수하신다면, 당나라 현종이 태종을 추모한 옛일과 어찌 다르겠습니까?”라고 하여, 스스로 확신에 차 있었던 것이다. 최승로가 왕건과 달리 근본적으로 초자연력을 배격한 사실은, 《논어論語》에는 ‘자기가 섬길 귀신이 아닌데도 이를 제사 지내는 것은 아첨이다’라고 했고, 《좌전左傳》에는 ‘귀신도 그 족류族類가 아니면 제사를 받지 않는다’고 하였으니, 이것이 이른바 ‘올바르지 못한 제사에는 복이 없다(淫祀無福)’는 것입니다. 우리 조정에는 종묘宗廟·사직社稷의 제사가 아직도 법식대로 행해지지 못하는 경우가 많은데, 산악의 제사와 성수星宿의 초제醮祭는 번잡스럽게 지내어 도를 넘고 있습니다”라고 한 대목에 분명히 표백되어 있다.

최승로는 나아가 성종에게 유학적 가치합리성의 실현을 촉구하고 나선다. “전하께서는 마땅히 잘한 사적事蹟을 받아들여 이를 행하고 잘하지 못한 사적을 보고 경계하며, 긴급하지 않은 일을 없애 버리고 이롭지 않은 노역을 폐지하시어 오직 임금은 위에서 평안하시고 백성은 아래에서 기뻐하도록 하셔야 합니다. 처음을 잘하겠다는 마음으로써 끝을 잘 마무리하는 아름다움을 생각하며, 날이면 날마다 삼가서 비록 휴식할 수 있어도 휴식하지 말며, 비록 존귀하기가 군주가 되었더라도 스스로 잘난 체하지 말며, 재능과 덕을 풍부히 가졌더라도 스스로 교만하거나 뽐내지 마십시오. 오직 자기를 공손히 하는 마음을 돈독히 가지며, 백성을 근심하는 마음을 끊임없이 한다면 福은 구하지 않아도 저절로 올 것이고, 재앙은 푸닥거리를 하지 않아도 스스로 소멸할 것입니다"라고 했다.

최승로가 지면을 가장 많이 할애하여 비판을 아끼지 않은 부분은 백성의 재화財貨와 노역勞役을 한없이 낭비하는 각종 불교행사다. 비로자나참회법毗盧遮那懺悔法이다, 무차회無遮會다, 수륙회水陸會다, 방생放生이다, 그리고 승려대중에게 잦은 공양이다 하여 이루 말할 수 없었다. 최승로는 이들 불교행사를 과감히 비판하고, 불교와 유교의 역할 분담을 명확히 제시했다. '불교를 믿는 것은 수신修身의 근본이요 유교를 행하는 것은 치국治國의 근원'이라고. 즉 불교는 사적 차원의 신앙으로 이를 통해 자신을 닦아 내세來世에 대비해 가야 할 것이고, 유교는 공적 차원, 즉 국가·사회의 운영 원리로써 당장 오늘의 급무라는 것이다. 오늘은 지극히 가깝고 내세는 지극히 머니, 가까운 것을 버리고 먼 것을 구하는 것은 아주 잘못되었다는 것이다. 최승로는 "사람의 화복과 귀천은 모두 태어나면서 받는다고 하니 있는 그대로 받아들여야 마땅하다"고 자신의 지극히 유학적 인생관을 표백한 적이 있다. 그러면서 왕건에 대해 '불교를 존숭하고 유술을 소중하게 여겨 임금된 이로서의 미덕이 이에서 갖추어지게 되었다'고 하여, 왕건의 불교적 측면을 균형 잡힌 제왕의 한 측면으로 적극적으로 인정한 것이나, '수신의 근본'으로 불교를 정립한 것은 최승로가 벗어날수 없는 역사적 한계다.

(《박약회소식博約會消息》 26호, 사단법인 박약회博約會, 2011.4.)

3. 고려 전기 정신사에서의 낭만주의적 및 탐미주의적 성향에 대하여

— 주로 문학·예술을 통한 연구를 위한 하나의 점검

1)

누구나 느끼는 바이겠지만 고려의 정신사적 지형도는 매우 착잡하다. 허무의 정적이 심연으로 굽이돌고 있는가 하면, 현세에의 열정이 분출하고 있다. 상相과 색色의 추구에 몰입하는 국면의 다른 한 편에서는 일미청정一味淸淨의 선경禪境으로의 비약을 기도하고 있다. 운명을 신불神佛에 맡기는가 싶으면 굳세게 저항하는 힘을 아울러 보게된다. 이와 같은 일견 모순항들의 착종이 우리들로 하여금 그 정신사의 형세를 쉽사리 장악하지 못하게 한다.

현상이 이러한 만큼 이 현상의 소유래도 쉽사리 짚어지지 않는다. 유·불·도·도참 등 여러 계열의 사상의 혼효와 결코 무관할 수 없고, 오대·거란·송·요·금·원의 대륙의 어지러운 왕조 교체에 대응한 자기조정自己措定의 분주함과도 무관할 수 없고, 향리도 고관으로 진출할 수 있는 내부의 명분체계의 각박하지 않음도 일정하게 유관할 터이고, 그리고 신라 말대의 문화를 승습承襲한 출발로서의 전변轉變도 깊이 유관할 터이다. 하지만 이러한 조건들 사이의 응당 있을 내적 유기 관계로 앞의 현상에 대응되는 원인이나 계기를 제시하기란 결코 쉽지 않다. 이래서 도학이 수용되어 하나의 이데올로기로 정착되어 가던 말기 이전의 고려의 정신사의 형세를 입체적·구조적으로 파악하기 쉽지 않다. 고려 전기의 경우 이 점은 그 정도가 더욱 심하다. 여기에는 물론 유관자료의 거의 절대 결핍에서 오는, 사태의 불가지不可知 국면이 있음도 한몫 거들기는 할 것이다. 그러나 자료가 부족하기로는 그 정도가 더 심하다 할, 가령 신라시대와 비교해 보면 고려의 정신사 형세의 파악하기 어려움이 뚜렷이 드러난다.

고려 정신사의 완결적 자기 정체가 쉽사리 파악되지 않음은 마침 내 우리 역사에서의 고려시대의 위상이 그 자체대로 긍정되지 않는 결과까지 낳고 있는 듯하다. 말하자면 그 자기 정체성이 확연하지 않 는, 앞뒤 시대를 연결해 주는 교량적 성격의 것으로 간주하기조차 한 다는 것이다. 이런 인식은 물론 올바르지 않다.

체계적 파악이 어려운 형세의 정신사는 바꾸어 말하면, 그것의 전 개가 순조롭지 못했음을 뜻하기도 하겠지만, 다른 한편으로는 그만 큼 다양했음을 뜻하기도 한다. 다양한 정신사적 인소 내지 현상들의 얼크러짐은 해석학적 잠재 가능성이 그렇지 않는 경우에 비해 상대 적으로 그만큼 더 풍부한 것이다. 이런 점에서 고려의 정신사는 우리 에게 흥미를 돋우는 매력을 가지고 있다. 이런 만큼 자료의 절대 한 계는 우리를 더욱 답답하게 한다. 그러나 이 한계에 끊임없이 지혜롭 게 도전, 그야말로 지知의 고고학을 수행하여 우리의 정신사의 지평 을 한 뼘이라도 넓혀가야 마땅할 터이다.

이런 점에서 자료의 한계에 도전하며 힘써 이룩한 그동안의 유관 성과는 다른 어느 시대의 것에 비해 보다 값진 의의를 가진다 할 것 이다. 특히 정신사적 접근과 관련하여 고려 문학의 사상사적 이해의 틀이 일단 그 얼개가 모색되는 만큼 정신사적 접근에서의 진전을 직 접 촉구하는 의의를 가진다. 나는 고려 전기 한문학사에 관한 논문

(《고려전기의 한문학》,《한국사》17)에서 사상사적 틀로써의 이해에 일정한 진척을 시도해 보았다. 이제 이를 바탕으로 하여 여기서는 사상사적 접근과는 그 시각에 일정한 편차가 있는 정신사적 모색을 시도하고자 한다. 그리고 여기서는 먼저 고려 전기 문학·예술에 나타난바 정신사적 현상 중 이 시기의 특징적인 것이라고 생각되는 낭만주의적 및 탐미주의적 지향의 두 국면에 주목하고자 한다. 이 두 가지가 물론 여기서 처음 제기되는 것은 아니다. 기왕의 분산적 또는 부차적 성과를 바탕으로 탐구를 보다 본격화하고자 한다. 우선 자료를 중심으로 현상 자체의 검증에 중점을 두고, 그 좀 더 깊은 이론적 탐구는 후일로 기약한다.

2)

"낭만주의라는 술어를 정의 내리고자 하는 사람은 이미 많은 희생자들을 낸 바 있는 위태로운 작업에 착수하고 있는 셈이다"라는 말이 있다.(E. B. 버어검,《낭만주의론》, 1941) 낭만주의라는 술어는 그만큼 다기하게 정의되지만, 그 어느 정의도 그 개념 내용을 충족시켜 주지 못할 정도로 그 개념 내용이 다기하다는 뜻이다. 어떻게 보면 낭만주의라는 술어의 개념은 끊임없이 유동하는 생성의 과정에 놓여 있다고 할 수도 있다. 더구나 서구의 문예 내지 정신사, 그것도 근대의 그것으로부터 태생해 나온 이 술어의, 동양 내지 한국의 과거 정신사적 문맥에서의 개념 규정은, 이 술어의 통념적 개념에 의거한 실제 검증이 일정하게 이루어지기 전까지는 오히려 유보해 두는 편이 현명할 것 같다. 아니 오히려 실제 검증이 바로 개념의 새로운 지평을 탐구하는 행위라고 하겠다. 다만, 단순히 문학·예술의 표현 양식으로만 한정

3. 고려 전기 정신사에서의 낭만주의적 및 탐미주의적 성향에 대하여

되지 않고, 넓게 삶의 태도 양식까지를 포괄하는 개념으로 쓴다는 것만은 밝힌다. 아울러 통념적으로 그러하듯이 주로 고전주의·현실주의와 대대적對待的으로 사용된다는 점도 유의할 필요가 있다.

*

과거 역사에서 왕조의 교체와 함께 문학·예술, 또는 문화가 바로 새로운 노선을 잡아서 시작하는 경우가 거의 없듯이, 그리고 아는 바와 같이 고려의 경우도 신라말의 문학·예술 또는 문화의 상당 부분의 연속적 흐름 위에서 출발했다. 그런데 이 문학·예술에서의 연속의 주조主調가 바로 다름 아닌 〈처용가〉며, 최치원의 변려문 등으로 대표되는 낭만주의적 또는 탐미주의적 성향 그것이었다.

*

낭만주의는 일차적으로 전기傳奇 장르를 통해 집중적으로 실현되었다.

㉮ 쌍녀분기雙女墳記 ㉯ 조신 ㉰ 김현감호金現感虎 ㉱ 수삽석남首揷石枏 ㉲ 온달 ㉳ 설씨녀 ㉴ 도미都彌 ㉵ 백운白雲·제후際厚

나말·여초의 선택적 전기 목록이다. 모두 하나같이 남녀 애정 모티브에 의해 발동된 이 작품군은 각기 고유한 해석적 지평을 가질 터이다. 그러나 그 애정 향유는 역시 모두 삶의 일상적 정식程式의 범용성凡庸性에 저항함으로써 성취되는 점에 있어서는 공통적이다. 이 시기 역사의 어떤 조건들이 현실 삶의 범용성에의 저항으로 사랑을 모험하고 꿈을 추구하게 했는지는 아직 알 수 없지만 우리의 정신사에 유례없는 한 현상임에는 틀림없다.

저항이라고 했지만 그것은 다 밝은 역동의 에네르기로써가 아니다. 이 시기의 전기를 그 수준에 있어 대표하는 〈쌍녀분기〉는 그 반대다. 유계幽界의 미녀를 선녀로 표상, 허무의 색정色情에 파멸적으로 침몰함으로써 현실 세계를 하강 방향으로 탈리脫離하는 상징과, 마침내는 '유심충막遊心沖漠'이라는 초월계로의 상승 방향으로 탈리하는 실제 사이의 의미 공간에 내함되어 있는 의미는 뒷날 정지상의 작품에서 보는 바와 같은 낭만주의와는 전혀 성격을 달리한다.

*

사랑을 모험하고 꿈을 추구함으로써 실존의 고양을 실현시킨 애정 모티브의 낭만주의는 고려 속요로 양식을 달리하여 그 내용을 새로이 확이충지擴而充之했다.

㉮ 서경별곡西京別曲 ㉯ 만전춘滿殿春(별사別詞) ㉰ 이상곡履霜曲 ㉱ 가시리

이들 작품 중의 일부는 그 발생 내지 향유가 고려의 전기에 속할 개연성을 배제할 수 없다. 아니면 최소한 그 주제 모티브의 전기로의 소급성까지 부정될 근거는 없다.

어름우희 댓닙자리 보아

님과나와 어러주글만뎡

어름우희 댓닙자리 보아

님과나와 어러주글만뎡

정情든 오눐밤 더듸 새오시라 더듸 새오시라

이 사랑의 초절성超絶性, 그러나 〈쌍녀분기〉에서의 색정에의 침몰
에서와 같은 허무의 심연이 그 사랑에 몰입하는 실존의 발아래에 놓
여 있음을 읽게 된다. 고려 낭만주의의 주요 특색의 하나다.

*

13대 왕 선종宣宗은 다음과 같은 사詞 작품을 남겼다.

이슬 차고 바람 높아 가을밤 맑은데,

달빛 휘영청 밝구나.

궁전에 밤은 깊어 가는데,

노랫소리 끊어올라라.

분잡한 인생 도무지 허깨비 같은 것,

영화 탐할 것 없어라.

그저 맛 좋은 술 금잔에 가득 부어,

맘껏 즐겨 보세나.

露冷風高秋夜清노랭풍고추야청,

月華明월화명.

披香殿裏欲三更피향전리욕삼경,

沸歌聲비가성.

擾擾人生都似幻요요인생도사환,

莫貪榮막탐영.

好將美醞滿金觥호장미록만금굉,

暢歡情창환정.

　　국왕이 외국(遼) 사신을 접대하는 자리에서 〈하성조사賀聖朝詞〉라는
제목으로 불려졌다는 작품의 지취旨趣, 즉 정신지향이 이토록 화려한
무상無常, 또는 무상한 화려에 탐닉했다는 사실에서 우리는 이 시기
정신사의 주요 국면을 명백히 포착하게 된다. 선종은 또 병중에 약을
들게 하고는 문득 시를 지었는데 그 끝부분이 이러했다는 것이다.

　　약효 있고 없음이야 어찌 감히 헤아리랴,

　　뜬 인생 시작이 있었으니 마침이 없을라고.

　　간절히 소원하는 바는 제선諸善을 닦아,

　　청정淸淨의 세계로 뛰어올라 부처님께 예배드리는 것.

　　藥效得否何敢慮약효득부하감려.

　　浮生有始豈無終부생유시기무종.

　　唯應願切修諸善유응원절수제선,

　　淨域超昇禮梵雄정역초승예범웅.

3. 고려 전기 정신사에서의 낭만주의적 및 탐미주의적 성향에 대하여

역시 인생무상에의 자의식自意識이다. 허무에로 침전沈澱하는 막막한 자의식이 청정세계淸淨世界로의 초월을 희구하는 종교적 기원으로 표백된 것이다.

*

여기에서 우리는 심연으로의 침전과 창공으로의 초월의 의상意象을 한 색조로 아우른 고려자기의 그 특유한 정적靜寂의 색조를 만나게 된다. 고려자기는 그 전형태典型態에서 볼 때 허무의 낭만 성향이 짙은 예술이다.

*

그러나 고려 전기의 낭만주의가 허무의 그것만으로 일관한 것은 아니다. 곽여郭與의 도교적 사유와 상상이 빚어내는 낭만주의는 세계를 이상화하는가 하면, 도가적 사유가 빚어내는 도道의 경계를 구상화하여 향유하는, 즉 낙천적 성향의 것이다. 〈동산재응제시東山齋應製詩〉는 전자에 해당하는 작품이고, 〈어가御駕를 따라 장원정 위에서 누대에 올라 저무는 정경을 바라보는데 한 촌 노인이 소를 타고 시내가로 돌아가다.(수가장원정상등루만망유야수기우방계이귀隨駕長源亭上登樓晩望有野叟騎牛傍溪而歸)〉는 후자에 해당하는 작품이다.

정지상의 작품들에서 읽어내는 낭만주의는 단순히 낙천적인 데에 그치지 않는다. 이상에의 갈구가 역동하거나 고양되는 그러한 양식의 것이다. 그는 자연 경물과, 인간사로서는 이별을 주제재로 삼았다. 전자 작품들에서는 경물을 매개로 상징, 또는 암시하는 방식으로 이상경理想境에의 그지없는 동경, 내지 갈구를 노래했다. 후자의 작품들의 경우 이별의 정서가 현실에서의 결핍의식의 굴절적 현상이란 점에서, 그 충족을 지향하는 것은 곧 이상으로의 지향과 같은 범주다. 그가 묘청妙淸의 대위국大爲國 수립 운동에 가담한 것은 지역주의의 소치가 아니다. 자신의 낭만주의의 정치적 행동화다.

*

묘청의 대위국 수립운동은 고려 전기 긍정적, 나아가 혁명적 낭만주의 정신이 연출해 낸 일대 드라마다. 긍정적 낭만주의는 결국 이상주의에 다름 아니기 때문이다. 호국백두악태백선인실덕문수사리보살護國白頭嶽太白仙人實德文殊師利菩薩 등, 본방本邦의 신들과 불교의 불보살을 결합시킨 8성聖의 창조를 중핵으로 한 대위국 수립 운동은 주로 국풍파國風派의 현실 저항의 낭만적 열정의 결집으로서의 표출이다.

3)

탐미주의적 지향은 낭만주의적 지향과 일정한 친연성은 있을 수 있으나 서로가 별개의 정신사적 범주다. 고려 전기의 탐미주의 - 고려 전기는 우리 문학·예술사에서 이것을 그 특징의 하나로 규정할 수 있는 유일한 시기다 - 는 최치원의 변려체와, 나말의 여타 유당학생留唐學生들의 시풍으로부터 시작된 데서 알 수 있듯이 만당晚唐·오

3. 고려 전기 정신사에서의 낭만주의적 및 탐미주의적 성향에 대하여

대五代 때의 중국의 시문풍과 무관하지 않다. 그러나 중국의 송시풍宋 詩風의 성립 이후에도 고려에 여전히, 오히려 보다 본격적으로 탐미 주의적 지향이 추구된 점에 비추어 이 정신사적 현상의 주된 동인도 역시 우리 내부에 있었다.

*

넓게 보아 탑비塔碑들의 문체, 표전류表箋類의 문체, 그리고 영물송 축시류詠物頌祝詩類의 시풍에 두루 일정하게 탐미주의적 성향이 실현 되어 있거니와 (여기에서 가령 표전류 같은, 중국과도 연계되어 하나의 관습으 로 굳어지다시피 한 경우는 그 정신사적 의의가 그리 크지 않을 수 있다) 전기소 설 〈쌍녀분기〉의 삽입시를 위시한 일련의 시작詩作과, 공예작품, 그 리고 왕과 귀족들의 생활 취미 등에서 그 본격적 양태들이 확연하게 드러나 있다.

*

〈쌍녀분기〉의 삽입시는 전반적으로 그러하지만, 특히 최치원과 팔 랑八娘 · 구랑九娘이 달을 두고 주고받는 연구聯句에서 그 탐미지향을 집약적으로 볼 수 있다. 강일용康日用의 '비할벽산요飛割碧山腰'의 일화 도 탐미지향이 그 동인이었다고 볼 수 있거니와, 특히 예종과 곽여와 의 연구聯句 지음은 이 시기 궁정과 귀족 사회에서의 탐미주의적 취 향의 전형적인 형태이며, 이래서 지어진 연구는 역시 전형적인 탐미 적 작품 그것이다. 일례로 〈희우연구喜雨聯句〉는 47련의 장편으로 아래와 같은, 희우의 주제와 상관없는 구절들의 나열이 대부분을 차지하고 있다.

들판 물가엔 풀이 써늘해 오리 떼 모여 있고,
버들 그늘엔 이끼 미끄러워 잠자리들 곤두박질하네.

野岸草寒團鴛鴦야안초한단안목,
柳陰苔滑撲蜻蜒유음태활박청연.

희우는 가뭄 끝에 비가 와서 백성들의 농경에 유익함을 기뻐함이 그 주제 방향이다. 여기에 비추어 볼 때 이런 구절의 나열은 결국 탐미적 몰입일 뿐 그 이상의 의의는 없다. 이러한 풍상風尚이 마침내 장편의 집구시集句詩까지 그 문예적 의의를 인정해 주게 될 정도로 된 것이다.

*

선종 연간에 세운 원주 법천사法泉寺의 〈지광국사현묘탑비智光國師玄妙塔碑〉 등도 이 시기 정신사에서의 탐미주의적 성향의 한 표출이다.

5)

고려 전기의 문학·예술에는 물론 낭만주의적 및 탐미주의적 지향 이외의 국면, 이를테면 낭만주의와 그 대대관계성이 상대적으로 더 깊은 고전주의적 지향도 당연히 있다. 그러나 우리 문학·예술사에서 정신사적으로 일정한 의미를 띨 정도로 낭만주의가 실현된 경우는 이 시기와 함께 조선후기가 있을 뿐이며, 탐미주의가 실현된 경우는 이 시기가 유일할 것이 아닌가 한다. 이런 점에서 이 시기 문학·예술사에서의 이 정신사적 두 범주에 대한 탐구는 매우 의의 있는 과제가 아닌가 생각한다.

(《한국학논집》 25, 계명대학교 한국학연구원, 1998)

4. 고려의 유교적 지식인과 불교

순천 송광사에 있는 고려 유물 가운데 《고종제서高宗制書》등 문서류는 내가 일찍이 접한 바 있다. 그러나 나머지 유물은 내가 직접 보지 못해 무어라 말할 수 없지만 그 가운데에는 사자死者의 시신에 찍어 주는 도장이 전해 오고 있다는 말을 들은 적이 있다. 이는 결국 주민의 사망신고를 사찰에서 접수하여 처리했음을 의미한다. 그리고 이런 절차는 불교 자체가 본래 가지고 있던 것으로는 보이지 않고, 고려 불교의 정치·사회적, 또는 종교적 어떤 필요에 의해 생겨난 제도일 것이다. 어떤 필요에 의해 생겨났건 그것이 주민에 대한 불교의 장악력을 보다 긴박히 하려는 의도임은 틀림없을 것이다. 그러기 위해 주민의 통과의례通過儀禮의 마지막 대목을 간섭한 것이다.

현지에 가서 유물을 내 눈으로 보며 확인하리라고 별렀으나 아직 그러지 못했다. 한편으로 혹시 문헌에 이런 절차와 관련되는 자료가 없는가 늘 살펴 왔다. 그러다가 고려 관인층의 묘지명에서 이런 절차와 유관할 듯한 기록을 발견했다. 즉 고려 관인층의 상당수는 사찰에서 임종을 맞거나 빈소를 사찰에 차린다는 사실이다.

문종 때의 이자연李子淵은 묘각사妙覺寺에서 임종했고, 역시문종 때의 이정李頲은 개경 불은사佛恩寺에서 임종했고, 예종 때의 최사추崔思諏는 대궐 동쪽 자운사慈雲寺 적선원積善院에서 임종하고, 대궐 남쪽 불은사에 빈소를 차렸고, 인종 때의 박교웅朴敎雄은 용수원龍樹院 서각西閣에서 임종했다. 의종 때의 최누백崔婁伯의 처 염경애廉瓊愛는 집에서 임종하고 순천원順天院에 빈소를 차렸으며, 화장하여 유골을 개경 동쪽 청량사淸涼寺에 임시로 안치해 두었다가 그 뒤 인효원因孝院 동북쪽에 있는 친정 아버지 무덤 곁에서 장사지냈다. 역시 의종 때의 권적權適도 집에서 임종하고 정광사定光寺에 빈소를 차렸다.

이렇게 사찰에서 임종을 맞거나 빈소를 사찰에 차리는 것이 개별적 취향이었는지 하나의 예제禮制였는지는 자세하지 않다. 가령 19대 명종 때에 죽은 왕재王梓의 여女 왕씨 묘지명에는 왕씨가 "대정大定 23년(1183) 계묘 4월 초1일 을미에 집에서 통졸痛卒했다. 증고사拯苦寺에 빈소를 차렸다가 그 20일 갑인에 조양산朝陽山 서남강西南崗에서 다비하여 뼈를 수습해서 그해 12월 24일 을유에 덕수현德水縣 지경 안에 있는 와촌瓦村 동산東山의 동쪽 산록에 장사지냈으니 예禮다"라 했고, 희종 때에 죽은 최루백의 묘지명에도 "을축년(1205) 12월 초1일 계축에 조산대부朝散大夫 국자좨주國子祭酒 최공崔公이 집에서 죽었다. 광제사廣濟寺에 옮겨 빈소를 차렸다가 그달 18일 정오에 대덕산록大德山麓에 장사지냈으니 예禮다"라고 해서, 이런 류의 기록에 가끔 '예禮다'라는 표현이 보인다. 이것은 물론 장례절차의 전 과정을 가리켜 '예禮'라고 한 것이겠으나 사찰에 빈소를 차리는 것 등의 절차도 단순히 개별 취향에 따른 임의적인 것만은 아닌 듯한 여운을 풍긴다. 사찰에서 임종을 맞이한다거나 빈소를 차리는 것 등의 '예禮'는 무신란武臣亂 이후로 고려 전기 귀족의 몰락과 동시에 사라지는 것으로 보이는데, 이로 보아 혹시 전기 귀족사회의 준準예제가 아니었는지 모를 일이다. 사찰에서 사자의 주검에 도장을 찍어 주는 등 주민의 사망신고를 접수했다면 사찰에서 빈소를 차리는 것 등은 전기 귀족사회의 준예제의 한 유속이 아닐까 하는 생각도 든다.

위에서 '고려 불교'라고 했지만 실은 이 장례절차가 고려 사회에서 생겨난 것인지, 그 이전 통일신라 이래의 유속인지도 확실하지 않다. 어쨌든 불교는 고려시대에 이르면 우리 생활의 최상층위에서 최하층위에 이르기까지 구석구석 침투하여 재래의 신도神道와 습합習合하여 우리 의식의 거시세계에서 미시세계에 이르기까지의 온갖 곳에 서식한다.

불교가 이렇게 되는 데에는 삼국시대 불교 유입 이래 고려시대에 이르기까지 지식인의 불교 편향이 주원인임은 말할 것도 없다. 사실 삼국 말년 이래 고려시대에 이르기까지는 모두 불교국가다 해도 좋을 것이다. 단적으로 권력의 최고정점인 왕의 사부師傅로 불승佛僧이 '왕사王師', '국사國師'로 일컬어졌다. 왕사나 국사는 일국의 정신적인 지주의 상징적 존재였다. 조선 후기에 유교의 '산림山林'의 존재도 왕사, 국사의 의제擬制라는 생각이 든다. 어떤 사상 또는 정신이 사회의 지주로 되기 위해서는 그 사회 지식인의 절대다수가 그 사상, 또는 정신으로 쏠려야 가능하고, 어떤 사상, 또는 정신이 한 사회의 지주가 된 뒤에는 바로 지주 때문으로 해서 역으로 지식인의 절대다수가 그 사상, 또는 정신으로 쏠리기 마련이다.

아마 통일신라시대에서는 그 정도가 더욱 심했겠으나 고려시대까지도 지식인의 불교로의 쏠림은 그 형세가 대단했다. 상류사회에서는 아들이 여럿이면 그중의 한 사람, 경우에 따라서는 두 사람까지도 출가하는 사례가 비일비재했다. 16대 예종 때에 송나라 태학에 유학 보낸 유학적 인재로 선발된 권적權適의 경우 본인의 빈소도 사찰에 차려졌을 뿐 아니라, 아들 5형제 중 둘째와 넷째는 출가했을 정도다. 윤관尹瓘 장군(장군이라 했지만 기실은 문신이다. 고대의 군 최고지휘관은 문신이 맡았다)의 아들 윤언민尹彦旼은 본인도 불교에 푹 빠졌을 뿐 아니라 아들 7형제 중 맏이와 넷째가 출가했다. 여럿 중 한 아들이 출가한 경우는 일일이 매거할 수 없다. 오늘날 미혼의 시동생을 '도련님'이라 부르는데, 원래는 '도리闍梨님'이다. 불교에서 남의 스승이 될 수 있는 사람을 '도리闍梨'라 했는데 이로 보아 여러 아들 가운데 기차 아들들이 주로 출가했음을 알 수 있다. 이런 관습은 고려 말까지 지속되었는데 승무陞廡한 18유현의 한 사람인 안유安裕의 손자도, 그리고 길재吉再의 동생도 모두 출가했다.

출가하지 않고 세속에 남아 관료로 살아가는 경우에도 고려 관인의 정신세계의 80~90%는 불교에 의해 지배되었다고 할 수 있다. 대개는 《금강경》에 심취했다. 그래서 '금강거사金剛居士'라 자호하는 사람도 한둘이 아니다. 후기에는 《능엄경》을 좋아하는 경향도 있었다. 또 《법화경》을 좋아하는 관인도 더러 있었다. 이런 류의 지식인 중에는 앞에서도 잠시 언급한 바 있는 윤언민이 대표적 인물이 아니었을까 한다. 언민은 벼슬을 해서 아경亞卿의 지위에까지 오른 인물로, 유학幼學일 때부터 불교에 귀심歸心하여 특히 《금강경》,《반야경》을 즐겨 읽으며 견성見性·관공觀空으로 낙사樂事를 삼았다. 그가 성주成州 방어사防禦使로 있을 때 매일 푸른 소를 타고 관청에 출근하여 낮에는 관청일을 보고 밤에는 불경을 염念하자 인종은 그 실상을 듣고 탄복해 마지않았다. 그래서 인종은 그 광경을 손수 그림으로 그리고 〈일장선생기청우염경지도日章先生騎靑牛念經之圖〉라 하니 전 고을 사람들이 칭송해 마지않았다. 그는 60세까지 살았는데 만년에 숙질宿疾이 있게 되자 한가한 관직을 택해 안서대도호부사로 나갔다. 그러나 병은 낫지 않고 날로 더해 갈 뿐이었다. 그는 죽을 날이 머지않음을 알고 이에 게송偈頌을 지었다.

봄이다가 다시 가을이라,

복사꽃은 붉고 물은 푸르다.

서쪽이다가 다시 동쪽이라,

나의 마음 보호했네.

오늘 병중에,

이 몸을 돌이켜 보니.

먼 허공 만리에,

한 점 나는 구름.

春復秋兮춘부추혜,

桃紅水綠도홍수록.

서復東兮서부동혜,

護我眞君호아진군.

今日病中금일병중,

反觀此身반관차신.

長空萬里장공만리,

一點飛雲이점비운.

그리고는 서방정토에의 왕생을 기원하는 향가 한 수를 지어 부쳤
다. 의종 8년(1154년) 3월 초8일에 사제私第에서 한 승려를 시켜 정화
수 한 잔을 떠오게 하여 마시고는 뱃속의 오물을 모두 토해냈다. 그
리고는 "내 곧 가리로다"라고 말하더니 다음날 밤에 죽었는데, 결가
부좌하여 분향하는 손놀림하던 대로였다.

위의 윤언민에 관한 사실은 〈윤언민묘지명〉 서술내용의 일부인데,

다른 한편으로 《고려사》〈윤언이전〉에도 대동소이한 게송에 전후 사실이 다른 기사가 실려 전한다.(이종문의 《《보한집》 소재 윤언민 일화에 대한 원전비평적 고찰〉 참고) 언이는 바로 언민의 형이다. 언이는 문장을 잘했는데 '일찍이 《역해易解》를 지어 세상에 전한다' 했으나 지금은 전하지 않는다. 만년에는 불법을 '혹호酷好'하여 파평에 퇴거하면서 스스로 '금강거사'라 불렀다. 일찍이 불승 관승貫乘과 공문우空門友(불교계의 친구)가 되었는데 관승이 단지 한 자리만 허용하는 '일포암一蒲菴(한 포단 넓이의 암자)을 지어 먼저 세상을 뜨는 자 이곳에 와서 앉아서 죽기로 약속을 하였다. 하루는 언이가 소를 타고 관승에게 와서 고별을 하고는 곧바로 돌아갔다. 관승이 사람을 시켜 일포암에 가서 살펴보게 하였다. 그러자 언이는 웃으며 "스님이 약속을 저버리지 않았구나!"라고 말하고, 드디어 붓을 취해서 일포암 벽에 다음과 같은 게송을 썼다.

> 봄이다가 다시 가을이라,
> 꽃은 피고 잎은 지누나.
> 동쪽이다가 다시 서쪽이라,
> 나의 마음을 잘 함양했네.
> 오늘 여기 오는 도중에,
> 이 몸을 돌이켜 보니.
> 먼 허공 만리에,
> 한 조각 한가로운 구름.

> 春復秋兮춘부추혜,

154

花開葉落화개엽락,

東復西分동부서혜,

善養眞君선양진군.

今日途中금일도중,

反觀此身반관차신.

長空萬里장공만리,

一片閑雲일편한운.

쓰기를 마치고 앉은 채로 세상을 떴다.

게송의 표현이 거의 절반 가까이 다르나 그 주제는 같다. 그러나 전후 사실은 전연 다르다. 거의 한 가지라 할 게송이 다른 두 가지 사실에 부착된 내력은 알 수 없으나, 아마 두 형제의 각기 다른 임종 사실에 누군가의 한 편의 게송이 구전口傳 과정에 약간 변개되어 부착되지 않았나 생각된다. 우리는 여기에서 불교를 '혹호'하는 많은 고려 지식인의 존재를 다시 한번 깨닫게 된다.

더 말할 것 없이 이곡·이색 부자는 여주 신륵사를 터전으로 사가 私家에서 대장경의 일부를 간행하기까지 했다. 불교에 대해서 이단의 식이 없었거나 흐린 고려시대, 그래서 대부분 표면으로는 유학적 지식인이 불교로 쏠린 고려시대의 유학의 한계는 자명하다.

(《박약회소식博約會消息》 25호, 사단법인 박약회博約會, 2010.12.)

5. 한국의 도교, 특히 유학과 관련하여

　아무리 사록史錄이 엉성하게 남아 있는 삼국·통일신라 시대라 할 지라도 신선사상을 제외한 도교의 세勢가 미미했던 것은 거의 단정을 해도 좋을 것 같다. 고구려는 두 번이나 도교의 국가적 전파 노력이 무위로 끝났으며, 백제는 중국 사서 《주서周書》가 "도사道士는 없다" 고 증언했으며, 신라·통일신라는 《삼국사기》나 《삼국유사》에 국가 적으로 행한 도교 행사에 관한 기사가 보이지 않는다. 대체로 통일신 라 시대의 국가적 제사체제인 《삼국사기》〈제사지〉에 실려 있는 제사 의 종류와 격格은 신라 조정이나 김부식이 유교식 제사체제로 전제하 고 정리한 것이기 때문에 일월日月·오성五星의 천체에 대한 제사가 있었다 하나 어디까지나 유교식 제사이지 도교적 과의科儀에 의한 재 초齋醮는 아닌 것 같다. 제사든 재초든 다 초월적 힘에의 의지다. 우 리는 이미 태조 왕건에게서 보았듯이 전통시대의 지배층, 특히 왕정 王廷은 왕정 자체의 복리福利를 위해서나 국가적 재변의 해소를 위해 서는 어떤 초월적인 힘, 두 가지 이상의 상충되는 힘이라도 가리지 않고 끌어다 의지하려는 경향을 지닌다. 그래서 중국 도교에서 재법 齋法(재계齋戒가 위주)이나 초법醮法(제신祭神이 위주)의 국가적인 설행設行 이 이미 상례화한 당대唐代 이후 적어도 통일신라 시대의 왕정에는 수용해다가 설행했음직하다. 더구나 문무왕대의 천문·지리가인 설 수진薛秀眞에 의해 《천지서상지天地瑞祥志》라는, 천지간에 있는 성수星 宿를 위시한 온갖 사물의 변화 현상이 국가 화복의 조짐이라는 인식 에서 그 사례를 중국 문헌에서 수집, 방대한 책을 편찬하여 왕에게

바친 적이 있는 신라다. 일언이폐지해서 서거정의 《동국통감》 혜공왕 16년조에 왕이 "도류道流와 익살을 부리곤 했다"는 기사로 보아 신라 왕정에는 도사가 있었던 것이 아마 확실할 듯하다. 그리고 고려 개국 7년 만에, 그러니까 신라왕조가 채 망하기 전 태조 7년(924)에 구요당九曜堂이라는 도교 성수신앙을 위한 시설을 갖추었고, 성종 원년 (982) 최승로 상소문에 "산악에 대한 제사와 성수에 대한 재초가 뻔질나서 도를 넘어서고 있습니다"라고 했다. 여기의 '성수에 대한 재초'는 어디까지나 도교식 과의에 의한 재초다. 이러한 정황에 비추어보면 통일신라 시대에도 성수에 대한 재초를 중심으로 과의도교가 행해졌음을 짐작케 한다. 여기에 궁예 치하의 철원 발삽사勃颯寺에 '진성고상眞星古像', 즉 절간을 수호하는 성수를 사람의 형상으로 표현한 오래된 상像이 있었다는 《고려사절요》의 기록도 참고가 될 것이다. '오래된 상'이라 했으니 늦어도 통일신라 시대의 어느 때이겠는데, 이 경우는 아마도 중국에서 도교가 불교에 습합된 것이 신라로 유입되었을 것으로, 민간 사찰에서의 도교 신앙 대상의 존재를 시사한다.

어쨌든 신선사상을 제외한 삼국·통일신라 시대의 도교의 이러한 미미한 형세가 유학의 수용에도 특별히 장애가 되었을 가능성은 크게 없었을 것 같다. 적어도 그 시대 유학이었던 한당유학漢唐儒學은 뚜렷한 자기정체성과 신선한 활력이 있었던 원시유학(공맹유학), 이기철학을 배경으로 유학의 근본주의를 예각적으로 추구한던 송명유학宋明儒學과는 달리 한나라에서 당나라를 거치는 동안 참위사상·도가사상·불교·도교의 세례를 받아 자기 정체성이 크게 허물어져 있어 사실상 어느 사상, 어느 종교와도 크게 부딪힐 가능성은 희박하다. 무엇보다 애초에 통일신라에서는 도교 교단이 성립되지 않았으니 가령 종교로서 세상을 구제하는 문제를 두고 유교와 마찰을 빚을 일이 없고, 또 일상 윤리행위 같은 문제도 도교의 실천윤리는 당초에 유학의 윤리를 기반으로 했기 때문에 서로 충돌할 이유가 없었다. 다만 민중취향의 기복신앙적 측면에 서로 일정한 차이가 드러난다. 조상신과 그 외에 받드는 잡신의 종류가 도교가 유교에 비해 훨씬 많고, 제사나 기도祈禱·기구祈求의 방식이 다를 뿐 아니라 전반적으로 유교가 도교에 비해 절제되어 있다고 하겠다. 그러나 얼마든지 공존이 가능해 중국에서 일찍이 일찍이 그렇게 공존해 왔다. 그러나 삼국·통일신라뿐 아니라 고려 전기까지, 적어도 성리학이 수용되기까지는 이런 논의 자체가 실은 무의미하다고 할 수 있다. 우리나라에 수용된 유학이 자기정체성을 잃은 한당유학이었고, 특히 통일신라기까지는 주로 유학의, 정확히는 중국의 국가적 문물·제도에 주력해서 수용한 데다, 도교 또한 민간에 아무런 기반 없이 상층부에 기복적 과의도교科儀道敎만 행해져서 양자가 현실적으로 갈등할 가능성은 거의 없다. 게다가 교의상 유학과 정면으로 배치되는 불교와의 갈등전선이 내면으로 형성되어 있었기 때문에 도교와는 애초에 문제가 되지 않았다. 하기는 배치되는 불교와의 사이에도 최승로의 말대로 "불교를 믿는 것은 나 자신을 닦는 근본이요, 유교를 행하는 것은 나라를 다스리는 근원이다"고 타협되어 공존하고 있었음에랴.

신선사상만 해도 그렇다. 재래의 자생한 배태胚胎에 도교의 신선사상이 융합되어서 도교의 다른 측면에 비해 상대적으로 그 세勢가 좀 두드러졌다는 뜻일 뿐이다. 그래서 신라 진평왕대에 외단外丹에 의한 선거仙去를 믿고 친구 구칠仇柒과 함께 중국으로 떠난 대세大世 같은 인물이 출현했던 것이다. 인체내에서의 수련을 통해 체내에 단丹을

Ⅳ. 고려 시대

형성한다는 내단內丹의 경우는, 선거仙去 자체는 시대가 내려올수록 믿지 않았지만 불로장생의 양생법으로 면면히 이어와 지금도 행해지고 있다.

우리나라의 수련단도修煉丹道를 그 시원을 단군에서부터 잡아 고구려 동명왕, 신라의 박혁거세·사선四仙·최치원 등, 고려의 권진인權眞人·강감찬, 조선의 김시습·이지함·곽재우 등 35인이나 열거한 홍만종의 《순오지旬五志》를 비롯하여 그런 류류類의 문헌이 4, 5종이 있다. 대개 조선 후기 방외인方外人의 저작물이다. 단도수련은 대체로 개인적으로 비공개리에 행해지기 때문에 수련자 자신의 기록이나 당대인들의 증언이 없으면 후세에는 신빙할 수 없다. 열거되는 3, 40인 중 극소수가 단도수련가로 입증될 뿐, 대부분은 알 수 없을 뿐 아니라 허황하기까지 하다.

어느 저작의 열거에도 빠지지 않는 최치원의 경우를 보자. 최치원은 42세에 벼슬에서 해직된 뒤 승지勝地를 찾아 유력流歷하다 48세 이전에 해인사 서쪽 독서당讀書堂에 정착한다. 그는 48세 무렵 의상義湘의 동문인 당나라 화엄종 고승 법장法藏의 전기를 쓰고, 이 《법장화상전法藏和尙傳》의 말미에 부언附言을 붙여 두었는데 다분히 자조적인 필치로 인생이 회의스럽고 허망하다는 심경을 피력해 놓았다. "때 천복天復 4년(904) 갑자甲子에 시라국尸羅國 해인사海印寺 화엄원華嚴院에서 난리도 피하고 질병도 정양하려 (중략) 세상 길을 멀리 던져 버렸으며 (중략) 게다가 병든 몸은 날마다 쑥뜸질을 하기에 수고스러운데 (중략) 삶이 귀찮아 때로는 몸을 태워 버리고 싶은 뜻까지 있었다. (중략) 공연히 해동海東의 한 냄새나는 풀이 된 것이 부끄럽지만 그렇다고 향내를 도둑질할 길도 없고." 이처럼 당시 최치원의 내면에는

5. 한국의 도교, 특히 유학과 관련하여

인생에 대한 회의와 허무주의가 연기처럼 떠돌고 있었다. 아마 역사의 주체로서 당시 난세를 다스려야 할 자기가 진골귀족의 견제 속에 헌강왕조에서의 1, 2년을 제외하고는 사뭇 외직으로 돌아다니다가 그마저도 해직된 채 역사의 한낱 객체로 전락해져 해인사에 깃들어 병란을 피하고 질병을 조섭하는 자기의 처지를 고민스럽게 되새겨본 것일 터이다. 단도수련은 도교의 것이든 재래의 것이든 내면의 전일專一한 청정淸淨이 무엇보다 중요한 만큼 수련이 한창 무르녹을 40대의 최치원의 내면이 그 자신이 묘사한 바와 같다면 최치원의 단도수련 사실도 믿지기 않는다. 게다가 《신증동국여지승람》〈합천군〉〈고적古跡〉〈독서당〉 條에 최치원이 어느 날 아침 문밖을 나가 관冠과 신발을 숲속에 벗어 두고 행방불명이 되었다고 했는데, 세상에서는 이를 두고 최치원이 신선이 되어갔다는 이야기가 전래되지만 어쩌면 심한 우울증 같은 병적 현상이 빚은 사건으로 보인다.

위의 논의와는 별개로 앞에서 말한 비슬산의 아홉 수도인修道人 중 반사欂師 첩사檕師, 그리고 금물녀今勿女는 단순한 불교 계열의, 또는 도교적 신선사상 계열의 수도인은 아닐 듯한 느낌이 든다. '반欂'·'첩檕'은 우리나라에서 만든 한자로, 일연一然의 주석에 의하면 '첩檕'은 '떡갈나무'고, '반欂'은 '가문비나무(雨木)'이겠는데, 둘 다 활엽수로 그 잎으로 옷 대신 몸을 가릴 수 있는 나무다. 그들은 인세人世와 내왕을 끊었기 때문에 나뭇잎을 옷 삼아 추위를 피하며 수도했다는 것이다. 게다가 비슬산뿐만 아니라 금강산에도 역시 이런 류의 수도인이 있었다고 한다. 일연은 이들을 '은륜지사隱淪之士', 즉 '세상에서 매몰된 신령스러운 사람, 곧 신선'이라고 규정했다. 흥미있는 일이다. 아마 재래의 단도수련가가 아닐지 의심해 본다. 한편 금물녀라는 여성 수도자도 흥미로운 대상인데, 조여적趙汝籍의 《청학집青鶴集》에 우리나라의 '선파仙派'에 마한 시대에 바람을 타고 다니며 거문고를 키며 노래하는 여선女仙 보덕寶德이 있었다 했으나, 보덕의 존재는 물론 믿을 수 없지만 여성 선도수련가의 존재 여부에 대해서는 관심이 간다. 《동국여지승람》〈충주목〉〈산천〉 조에 경내에 '풍류산風流山'과 '연주현蓮珠峴'이 있는데 연주여선蓮珠女仙이 풍류산과 연주현을 오가며 노닐었다는 전설 또한 비슬산의 금물녀와 같은 여선女仙 전설이다. 이러한 재래의 단도수련은 비승飛昇을 희구하면 유학에 배치되나 단순한 양생법에 그치면 오히려 유학을 돕는다. 퇴계의 《활인심방活人心方》처럼 말이다.

삼국 도교의 형세가 신선도교와, 사록史錄에 명료하지 않아 미미할 것으로 추정되는 성수신앙은 번다한 도교 체계 중 극히 일부만 수용되어 선택적인 면모를 보였듯이, 고려 또한 성수星宿 재초齋醮를 위시한 과의도교만이 성盛했던 셈이다. 최승로의 상소에서 지적했듯이 고려는 초기부터 성수재초의 설행이 잦더니 일정하게 체제를 갖춘 도관道觀인 복원궁福源宮 이외에도 고려 말에 이르기까지 구요당을 위시해서 성수전星宿殿·신격전神格殿·대청관大淸觀·청계배성소靑溪拜星所 등처等處를 두어 태일太一·상제上帝·오제五帝·북두칠성北斗七星·구요九曜(실은 11요十一曜로, 해·달·목성·화성·금성·수성·토성·나후羅睺·계도計度·자기紫炁·월패月孛. 구요당에서 이들 11대요진군十一大曜眞君을 초초醮하기도 했음)·본명성수本命星宿 등 여러 천신과 성수신에게 구병救病·기두祈雨·기청祈晴·기설祈雪 등 각종 양재진경禳災進慶을 위한 재초의 설행이 잦았다. 재초는 위의 처소에서만이 아니라 곳에 따라 성행되기도 했다. 16대 예종과 18대 의종 연간에 설행이 가장 많았다.

그리고 재초나 도량개설에 도불습합道佛習合이 종종 이루어졌다.

복원궁은 예종 연간에 이종약李仲若의 상소로 지어졌다 하나 송宋나라 귀화인 호종단胡宗旦의 공작의 힘이 크게 작용했을 것이다. 서긍의 《고려도경》에 예종이 주류적인 종교를 불교에서 도교로 바꾸려고까지 했다는 것이나 예종이 도교에 열성이었던 것은 사실이다. 일정한 체제를 갖추었다고는 하나 중국의 도관에 비교할 바가 못 되었다. 《고려도경》에 의하면 도사 10명을 뽑아 두었으나, 도사의 복장은 그만두고라도 도교의 과계科戒가 제대로 지켜지지 않았던 것 같다. 도사들이 낮에는 도관에서, 밤에는 사가에서 지낸다고 했다. 그러니까도관이라고는 하지만 민간과는 소통이 없는, 즉 교단이 없는 궁관도교宮官道敎 체제인 셈이다.

몇몇 관료층 호사가를 제외하면 고려 민간에는 종교의 체제로서의 도교가 신앙된 적이 없다. 다만 수경신守庚申 같은 것이 단편적으로 행해졌을 뿐이다. 즉 사람마다 '3충三虫'(또는 '3팽三彭' '3시신三尸神')이 있어 온갖 욕망을 일으켜 정신을 흐리게 하므로 항상 경신일에는 밤새 정좌해 자지 않고 재계해서 3충의 작해作害를 피해 정신의 안정을 찾게 되고, 이것이 사명신司命神에 보고되어 장생록長生錄에 오르게 되고 위로 천인天人과도 노닐게 된다는 것이다. 그런데 이 신앙적 모티브가 귀족은 호화판 연회로, 평민은 윷놀이 같은 오락으로 밤을 새우는 풍속으로 변질된 것이다. 이 밖에 직성直星·살煞·조왕竈王·맹인송경盲人誦經 같은 종교적 세목細目과 거기 딸린 기양법祈禳法, 그리고 부적 같은 것도 도교신앙의 편린들로 대체로 고려 시대에 와서 우리나라 민중신앙 내지 풍속으로 일반화된 것 같다.

이렇게 도교의 온전한 신봉은 복원궁 하나가 상징적으로 존재하고, 성수 등에 대한 과의가 주류를 이루고, 수경신 등 도교신앙의 단편들이 고립적으로 행해지던 고려의 도교가 당시 한당유학에 대해 범연하게 무해무득일 것 같기도 하겠으나, 유학본원적 사고 자체를 부식扶植시키기에는 상당히 장애가 되었을 것이다. 인종대의 임원林完이 재초·도량의 설행, 통치자의 덕德에 대한 형식으로 보고, "임금이 덕을 닦아 하늘에 응대하면 복은 기약하지 않아도 저절로 오지만, 한갓 부질없이 형식만 일삼으면 하늘만 모욕하는 결과가 된다"고 상소한 것도 유학본원적 사고 부식에의 장애 때문이다. 유학의 입장에는 모두 '괴력난신怪力亂神'이고 '음사淫祀'다. 요컨대 도교 수용의 유학에 대한 제약은 극히 제한적이라는 것이다.

참고로 도교는 일본과 베트남서도 그 영향이 극히 제한적이라고 한다. 불교처럼 보편종교로서는 결함을 가진, 아마 중국의 민족종교로서 적합한 종교적 성격 때문일 것이다.

(《박약회소식博約會消息》 35호, 사단법인 박약회博約會, 2014.)

6. 포은시圃隱詩에 있어서의 '호방豪放'의 풍격에 대하여

1)

　교산蛟山 허균許筠은 그의 《성수시화惺叟詩話》에서 "정포은은 이학理學과 절의節誼가 한 시대에 으뜸이었을 뿐만 아니라, 그 문장이 호방걸출豪放傑出하다"라고 포은의 시에 대한 총체적인 평가 내지 풍격규정風格規定을 하고는, 구체적으로 2편의 작품 〈정주중구한상명부定州重九韓相命賦〉·〈강남곡江南曲〉을 전재全載하고, 3편 〈중구일제익양수이용명원루重九日題益陽守李容明遠樓〉·〈봉래역시한서장蓬萊驛示韓書狀〉·〈홍무정사봉사일본작제사洪武丁巳奉使日本作第四〉에서의 득의구得意句 3련을 적록摘錄하여 평한 적이 있다. 그 평어 가운데에는 "풍류風流가 호탕하여 천고에 광휘가 어리비친다"고 격찬해 마지않은 것도 있다. 그리고 최치원에서 자기 당대까지의 시사詩史를 불과 18장(매장 20행)의 분량으로 다룬 간요한 이 시화詩話에서, 3백여 편밖에 남지 않은 포은의 시에 대해 객담 없이 8행이나 할애한 것은 가령 이천 편에 가까운 이규보의 시에 대한 4행이나, 4천 편이 넘는 이색의 시에 대한 객담 위주의 8행에 비추어 생각해 보면 포은시의 시사적 비중에 대한 허균의 인식이 어떠했는가를 대략 짐작할 수 있다.

　교산 이전에 점필재佔畢齋 김종직金宗直은 나말에서 선초까지의 126가家의 각체시各體詩 517편을 정선하여 《청구풍아靑丘風雅》를 엮으면서 포은시를 13편이나 뽑아 넣었다. 1가家 평균 4편 정도라는 점에 비추어 보면 역시 포은시에 대한 평가와 그 시사적 비중에 대한 인식을 짐작할 수 있다.

점필재와 교산을 제외하고 포은의 시에 대한 총체적인 평가를 한 것은 주로 그의 문집의 초중간初重刊에 부쳐진 10여 편의 서발에서다. 시와 약간 편의 산문을 제외하고는 전하는 저작이 따로 없는 포은 문집의 서발이 가질 수밖에 없는 일정한 제약—있을 수 있는 예우상의 호평—에 비추어 보아 이런 제약으로부터 벗어난 자리에서, 그것도 본격적인 시사적 시각에서 가해진 점필재와 교산의 평가에 우리는 우선적으로 착목着目해야 할 것이다. 더구나 점필재와 교산은 시적 취향이 서로 다르고, 따라서 그 선안選眼도 서로 다른 사람들이다. 점필재가 설리說理를 중시하는 입장이라면, 교산은 정취情趣를 중시하는 입장이다. 거의 대조적인 입장이라고 할 수 있다. 이 거의 대조적인 두 입장의 선가選家 내지 비평가들이 포은시에 대한 평가와 그 시사적 비중에 대한 인식에서는 서로 일치하고 있는 사실에서 이 전통적인 견해를 우리가 신뢰하는 한(신뢰하지 않을 아무런 근거도 없다) 포은시의 비중과 포은시의 가치에 대한 인식을 명확하게 정립할 수 있다.

　　포은시에 대해 그동안 여러 편의 논문이 나왔다. 그러나 그 성과가 위와 같은 전통적인 견해가 가진 비중에 상응할 만한 단계에 이르기에는 아직 퍽 미흡하지 않은가 생각된다. 더구나 포은시는 시사적으로만 중요한 것이 아니다. '동방성리학지조東方性理之學之祖'(변계량卞季良, 〈포은선생시고서圃隱先生詩藁序〉)로 인정되어 온 그의 사상사적 비중 또한 현재로서는 시의 연구를 통해서 밖에는 약간의 실마리나마 잡을 길이 달리 없다.

　　앞에서 인용한 허균의 평어에 이미 제시되었거니와 포은시의 풍격에 대한 역대 제가의 규정의 주류는 '호방豪放' 그것이다.

포은은 평생 시를 애음愛吟한 것 같다. 그 자신 "시를 짓느라 버쩍 여위어진 내 몰골 괴이히 여기지 마오 / 좋은 귀절 찾기가 매양 어렵기만 해서라오"(〈음시吟詩〉,《文集》卷一)라고 읊기도 했거니와, 측간에서도 곧잘 필연筆硯을 취해 시구를 적기도 했다고 한다.(조신曺伸,《수문쇄록謏聞瑣錄》) 그리고 "특히《시경詩經》을 잘 해설하는 것으로 당세에 일컬어졌다"고 했다.(이색李穡, 〈포은재기圃隱齋記〉) 이런 점에 비추어 보면 그 아들 종성宗誠이 "우리 선인께서 지으신 시문이 많지 않았던 것이 아니었으나, 거의 다 유실되어 버리고 지금 보존된 것은 단지 100분의 1·2일뿐이다"(〈포은선생시집발〉)라고 한 진술은 다소 과장이 있기는 하지만 어느 정도 사실에 접근된 것이라고 보여진다. 이렇게 한 시인이 지은 작품 전량全量 중에서 우연히 남아있는 극히 일부의 작품을 가지고 그 시인의 시의 풍격을 총체적으로 규정하는 데에는 당연히 문제가 있을 것으로 보여진다. 그러나 포은보다 10년 후배로 동시대를 산 하륜河崙이 포은시를 두고 "사어辭語가 호방豪放하고 의사意思가 표일飄逸하다"(〈포은선생시권서圃隱先生詩卷序〉)라고 하였고, 포은의 문생 박신朴信이 또한 "그 시의 '호일수발豪逸秀發'한 점은 제현들의 서문序文에 서술이 이미 극진하였다"(〈포은선생시권서〉)라고 하였으며, 박신보다 나이로 2년 선배인 함부림咸傅霖 또한 "후세 사람들이 공의 시의 '호방준결豪放峻潔'함을 본다면 공의 사람됨을 상상할 수 있을 것이다"(〈행장行狀〉)라고 하여 작품이 '거의 다 유실되어 버리기' 이전의 소식을 분명하게 전해주고 있다.

물론 포은의 시에 호방의 풍격만이 있는 것이 아니고, 또 제가들이 일률一律로 그렇게만 본 것도 아니다. 세종의 명을 받들어 〈포은선생시권서圃隱先生詩卷序〉를 쓴 권채權採는 "웅심雄深하면서도 아건雅健하며, 혼후渾厚하고 화평和平하다"라고 하여 여타 사람들과는 좀 다르게 파악했다. 그러나 권채의 파악도 호방에서 아주 비켜선 자리에 있는 것은 아니다. '웅웅雄'·'건健'·'혼渾'같은 요소들은 바로 호방의 한 국면들일 수도 있거나, 적어도 이것과 매우 가까운 친연성을 가진 것들이다. 후세의 노수신盧守愼 같은 이도 "호일豪逸―아건雅健, 웅심웅심雄深―화후和厚하다"(《포은선생집서》)라고 했는데, 이 권채와 노수신의 파악내용은, 여타 사람들이 '호방'을 핵심으로 하여 집약적 방식으로 파악한데 대하여 망라적 방식으로 파악하려 한데서 온 것일 뿐으로 호방적인 요소가 여전히 지배적이다.

포은은 사실 시에서 '호기豪氣'·'호걸豪傑'·'호웅豪雄'이란 어사를 즐겨 구사했다. 뿐만 아니라 이들 어사의 의미에 대해 매우 호의적인 태도로 비중 있게 구사했다. 시어로서의 이들 어사의 잦은 사용이 곧 그 시풍의 호방을 바로 보장해 주는 것은 물론 아니다. 그러나 이들 어사의 의미가 지닌 가치에 대한 호의적인 태도의 두드러짐은 포은이 바람직하게 여겨 지향하고자 했던, 또는 체질적으로 발현되었던 시풍이 무엇이었는가를 방증하는데 있어서 아주 의의가 없는 것도 또한 아닐 터이다. 여기에 포은 자신의 다음과 같은 시구를 아울러서 본다면, 이들의 상호조응에서 일정하게 의의 있는 실마리가 잡힐 것이다. "고요함은 백년을 속박함이오 / 움직임은 일호一毫에서 천리차千里差를 가져온다네 // 산승山僧이여 힘쓰기를 잘만 한다면 / 활발하기 용사龍蛇 같으리라(靜爲百年縛정위백년박, 動向一毫差동향일호차, 山僧善用力 산승선용력, 活潑如龍蛇활발여용사)"(〈성무동性無動〉, 《문집文集》 권2)라고 한 것이 그것이다. 자아(심성心性)운용의 동정動靜 양변에서 포은의 중점이 어디에 놓여 있었던가를 알려주고 있다. 자아의 '활발하기 용

167

사'같은 운용, 이것은 곧 호방의 풍격을 낳는 원초적인 기틀이다.

2)

　시의 풍격을 규정하는 술어들의 개념내포를 논리적으로 해명하기란 참으로 쉽지 않은 일이다. 호방도 물론 예외는 아니다. 작품이 가진 유기적 총체의 최종 감각을 인위적으로 재단하는 일이니만치 긍극적으로는 감각의 전질량全質量이 논리화될 수 없는 부분이 남아 처지게 마련이다. 우선 풍격 분류로는 하나의 표본이 되어오다시피 한 사공도司空圖의 〈이십사시품二十四詩品〉에서 근거를 찾아보는 것이 좋겠다.

　　　(가) 꽃구경에 금함이 없어,
　　　　　 대황을 삼켰다 토했다.

　　　　　 觀花匪禁관화비금,
　　　　　 吞吐大荒탄토대황.

　　　(나) 도道를 통해 기氣로 돌아가야,
　　　　　 처심處心이 광방狂放할 수 있네.

　　　　　 由道反氣유도반기,
　　　　　 處得以狂처득이광.

(다) 천풍은 낭랑하고,

　　해산海山은 창창하구나.

　　天風浪浪천품낭랑,

　　海山蒼蒼해산창창.

(라) 진력이 그득 차,

　　만상을 곁으로 불러들이지.

　　眞力彌滿진력미만,

　　萬象在傍만상재방.

(마) 앞으로는 해 달 별을 부르고,

　　뒤로는 봉황을 이끌어 오고.

　　前招三辰전초삼신,

　　後引鳳凰후인봉황.

(바) 새벽에 6오를 채찍질하여,

　　부상에 가 발을 씻네.

　　曉策六鼇효책육오,

　　濯足扶桑탁족부상.

('관화비금觀花匪禁'구의 의미는 석연하지 않다. 어떤 사람은 "대나무를 구경하는 데에 주인에게 물을 필요가 뭐 있느냐(看竹何須問主人간죽하수문주인)"의 의미로 해석하기도 하고, 또 어떤 사람은 '화花'를 '화化'로 보아 "조화를 훤히 알아 조금도 막힘이 없다"라는 의미로 해석하기도 한다. 어느 경우에나 호방이 가진 '무제약無制約'의 국면을 표현한 것이라고 보면 된다.)

사공도 역시 논리적인 설명으로는 한계가 있음을 의식하여 위에서 보는 바와 같이 형상적, 상징적 표현으로 제시만 해 두고 있다. 이 상징적 제시를 분석적으로 설명하는 일은 여기서는 일단 유보하고 개략적으로 그 의미를 파악해 보면, '세계에 대한 주체의 자신에 찬 내재역량이 무제한적·활성적·고양적인 미적 양식으로 표현된 것'이 호방의 풍격이라고 할 수 있다.

즉 대체로 (가)는 외적 객관세계의 조건에 자아가 제한받지 않음을, (나)의 '유도반기由道反氣'와, (라)의 '진력미만眞力彌滿'은 세계에 대한 주체의 자신에 찬 내재역량을, (나)의 '처득이광處得以狂'은 이러한 역량에 기반한 주체의 자유자재(무한제)적 자세를, (라)의 '만상재방萬象在傍'은 이러한 역량에 의한 세계에 대한 무제한적 조리調理를, (마)와 (바)는 그 조리의 활성적 면모를, 그리고 (다)의 두 구는 각각 고양성과 광활성을 뜻한다고 볼 수 있다.다시 말하면 호방의 풍격은 이렇게 개념화할 수 있는 요소, 또는 국면들이 시의 상상력·심상·음절·표현수법 등에 스며있는 것이라고 할 수 있다.

그런데 이 호방의 풍격과 관련하여 우리는 '풍류風流'라는 삶의 양식 내지 미적 개념을 떠올리지 않을 수 없다. 이것의 양식 내지 개념은 호방의 그것과 많은 부분 공유되고 있기 때문이다. '풍류'의 기본 틀은 '평상적인 격투格套에 구애되지 않음', 즉 '파격破格'이고, 이것에 의해 빚어지는 '탈속적脫俗的 정운情韻'이 그 감각적 효과다. 따라서 호방에 대한 위의 규정에서의 '무한제적 · 활성적 · 고양적 양식'이 대체로 풍류의 양식으로 공유된다고 하겠다. 따라서 호방은 바꾸어 말하면 주체의 자신에 찬 내재역량과 풍류양식의 통합이라고 할 수도 있다.

여기서 우리가 특히 유의해야 할 점은 시인의 내면에 있어서나, 작품으로 표출된 상태에 있어서나, 호방 그것의 기저가 되는 '세계에 대한 주체의 자신에 찬 내재역량'의 질의 문제다. 사공도가 '진력眞力'이라고 표현했듯이 그 질은 '무위無僞 · 순수純粹'의 그것이다. 말하자면 매우 도덕적인 것이다. 그리고 사공도가 '유도반기由道反氣'라고 했듯이 그것은 주체의 자기수양과정을 거쳐 '기氣'라는 우주적 실체, 자기가 그곳으로부터 나온 근원으로의 복귀에서 얻어진다. 여기까지 이르면 호방의 풍격은 다름 아닌 맹자의 '호연지기浩然之氣'의 미적 양식화라고 할 만하다.

세계에 대한 주체의 자신에 찬 내재역량—'진력'은 달리 표현하면 '축적된 성정지정性情之正'이다. 그리고 풍류의 양식은 '성정지진性情之眞의 자기작동自己作動'이다. 그러므로 호방의 풍격은 달리 표현하면 축적된 성정지정이 성정지진으로 전화轉化, 또는 승화되어 자기작동으로서의 양식화에 이르고 있는 그것이라고 할 수 있다.

3)

이제 포은의 작품에서 호방의 풍격을 구체적으로 검증해 본다.

> 물결은 용 오르듯 하늘에 사무치고,
> 붉은 깃발 회수 건너 바람에 펄럭이네.

사람들이 말하기를 절월 받은 대장은,

나라 위해 제 몸 생각 않는 법이라 했지.

수레와 말 슬슬 몰아 초 언덕에 다가 가자,

천둥은 이미 제동에까지 울리네.

용맹하던 군사가 다리 떨며 지휘 받고,

고을 원은 목 움츠려 다투어 와 항복하네.

그대는 모르는가, 새 중에 매가 있어,

뭇 새들 높이 날아도 미칠 수 없는 것을.

그리고 또 모르는가, 짐승 중에 곰이 있어,

온갖 짐승 두려워서 감히 서지 못함을.

장군이란 원래가 만 사람과 맞서는 것,

그 기미 매와 곰에 어울림을 내가 안다네.

칼 어루만지며 생각은 사막으로 노닐고,

화살 부비며 뜻 두는 것은 음산의 사냥일세.

동양역 가운데에 반달 동안 머물다가,

마침 정한 화공을 만났네.

높다란 집 큰 벽에,

그림 그려 그 재주를 펴 보게 하니.

곽희·한간 참으로 그 하수일세.

곰은 머리 쳐들고 매는 날개 떨치거니,

정신의 오묘함 법도 넘어선 곳에 있네.

정히 성세 만나 서로 무비를 닦기에,

나 또한 말 바치고 이 해변을 지나는 길.

해 긴 공관에는 녹음이 어우러졌는데,

문 닫고 그림 보며 오락가락 거닐도다.

빙빙 날아도는가 싶더니 어느새 새털이며 피 뿌려지고,

힐끗 돌아보는 모습에 위풍이 생동하네.

매여 곰이여,

내 마땅히 그림 밖에서 너를 본받아,

나의 용기 터치고 나의 쇠함 떨쳐 일으키리로다.

어찌하면, 너희 두 무리같이 빼어난 장사 얻어서,

죽건 살건 끝내 서로 어기어짐 없이 되어.

완악하고 교활한 흉노의 목 홀쳐 끌어와,

연연산 높은 곳에 빗돌 세워 기록하고.

공 이루고 돌아와 천자에게 아뢴 뒤,

산속으로 돌아가 쉬겠다고 청해 볼까.

波濤龍騰凌碧虛파도용등릉벽허,

紅旌渡淮風卷舒홍정도회풍권서.

人言大將受節鉞인언대장수절월,

許國不復思全軀허국불복사전구.

車騎徐驅臨楚岸거기서구림초안,

雷霆已殷齊東隅뇌정이은제동우.

猛士股栗聽指揮맹사고율청지휘,

縣尹首縮爭來趨현윤수축쟁래추.

君不見鳥中有鷹兮군불견조중유응,

衆鳥翱翔莫能及중조고상막능급.

又不見獸中有熊兮우불견수중유웅,

6. 포은시에 있어서의 '호방'의 풍격에 대하여

百獸慴伏不敢立백수섭복불감립.

將軍本是萬人敵장군본시만인적,

氣味吾知與之協기미오지여지협.

撫劍思從沙漠游무검사종사막유,

撚箭志在陰山獵연전지재음산렵.

僮陽驛中住半月동양역중주반월,

適見畵工精所業적견화공정소업.

高堂大壁고당대벽,

使之揮筆展其才사지휘필전기재.

郭熙韓幹眞輿臺곽희한간진여대.

維熊昂頭分鷹奮翼유웅앙두혜응분익,

精神妙處不在矩與規정신묘처부재구여규.

政逢盛代修武備정봉성대수무비,

我亦獻馬過海陲아역헌마과해수.

日長公館綠陰合일장공관녹음합.

閉門看畵仍低個폐문간화잉저회.

盤飛須臾灑毛血반비수유쇄모혈,

顧眄髣髴生風威고혜방불생풍위.

鷹兮熊兮응혜웅혜,

我當效汝於丹靑之外兮아당효여어단청지외혜,

決吾之勇兮起吾衰결오지용혜기오쇠.

又安得壯士如汝二物之神俊者우안득장사여여이물지신준자,

死生終始莫相違사생종시막상위.

繫頸匈奴之頑黠계경흉노지완힐,

勒銘燕然之崔巍늑명연연지최외.

功成歸來報天子공성귀래보천자,

乞身試向山中回걸신시향산중회.

(〈동양역벽화응웅가, 龍津橋有韻僮陽驛壁畫鷹熊歌, 用陳教諭韻〉,

《포은집》 권1)

　　칠언장단체七言長短體의 장풍고시長風古詩다. 목은이 이 작품을 평하
여 "(너무나) 호방하여 화운和韻 같지가 않아 보인다"(〈서강남기행시고후
書江南紀行詩藁後〉)라고 했거니와, 포은시 가운데서 호방의 풍격을 전형
적으로 잘 보여주는 걸작의 하나다. 화운작은 이미 주어진 운자의 한
제로 하여 역량을 활성적으로 발현하기가 매우 어려운 경우다. 그런
데 이 작품은 창작주체 앞에 가로놓인 원초적인 한제를 무화시키고,
도도한 기氣가 그야말로 '탄토대황吞吐大荒'의 세勢로 움직이고 있음을
감지할 수 있다.

　　먼저 심상에 있어서는, '대장大將'을 상징하는, 그리고 이 작품의
주심상主心象이 되고 있는 '날개 떨치는 매'와 '머리쳐든 곰'의 심상을
위시하여 "물결은 용 오르듯 하늘에 사무치고(波濤龍騰凌碧虛파도용등릉
벽허)"·"붉은 깃발 회수 건너 바람에 펄럭이네(紅旌渡淮風卷舒홍정도회풍
권서)"·"천둥은 이미 제동에까지 울리네(雷霆已殷齊東隅뇌정이은제동우)"
·"칼 어루만지며 생각은 사막으로 노닐고(撫劍思從沙漠游무검사종사막
유)"·"화살 부비며 뜻 두는 것은 음산의 사냥일세(撚箭志在陰山獵연전지
재음산렵)"·"빙빙 날아도는가 싶더니 어느새 새털이며 피 뿌려지고(盤
飛須臾灑毛血반비수유쇄모혈)"·"힐끗 돌아보는 모습에 위풍이 생동하네

(顧眄髥鬣生風威고혜방불생풍위)" 등에서의 심상들에서 역량감力量感이 충일하고 있음을 본다. 게다가 '매'를 매개로 한 창공 심상과 '곰'을 매개로 한 대지 심상을 작품의 하위 심상들의 배후에 유무지제有無之際로 전개시켜놓고, '사막沙漠'·'음산陰山'·'흉노匈奴'·'연연燕然' 등을 매개로 하여 중국의 북새北塞라는 광막·황량한 공간에다 전쟁이라는 역사의 가장 활성적 국면을 중국의 역사 속에서 이끌어와 결합시킴으로써 장대·광활한 역량의 활성을 드러내고 있다.

음절에 있어서도 자재로운 환운換韻은 전제적前提的으로 두어져 있는 것이라 하더라도 장구와 단구의 삽입위치의 적절성과, "물결은 용오르듯 하늘에 사무치고(波濤龍騰凌碧虛파도용등릉벽허)"·"온갖 짐승 두려워서 감히 서지 못함을(百獸慴伏不敢立백수섭복불감립)"이라는 구에서 전형적으로 보듯이 고양감의 성조聲調와 억륵감抑勒感의 성조의 적절한 배합으로 작품의 활력감을 제고시키고 있다. 특히 '파도' 구에서의 고양감의 성조와 '백수' 구에서의 억륵감의 성조는 각각 그 언술의 내용과 일체가 된 절묘한 조화에서 표현기량에 있어서도 자재로운 무구속을 볼 수 있다.

이 시의 제재적 표면 대상은 그림으로 그려진 매와 곰이다. 그러나 이면의 실질 대상은 '장군將軍'(구체적으로는 강음후대인江陰侯大人)이다. '장군'을 그 자체로서, 또는 매와 곰을 매개로 한 비유적 수법으로써 객관적으로 묘사해오다가 "매여 곰이여, 내 마땅히 그림 밖에서 너를 본받아(鷹兮熊兮응혜웅혜, 我當效汝於丹靑之外兮아당효여어단청지외혜)"로 시작되는 작품의 말미 부분에 이르러 '아我'라는 화자 안에다 '장군'을 이 시의 서정적 주체로 전이시켜 본래의 서정적 주체(즉 시인)와 통합시키고 있다. 이처럼 시의 서술구조상에 있어서도 아연 긴장을 띤 역동성이 실현되고 있음을 볼 수 있다.

이 작품 외에 교산이 거론한 〈정주중구한상명부定州重九韓相命賦〉와 "매화 핀 창가에 봄빛이 일찍 찾아오고, 판자 지붕 위에 빗소리 요란하네(梅窓春色早매창춘색조, 板屋雨聲多판옥우성다)"로 유명한 〈홍무정사봉사일본작洪武丁巳奉使日本作〉, 〈중구일제익양수이용명원루重九日題益陽守李容明遠樓〉·〈강남곡江南曲〉, 그리고 〈다경루증계담多景樓贈季潭〉·〈갑진중추유회甲辰仲秋有懷〉·〈언양구월유회차유종원운彦陽九月有懷次柳宗元韻〉 등 호방의 풍격을 보여주는 작품이 많이 있으나 여기서는 그 검증은 나중으로 미룬다.

4)

포은시에 있어서의 호방의 풍격의 내원來源은 어디인가? 서방예술론에 "스타일이 곧 사람이다"라는 유명한 명제가 있듯이 '예술작품의 풍격이 곧 그 사람'이라는 것이 동방의 일관된 관점이었다. 이 '사람'이라는 것에는 물론 천분天分의 몫이 있으나 학문적·도덕적인 후천 수양의 몫이 가진 비중도 결코 적지가 않다. 포은의 경우 이 후천의 몫은 그의 정주학에의 깊은 체득에서 나왔다. 특히 《대학》《중용》, 《주역》에의 체득이 포은시에서의 호방의 후천적 몫의 근원이다. 말하자면 '유도반기由道反氣'한 결과인 셈이다. 여기에다가 전환기적 혼란 상황 속에서 '진유眞儒'로 자임하고 권귀에게 맞섰던 당시 신진사대부 계층의 의식과 역량도 연대적으로 가세한 것으로 보인다.

(포은사상圃隱思想 심포지엄 발표요지, 1993)

V. 조선 시대

1. 남명南冥 사상의 특징

1)

　조선 중기로 불리우는 16세기는 우리나라의 학술·사상이 하나의
융기隆基를 이룬 세기다. 고려말 13세기에 중국으로부터 받아들인 도
학은 그사이에 토착화과정을 거치면서 우리나라 나름의 독자적인 사
변체계를 이룩하기에 이르렀다. 화담花潭 서경덕徐敬德, 회재晦齋 이언
적李彦迪, 퇴계退溪 이황李滉, 고봉高峰 기대승奇大升, 율곡栗谷 이이李珥
와 함께 남명南冥 조식曺植이 또한 이 세기 지성의 군봉중群峰中에 특
히 이채로운 하나였다. 특히 회재, 퇴계와는 같은 도道 출신으로 동
시대를 살면서 각기 뚜렷한 개성을 발휘하는 가운데 실천유학의 학
풍을 수립함으로써 경상우도의 학문과 사상을 주도해 나갔다.

　남명의 남명다운 점은 호대浩大하고 장쾌壯快한 정신적 에네르기의
충일이다. 16세기 지성의 군봉 중 특히 이 점으로 하여 남명은 확고
하게 자기지보自己地步를 점占하고 있다.

　남명은 소년시절부터 박학을 추구하는 학문취향이었다. 그러나 박
학이 박학으로 끝나는 것이 아니다. 자기 인격 속으로 주체화해갔다.
〈언행총록言行總錄〉에는 이렇게 기술하고 있다. "선생은 널리 경전經傳
에서 구하고 곁으로 백가百家에 통했다. 그런 연후에 번다함을 거두
어 간이簡易한 데로 나아가고(斂煩就簡) 몸을 돌이켜 요약要約된 데로
나아가서(反躬造約) 스스로 일가의 학문을 이루었다"고. 특히 이 과정
에 노장老莊과 도교道敎와 그리고 병가兵家의 사고를 적극적으로 수용
하여 자가의 학문에 점철성금點鐵成金한 것은 16세기에 있어서 뿐 아

니라 우리나라 학문의 역사에 특히 이채로운 광망光芒을 발한다.

남명의 학문적 영역은 분명 도학이다. 그러나 그의 도학은 정통 도학과는 기풍을 달리한다. 도학의 틀에다가 그는 노장과 도교와 그리고 병가의 사고를 받아들여 아주 새롭게 빚어냈다. 이것은 단적으로 그의 〈신명사도神明舍圖〉와 〈신명사명神明舍銘〉에 잘 나타나 있다. 거기에는 도학적 틀에 도가의 연단적鍊丹的 모티브와 병가적 숙살肅殺의 기氣가 움직인다. 이로 해서 남명 도학은 우리나라의 도학이 이룩한 새로운 진경으로서 매우 이채로운 국면을 열어 보였다. 매우 개성적 사상가가 아닐 수 없다.

남명이 도학으로 진입하여 이러한 성취에 도달한 데는 또 그럴만한 계기가 있었다. 남명은 25세까지는 대체로 과거공부 또는 문장공부에 힘을 썼다. 박학다독의 독서생활을 지속하다가 25세 되던 해에 《성리대전性理大全》에 실린 원元나라 유학자 허형許衡의 말에 크게 감명을 받아 학문적, 또는 인생관적 일대 전환을 이룩했다. 허형의 말은 이러하다. "이윤伊尹의 뜻을 나의 뜻으로 삼고 안자顔子의 학문을 나의 학문으로 삼아, 세상에 나간즉 큰 함이 있고 들어앉은즉 지킴이 있을 것이다. 대장부는 마땅히 이와 같이 할 것이다(김우옹金宇顒 찬 〈행장〉)" 다시 말하면 상商나라 탕왕 때의 재상 이윤의 그 경세제민의 포부를 가지고 세상에 나가서는 그 포부를 실현할 것이고, 그리고 공자의 수제자 안자의 그 위기지학爲己之學을 해서 들어앉아서는 절조節操로서 자신을 지킬 줄 알아야 한다는 말이다.

허형의 이 말에 접하고 남명은 척연惕然히 경발警發되어 한동안 넋을 잃고 나서, 그때까지 자신이 취해온 공부의 방향이나 자세에 일대 선회旋回를 가져왔다. 세속의 영리를 포기하고 보다 큰 사명을 자각하는 대오大悟의 순간이라고나 할까. 이를 계기로 남명은 출 처出處의 문제로부터 크게 자유로울 수 있었던 것 같다. 한쪽 손으로는 이윤의 뜻을 잡고 조건만 되면 언제든지 세상에 나아가 경세제민할 각오(이것은 당시 조선왕조의 현실로 보아 다분히 관념에 불과하지만)에 자신을 맡기고, 한쪽 손으로는 안자의 뜻을 잡고 들어앉아 천고千古를 드리운 도의 세계에 노닒에 자신을 맡겼기 때문이다. 안자의 세계가 도의 본원의 세계라면, 이윤의 세계는 도의 현실의 세계다. 도의 현실세계에 관념하면서 도의 본원세계에 오연傲然히 노니는 남명에게 출사하느냐 못하느냐는 한갓 초개 같은 문제다. 세계의 높은 곳에서 아래 세계를 굽어살필 수 있는 지위를 일거에 획득하게 된 것이다.

요컨대 그는 물루物累를 초탈한 한 초인이었다. 그러면서 그는 유도儒道가 바로 행해지지 못하고, 민중이 어려운 처지에 놓인 현실을 바로잡고자 하는 사명감으로부터는 초탈할 수 없었다. 제자 김우옹은 남명의 내면을 이렇게 묘사하였다. "아아, 선생은 가위 몇 대를 건너뛰어서나 비로소 나올 수 있는 영호英豪다. 설월雪月의 금회襟懷이며 강호江湖의 성기性氣로 만물의 밖에 우뚝이 서서 일세를 굽어보셨다"(〈행장〉)라고. 자기로부터 초탈한 남명의 면모다. 그는 또 말한다. "항상 학사대부學士大夫들과 이야기하다 말이 시정時政의 득실과 민중의 곤궁에 미치면 미상불 팔을 걷어붙이고 목이 메이지 않은 적이 없으며, 혹은 눈물을 흘리기까지 하셨다. 이 세상에 권권拳拳하기 이와 같았다"(〈행장〉)라고. 다른 이들을 위해서는 고념顧念해 마지않는 남명의 면모다.

2)

　도학道學은 사물을 객관적 · 정태적으로 분석하여 지식의 양이나 늘리자는 학문이 아니다. 도학의 구극은 실천에 있다. 실천에는 주체가 먼저 문제된다. 심心이 바로 주체이다.

　여느 도학자와 마찬가지로 남명도 심心을 중시했다. 아마 절대시했다고 함이 옳을 것이다. 남명은 말했다. "사람이 이 마음(心)이 없으면 말(言)이 천하에 가득 차게 한다 하더라도 그저 원숭이처럼 살다가 죽는 것이다. 의지할 데를 잃은 듯이 큰 상실喪失을 만나고도(마음을 상실함을 가리킴) 슬퍼할 줄 모르니, 어찌 일세一世를 위해 통곡해 눈물 흘리지 않겠는가"(《제이군소증심경후題李君所贈心經後》)라고. 또 그는 말했다. "마음을 상실하고 육체로만 다닌다는 것은 금수禽獸가 아니고 무엇이겠는가. (중략) 마음의 죽음보다 더 큰 슬픔은 없다"(上同) 라고. 마음(心) 즉 주체성의 확립이 최우선이었다.

　남명은 "마음은 리理가 모인 바의 주체이고, 몸은 마음이 담긴 바의 그릇"(《무진봉사戊辰封事》)이라 했다. 그런데 이러한 마음은 그냥 방기한 상태에서 자연히 주체로 수립되는 것이 아니고, 주체로 확고히 수립되기까지에는 반드시 수양을 거쳐야 한다. 그리고 이 수양의 요체가 바로 경敬이다. 따라서 궁수존성窮修存省-궁리窮理 · 수신修身 · 존양存養 · 성찰省察의 극공極功을 이루기 위해서는 바로 경敬을 위주爲主해야 한다. 경敬이란 '정제엄숙整齊嚴肅'이고, '마음이 환히 깨어있어 어둡지 않음'이고, 그리고 '하나로 모아진 마음을 중심에 두고 만사에 응함'이다. 이러한 경을 위주하지 않고는 이 마음을 존립케 할 수가 없다. 즉 주체를 수립할 수 없다는 말이다. 이렇듯 마음을 존립케 할 수 없다면 천하의 리理(마음을 주로 하여 모인 리理)를 궁구할 길이 없게 되고, 결과적으로 천하의 리를 궁구함이 없고서는 사물의 변화를 제어할 수 없다. 이러한 논리는 도학 일반의 논리이나 남명은 그 실천의 철저함을 지향하는 데 특징이 있다.

남명은 '시살적厮殺的 존양성찰存養省察'을 지향한다(이상필李相弼,《남명학파南明學派의 형성形成과 전개展開》). '시살厮殺'이란 말은 '섬멸殲滅'이란 뜻이다. 그러니까 마음에 사념邪念의 기미幾微가 동동動動하는 족족 섬멸적으로 죽여 없애는 수양방법을 말한다. 남명은 '시살'이란 말에 대해 다음과 같이 설명을 곁들였다. "밥 해먹던 솥도 깨부수고, 주둔하던 막사도 불사르고, 타고 왔던 배도 불지른 뒤 사흘 먹을 식량만 가지고 사졸士卒들에게 죽지 않고는 결코 돌아오지 않으리라는 의지를 보여주어야 하는데, 이와 같이 해야 바야흐로 '시살'이라 할 수 있다"(《신명사록神明舍錄》 부주附註)라고. 말하자면 전투에서의 결사전법決死戰法으로 적을 섬멸하는 것을 말한다. 남명의 〈욕천浴川〉이란 시를 보면 그가 얼마나 수양의 준엄한 실천을 강조했는지 알 수 있다. "사십 년 동안 온몸에 찌든 때 / 천 섬 맑은 물로 깨끗이 씻는다. // 만약 오장五臟 안에 먼지가 생긴다면 / 지금 당장 배를 갈라 흐르는 물에 부쳐 보내리.(全身四十年累전신사십년루, 千斛淸淵洗盡休천곡청연세진휴. 塵土倘能生五內진토당능생오내, 直今刳腹付歸流직금고복부귀류.)"라고 했다. 섬뜩한 느낌이 드는 무서운 표현을 예사롭게 토해내는 그에게서 수양의, 실천의 준엄함을 감득해 마지않는다. 선禪으로 말하면 임제가풍臨濟家風이라고 할까. 남명의 이와 같은 준엄하고 철저한 수양관修養觀이 표명된 것이 〈신명사도新明舍圖〉와 〈신명사명神明舍銘〉이다.

이렇게 실천을 중시해 온 남명은 인사人事를 버리고 천리天理만을 담론한다면 그것은 '구상지리口上之理'-'입으로만 담론하는 이치'일

뿐이고, 자기 자신에게 돌이켜 반성하는 일이 없이 들은 지식만을 많이 갖는다면 그것은 '이저지학耳底之學'-'귀밑의 학문'이라고 비판해 마지않았다.

　주체를 수립하기 위한 경공부敬工夫는 조선시대 도학자들이, 만일 진실로 도학자라면, 누구나 일삼던 바여서 도학적 수양이 남명의 독점물일 수는 물론 없다. 그러나 위에서 거듭 말한 바와 같이 그 실천의지의 준엄함과 철저함에 그 특징이 있다. 이러한 경공부敬工夫에서 보여주는 특징 이외에, 남명 사상의 또 한 가지 특징은 다른 도학자에 비해 상대적으로 의義를 매우 강조하고 나선 점이다.《주역》곤괘坤卦 문언文言에 "경敬해서 내심內心을 정직하게 하고, 의義해서 외행外行을 방정하게 한다(敬以直內경이직내, 義以方外의이방외)"라고 해서 경敬과 의義가 대거對擧되어 온 것은 유학전통의 오랜 연원을 갖는다. 그러나 송대 도학에 이르러 상대적으로 수양방법으로서 경敬이 특히 강조되면서 의는 경에 대응할 비중을 가질 수 없었다. 그런데 남명이 의를 경과 함께 중시한 것이다. "선생이 특히 경의자敬義字를 제시하여 창벽간窓壁間에 대서大書하였다. 일찍이 말씀하기를 이 두 자字는 마치 천지간에 일월이 있음과 같아서 만고를 훤히 밝혀 바뀌지 않는다. 성현의 천언만어千言萬語를 그 귀추를 요약하면 모두 이 두 글자 밖을 벗어나지 않는다"(《언행총록》)고 경과 의를 동등한 비중으로 인식했다. 주체의 수립을 위해서는 경이 요구되고, 주체의 올바른 실현을 위해서는 의가 요구되었던 것이다. 여기서 경敬은 안자적顏子的 세계에의 지향에 대응되고, 의義는 이윤적伊尹的 세계에의 지향에 대응되는 의미를 갖고 있다. 뒷날 임진왜란에 남명 문하에서 의병장이 많이 배출된 것은 남명의 이 의義 중시 학풍 때문이라는 것은 알려진 사실이거니와, 성호星湖 이익李瀷은, "중세中世 이후 퇴계는 소백산小白山아래에 태어나고, 남명은 두류산頭流山 동쪽에서 태어나니 모두 영남의 땅이다. 상도上道에서는 인仁을 숭상하고, 하도下道에서는 의義를 숭상한다"《성호사설星湖僿說》고 했다. 영남하도嶺南下道의 상의尙義의 기풍은 특히 남명의 영향임을 밝혔다.

다른 한 편으로 남명의 이 경의敬義의 실천에는 경의의 개념에 대해 남명 나름의 조정措定이 있었음을 밝히고 싶다. "內明者敬내명자경, 外斷者義외단자의"《패검록佩劍錄》라고 했다. 즉 '내면에 밝아있는, 또한 있어야 하는 것이 경敬이고, 외면에 과단한, 또한 과단해야 하는 것이 의義'란 뜻이다. 이것을 《주역》에서의 "敬以直內경이직내, 義以方外의이방외"라는 표현과 비교해 보면 경과 의의 내포가 뚜렷하고도 명쾌하다는 것이다. 그 내포의 핵심은 명明과 단斷이다. 우리는 여기서 앞서 말한 '번다함을 거두어 간이簡易한 데로 나아가고(斂煩就簡렴번취간), 몸으로 돌이켜 요약된 데로 나아감(反躬造約반궁조약)'의 실상에 이르게 된다. 그는 모든 독서의 결과를 자기화해서 경과 의로 수렴해 들이고, 그것은 결국 명明과 단斷으로 귀착된다. 안자는, "선생님은 나를 문文으로 넓혀 주시고, 나는 예禮로 요약해 주셨다"《논어論語》고 했다. 남명이 경敬·의義로 수렴해 들이고 명明·단斷으로 귀착시킴은 전적으로 실천을 위해서다.

3)

남명 사상의 또 하나 특징은 자아주체自我主體 정립의 거대지향巨大志向을 들 수 있다. 우선 남명南冥이란 아호부터 거대 지향이다. 남명南冥이란 호號는 김해金海의 산해정山海亭에 기거하면서 바라보이는 바다가 계기가 되었겠으나, 《장자莊子·소요유逍遙遊》의 우의寓意가 스며 있다고 볼 것이다. '남명南冥'은 몸길이가 몇천 리인지 모르는 붕새가 6개월 동안 날아서 당도한 곳의 명칭이다. 사람의 범상한 상상력을 초월하는 거대 세계에의 지향에 남명의 속뜻이 있다. 이것은 안자顏子에 대한 묘사에서 극명하게 드러난다.

남명은 〈누항기陋巷記〉란 글을 써서 안자를 묘사했다. 안자의 도道는 만물이 창시되던 태초太初에 닿는다고 했다. 그래서 천지의 크기로도 양量을 삼을 수가 없이 크고, 일월의 광명으로도 빛이 될 수가 없이 빛난다고 했다. 하늘로써 즐기고 하늘로써 근심한다고 했다. 그럼에도 불구하고 누항陋巷에 거처한 것이 안자의 현실적 처지였다. 몸은 마소 발자국 같은 좁은 공간에 놓인 처지였지만 이름만은 우주의 바깥에 팽만膨滿해있다. 덕德은 우禹·직稷의 뒤를 내려오지 않지만, 실제의 교화는 제노간齊魯間을 벗어나지 않았다. 그 역시 하늘이 그 이름, 그 덕에 상응하는 봉토封土와 지위를 주지 않는 자인가? 남명은 이를 단연코 부정했다. 왜냐하면 천자는 천하天下로써 영토를 삼지만 안자는 만고萬古로써 영토를 삼는다고 했다. 천자는 만승萬乘으로서 지위를 삼지만 안자는 도덕道德으로 지위를 삼는다고 했다.

특히 만고라는 시간 개념을 공간화시켜 유구하고 광대무변한 시공간을 안자는 자신의 영토로 삼는다고 했다. 주체의 거대화에 의한 정립이다. 여기서 안자는 남명 자신이다. 안자에게 자신을 투사投射시켜 표현한 것이다. 그렇다면 남명은 왜 자아 주체를 거대화하려고 했는가? 권력에의 저항을 위해서다. 〈누항기〉에서 '단표누항簞瓢陋巷'한 안자를 그 도道-정신적인 가치에 의해 만승천자萬乘天子의 권위보다 우위로 설정했다. 그 도에 있어서, 영원히 불후不朽하는 도에 있어서

V. 조선 시대

안자가 압도적인 우위라는 인식 앞에 현실 권력의 허구성이 드러난다. 허구적인 것은 비록 장대한 외형을 갖추고 있더라도 실은 한없이 왜소하게 보인다. 거대한 주체 앞에 왜소한 권력의 실상을 폭로해 보임으로써 권력에 저항하기 위해 남명은 자아주체 정립의 거대화를 지향했던 것이다. 당시 권력의 최상층에 있는 문정왕후와 명종을 가리켜 "자전慈殿께서 생각이 깊으시기는 하나 깊숙한 궁중의 한 과부에 지나지 않고, 전하殿下께서는 어리시어 선왕의 한 고아이실 뿐입니다"(〈을묘사직소乙卯辭職疏〉)라고 거리낌 없이 토로한 것은 이런 맥락에 설 때야 충분히 이해되는 일이다.

다른 방향에서, 즉 청각적 영상映像에서 자아주체 정립의 거대 지향을 읊은 시 한 수를 보겠다. "저 천석千石들이 종鍾을 보라 / 크게 두드리지 아니하면 소리 나지 않지만 // 저 두류산頭流山과야 어찌 같으랴 / 하늘이 울어도 울지 않나니(請看千石鍾청간천석종, 非大扣無聲비대구무성. 爭似頭流山쟁사두류산, 天鳴猶不鳴천명유불명)"(〈제덕산계정주題德山溪亭柱〉) '하늘이 울어도 울지 않는 두류산'은 바로 남명 자신을 자황自況한 것에 다름 아니다.

4)

남명 사상의 또 다른 특징은 동動과 부동不動의 변증법적辯證法的 구도構圖를 그 내부에 설정했다는 점이다. 동하려는 힘과 부동하려는 힘의 변증구도는 남명 사상으로 하여금 퍽 역동성을 내함內涵하게 한다. "불 속에서 하얀 칼 뽑아내니 / 서릿발 달까지 닿아 흐르네 // 견우성과 북두성 사이의 넓은 공간에 / 정신은 놀아도 칼날은 놀지 않는다.(离宮抽太白리궁추태백, 霜拍廣寒流상박광한류. 牛斗恢恢地우두회회지,

神遊刃不遊신유인부유.)"(〈서검병증제조장원원書劍柄贈題趙壯元瑗〉) 칼의 정신은 견우성과 북두성 사이의 넓은 공간에 노니는데 반해, 칼의 날은 놀지 않는다는 표현 속에 동과 부동의 변증법적 구도의 모티브가 강하게 발동함을 본다. 더구나 이 시에서는 변증법적 구도가 땅과 하늘 사이에 걸쳐 이루어지는 웅대한 스케일임에랴. 남명이 존양공부存養工夫에 흔히 서슬 푸른 칼을 어루만지며 한 사실이 우연이 아님을 알게 한다.

또 하나에 예를 들면 남명이 기거하는 당堂에 '뇌용정雷龍亭'이라 편액한 사실이다. 이 말은 본래 《장자莊子, 재유在宥》편에 나오는, "시동尸童처럼 꼼짝 않은 부동의 모습을 하고 있으면서도 용龍처럼 변화자재하게 나타나고, 깊고 조용한 연못처럼 침묵하고 있는 데도 한 편으로 우뢰와 같은 커다란 소리를 낸다는 것이다.(尸居而龍見시거이용현, 淵黙而雷聲연묵이뇌성.)"에서 취해온 말이다. 여기서도 역시 '시거尸居'의 부동不動과 '용현龍見'의 동動, '연묵淵黙'의 부동과 '뇌성雷聲'의 동이 맺고 있는 변증법의 구도를 명백히 간취할 수 있다.

이러한 동과 부동이 만드는 역동의 변증법은 남명의 사상으로 하여금 도학이 곧잘 범하기 쉬운 정태주의靜態主義에의 몰입을 막고, 사상에 훨씬 현실성을 더한다고 하겠다.

5)

남명 사상의 마지막 특징은 현실세계지향성이다. 앞에서 잠깐 언급한 바와 같이 남명에게 있어 현실은 두 국면을 가진다. 그 한 국면은 유가儒家의 도道의 전승 현실이고, 다른 한 국면은 민중의 생활 현실이다. 어느 국면에서나 우환의식憂患意識이 충일하다.

전자에 대해서는 다음 시를 보자. "노魯나라 들판에 기린麒麟은 부질없이 늙어가고 / 기산岐山에는 봉황鳳凰이 오지 않네 // 빛나는 문화는 무망無望인가 / 우리 도道는 끝내 누구에게 의지할거나.(魯野麟空老노야린공노, 岐山鳳不來 기산봉불래. 文章今已矣문장금이의, 吾道竟誰依오도경수의.)"(〈무제無題〉) 비창한 어조로 유도儒道가 제대로 행해지지 않음을 말하고 있다. 이는 당대 조선왕조 현실에 대한 인식일 터이다. 기묘사화에서 을사사화로 이르는 과정의 정국에 대한 우환의식일 터이다.

후자에 대해서는 앞에서도 말한 바와 같이, 학사대부學士大夫들과 이야기를 나누다 말이 시정時政의 득실과 민중의 곤궁에 미치면 팔을 걷어붙이고 목이 메이지 않은 적이 없으며, 혹은 눈물을 흘리기까지 했다고 했다. 당시 민중의 곤고困苦에 대해 남명이 만강滿腔의 동정과 비분강개를 가졌음을 의미한다. 그는 〈민암부民巖賦〉라는 작품을 써서 민중이 학정虐政을 견디다 못하면 마침내 나라를 뒤엎기도 할 것이라고 당시 위정자에게 경고하기도 했다.

남명은 자신의 현실세계지향성을 분명하게 말했다. 〈엄광론嚴光論〉에서 그는 다음과 같은 취지를 분명하게 표현했다. 이윤伊尹과 부열傳說이 성탕成湯과 고종高宗을 만나지 못했더라면 끝내 초야에서 보잘것없이 늙어간 일사逸士가 되었을 터인데 성탕과 고종을 만남으로써 경세대업을 이룩했다. 바로 중국의 대표적 은자라 할 엄광嚴光의 경우 성탕·고종 같은 훌륭한 군주를 만났더라면 어찌 동강桐江의 한 고기 잡는 늙은이로 인생을 마쳤겠는가. 그러니까 성탕과 고종 같은 훌륭한 군주를 만났더라면 엄광 역시 이윤과 부열과 같은 경세의 업적을 이룩했을 것이라는 말이다. 엄광은 바로 남명 자신의 투사投射다. 그러나 남명과 엄광과는 같으면서 같지 않은 점이 있다. 누군가 남명에게 자신을 엄광에게 비교해서 어떻게 생각하느냐는 물음에 남명은 자신이 엄광과는 길이 다름을 말했다. 곧 엄광은 세상을 잊었지만 자신은 이 세상을 잊지 못한 사람이라고 했다. 자신을 위해서는 초탈할 수 있으나, 타인을 위해서는 고념해 마지않는, 남명의 현실의식을 읽을 수 있다.

(《남명학보南冥學報》 창간호, 남명학회, 2002)

2. 퇴계退溪 시세계의 한 국면

　퇴계退溪는 일생 동안 시작을 계속해 왔다. 그리하여 이천여 수라
는 호한浩瀚한 양의 작품을 산출産出해 두었다. 말할 필요도 없이 시
편들에는 퇴계의 정신의 갖가지 곡절들이 간직되어 있다. 그러므로
그의 사상의 총체적인 이해를 위해서는 그의 시에 대한 이해도 필수
적인 일이다. 이 작은 시론은 그의 많은 작품 중의 극히 적은 일부를
이해해보려는 것이다.

　현재 우리가 접할 수 있는 퇴계의 시는 그의 소년기의 작품 한두
편을 제하고는 그가 출사出仕하기 일 년 전인 삼십삼 세에서부터 칠
십 세 졸년卒年까지의 소작所作이다. 그런데 이 동안의 그의 시는 크
게 보아 오십 세 전후를 고비로 한 차례 현저한 변화가 이루어진 것
으로 보인다. 퇴계의 제자 정유일鄭惟一은 "그 시가 처음에는 몹시 청
려淸麗했다. 이윽고 화미華靡함을 잘라내고 한결같이 전실典實한 데로
돌아가 장중莊重·간담簡淡했다. 其詩기시, 初甚淸麗초심청려, 旣而翦去
華靡기이전거화미, 一歸典實일귀전실, 莊重簡淡장중간담."(정유일鄭惟一)라
고 그의 시풍詩風의 변화를 지적하고 있는데, 그의 이러한 시적 변화
는 오십 세 전후 그의 생애의 변환과 깊이 관련되어 있음이 확실하
다. 즉, 퇴계는 풍기군수豊基郡守로 재임 중 세 차례의 사직서를 올렸
으나 청허聽許해 주지 않자, 오십 세 되는 해 정월에 감사監司의 허락
도 없이 임소任所를 떠나 도산陶山으로 돌아왔다. 이때를 기준으로 하
여 그 이전은 주로 사환에 종사하던 시기였고, 그 이후는 조정으로부
터 계속 벼슬이 주어져 벼슬살이를 아주 청산하지는 못했지만, 주로

도산에 은거하여 학문에 정진하던 시기였다. 그의 이러한 생활의 변환에 따라 시에도 변화가 온 것이다.

그의 시적 변화의 양상이 아직 정밀하게 고구되지는 못했지만, 두드러진 한 가지 변화의 현상으로 출사기에 지어진 시들에서 '선계仙界에의 비상飛翔'의 시상詩想이 빈번히 나오다가, 은거기에 지어진 시들에 와서는 이것이 사라지고 대신 '달'과 '매화梅花'가 시재詩材로 즐겨 쓰여 지고 있는 점이 특히 주목된다. 대체로 한 시인의 시에서 어떤 특정 범주의 시상이나 시재의 반복적인 출현은 그 시인의 내면세계의 깊은 곳에 관련되어 있기 마련이다. 이런 점에서 위의 시상과 시재의 높은 빈도와 양자의 전후교체는 퇴계의 내면 깊은 곳의 어떤 동태의 반영임에 틀림없을 것이다. 그리고 양자는 전후교체에도 불구하고 서로 밀접한 연관이 있는 것으로 보인다. 필자는 양자를 동일한 정신범주의 변형적變形的 표현으로 보고, 그 정신범주를 일단 '구속으로부터의 탈각脫却—자유에로의 지향'의 의식으로 정립해보고자 한다.

전자 '선계에의 비상'의 시상을 보여주는 작품 한 편을 예시하면 다음과 같다.(번거로움을 피하기 위하여 시의 중심 부분만 인용한다)

> 해상의 선인들을 부를 수도 있겠거니,
>
> 달 속의 항아姮娥와도 이야기할 만하네.
>
> 아름다운 저 계수 섬궁蟾宮에 생겼으니,
>
> 천지와 같이 가서 끝이 없겠구려.
>
> 너울너울하는 그 그림자 어찌 달에 구애되리오만,
>
> 오부吳斧(달 속의 계수나무를 깎아내는 사람)는 망령되이 천공天功을 탐내려네.

나는 선뜻 항아에게 한 잔 술을 권하면서,

옥절구로 빻은 현상玄霜을 빌었네.

바람 타고 문득 저 팔표八表로 두루 노닐며,

만 길이라 홍진紅塵에는 고개 아니 돌리련다.

海上仙人如可招해상선인여가초,

月裏姮娥相唯諾월리항아상유락.

彼美桂樹生蟾宮피미계수생섬궁,

宜與天地無終窮의여천지무종궁.

婆娑本不礙月明파사본불애월명,

吳質妄欲饕天功오질망욕도천공.

我勸姮娥一杯酒아권항아일배주,

願乞玄霜玉杵臼원걸현상옥저구.

凌風倏忽游八表능풍숙홀유팔표,

萬丈紅塵不回首만장홍진불회수.

(〈칠월십삼야월七月十三夜月〉, 이황李滉,

《퇴계집退溪集》, 권卷2.)

이와 비슷한 유의 시상이 표현되어 있는 작품으로는 이 밖에 〈호당매화모춘시개湖堂梅花暮春始開〉(《퇴계집退溪集》 권1), 〈사수기시차운士遂寄詩次韻〉(앞의 책, 권1), 〈제황중거방장산유록題黃仲擧方丈山遊錄〉(앞의 책, 권1), 〈군재유회소백지유郡齋有懷小白之遊〉(앞의 책, 권1), 〈화도집음주이십수和陶集飮酒二十首〉(앞의 책, 권1), 「기몽記夢」(《퇴계집별집退溪集別集》 권1) 등을 들 수 있다. 퇴계가 선계의 실재를 믿고 이에 대한 몽환적夢幻

的인 동경을 했을 리는 만무한 만큼 이러한 '선계에의 비상'의 시상은 무엇으로 설명될 수 있을까? 엄밀한 정신분석적 접근이 필요함직한 경우인데, 일단은 그의 내면의 한 갈등—'구속으로부터의 탈각'의 고민의 표현으로 생각된다. 이 경우 선계는 시인이 표상表象하고자 한 '자유의 공간'으로서만 의미가 있을 뿐 몽환적 선화仙化에의 욕구 따위와는 무관한 것으로 보아야 할 것이다.

그렇다면 퇴계로 하여금 갈등하게 한, 즉 퇴계에게 가해진 구속은 무엇인가? 그의 생애에서 조사될 수 있는 이 시기의 가장 큰 구속은 사환생활 및 이에 따른 당시 정치현실과 자신과의 깊은 괴리다. '선계에의 비상'의 시상이 나타나는 작품의 분포 기간은 정확하게는 그의 나이 사십사 세에서부터 오십일 세 사이인데 퇴계 자신의 서술에 의하면 사십삼 세부터 오십이 세 사이에 이미 "세 번 물러나 돌아갔다가 세 번 소환되었다(三退歸而三召還삼퇴귀이삼소환)"(《여조건중(식)與曹楗仲(植)》)라고 했고, 제자 정유일은 "선생은 본래 벼슬할 마음이 적었다. 게다가 시사時事에 큰 화기禍機가 있음을 보고서 계묘년(43세)부터 비로소 물러날 뜻을 결정했다"라고 기록하고 있다. 시에서의 현상과 생애에서의 사실이 정확하게 대응되고 있어 양자 사이에 하나의 인과관계가 있음을 인정할 수 있다. 실은 사십삼 세 때 이전, 벼슬길에 들어선지 삼 년만인 삼십육 세 때에 이미 "세 해나 서울에서 봄을 지내니 / 옹종한 망아지가 수레채에 매인 듯(三年京洛春삼년경락춘, 局促駒在轅국촉구재원)"(《퇴계집》 권1, 〈감춘感春〉), "명리名利의 숲에서 낯만 두꺼워지고 / 울적한 그 가운데에 한갓 뜻만 잃었구료(强顏名利藪강안명리수, 掩抑徒自失엄억도자실)"(앞의 책, 〈세계득향서서회歲季得鄕書書懷〉)이라고 사환생활의 구속감과 환멸감을 시로 표현했던 것이다. 그리고 사십

이세 때에 춘천 청평산淸平山에 있는 고려 때의 은자 이자현李資玄의 유적지를 지나며 그의 행적을 극구 칭양稱揚·흠선歆羨해 마지않는 시와 문을 쓰기도 했는데, 여기에서 그는 이자현의 행적을 "매미가 탁하고 더러운 가운데서 벗어나고, 기러기가 만물 밖에 아득히 멀리 나는 것과 같네(蟬蛻於濁穢之中 선태어탁예지중, 鴻冥於萬物之表홍명어만물지표)"(앞의 책, 〈과청평산유감병서過淸平山有感并序〉)라고 표현한 바 있다. 선계지향의 모티브가 강하게 작용하고 있는 표현이다. 여기에서 그 자신의 시에 드러나 있는 '선계에의 비상'의 시상이 어디에 근원하고 있는가가 그 자신에 의해 시사된 셈이다. 요컨대 퇴계는 당전當前의 현실지평과 자아와의 깊은 괴리를 하나의 견딜 수 없는 구속으로 의식하고 이 구속으로부터의 탈각脫却의 염원으로 갈등하고 있었던 것이 그의 사환기의 시에 나타난 의식의 한 국면이다.

이러한 구속으로부터의 탈각의 염원은 그의 도산陶山 은퇴기에는 정신의 적극적인 자유에의 추구로 전화된다.

퇴계는 육십일 세 때 도산서당陶山書堂을 낙성하고 쓴 〈도산기陶山記〉(《퇴계집》 권3)에서 자신의 도산에서의 생활을 이렇게 묘사했다.

> 내가 오랫동안 병에 시달려 늘 고통스럽더니, 비록 산에 거처해도 마음껏 책을 읽지 못하고 남몰래 조식調息을 걱정한 나머지, 때때로 몸이 가볍고 편안하여 심신心神이 깨끗이 깨어나면 우주를 굽어보았다 우러러보았다 하고, 감개가 일면 책을 뽑아 지팡이를 짚고 나가서 헌함에 임해서 못을 구경하기도 하며, 단에 올라서 사社를 찾기도 하였다. 또 채포菜圃를 돌며 약을 심고 숲을 뒤져 꽃을 채집하기도 하였고, 더러는 바위에 앉아서 샘물을 희롱하기도 하였으며, 대에

올라서 구름을 바라보기도 하였다. 혹은 물가에서 물고기 노니는 모습을 보기도 하고, 배 가운데서 갈매기를 가까이하기도 하며, 뜻대로 거닐고 소요하고 배회하면서 눈에 닿는 대로 흥이 일고 경물을 만나면 흥취를 이루어 흥이 극도에 이르러 돌아오곤 하였다. (중략) 산새가 지저귀고 절기 따라 만물이 무성해지기도 하고 바람과 서리가 사납고 눈과 달빛이 어리기도 하니, 사시의 경물이 같지 않음에 따라 흥취 또한 다함이 없었다. 그리하여 날씨가 몹시 춥거나 심히 덥거나 바람이 크게 불거나 비가 많이 내리거나 하지 않는다면, 어느 때 어느 날 나가지 않음이 없었다.

도산 일대는 말하자면 그가 선계로써 표상했던 동경의 '자유의 공간' 바로 그것의 구현이었다. 그러나 산림 속에서 소요상양逍遙徜徉하는 것만이 퇴계의 생활의 전부는 아니었다. 그는 여기에서 비로소 '수렴응정收斂凝定'하여 '체인천리體認天理'하는 종교적인 구도생활에 들어가게 된 것이다. 그리고 이 시기의 그의 시에 '달'과 '매화'의 시재가 즐겨 다루어진다.

> 찬 못에 달 비쳐와 옥우玉宇는 하 맑으니,
> 숨어사는 사람의 방도 하나 가득 맑고 밝아라.
> 이 가운데 참다운 소식 있다마다,
> 선禪의 공空과 도道의 명冥은 단연코 아니로세.
>
> 月映寒潭玉宇淸월영한담옥우청,
> 幽人一室湛虛明유인일실담허명.

箇中自有眞消息개중자유진소식,

不是禪空與道冥불시선공여도명.

(〈산거사시음山居四時吟, 추야秋夜〉, 《퇴계집退溪集》 권卷4)

말 들으니 도선陶仙도 우리마냥 쓸쓸한 이,

임 가실 때를 기다려 천향을 풍기리다.

임이여 원컨대 대할 때나 그릴 때나,

옥설과 청진을 함께 잘 간직하도록.

聞說陶仙我輩凉문설도선아배량,

待公歸去發天香대공귀거발천향.

願公相對相思處원공상대상사처,

玉雪清眞共善藏옥설청진공선장.

(〈분매답盆梅答〉, 《퇴계선생문집退溪先生文集》 권卷5)

이 밖에 〈팔월십오야서헌대월八月十五夜西軒對月〉(《퇴계집》 권2), 〈천연완월天淵翫月〉(같은 책, 권3), 〈칠월기망七月旣望〉(같은 책, 권4), 〈거경재居敬齋〉(같은 책, 권5), 〈광영당光影塘〉(《퇴계선생별집退溪先生別集》 권1) 등과 《매화시첩梅花詩帖》의 시들을 들 수 있다. 이렇듯 퇴계는 그 만년에 달과 매화로 즐겨 시를 읊었는데, 이것은 물론 측면側面으로 송유宋儒들의 도학시의 자극이 있었겠지만 근본적으로는 퇴계 자신의 정신의 경지에 직결된다. 이들 시는 물론 달과 매화의 미 자체에 탐닉한 단순한 서정시는 아니다. 그것은 '청정清淨, 또는 청진清眞의 세계'의 표상이고, 이 청정, 또는 청진의 세계는 다름 아닌 '천리天理의 세계世

界'다. 퇴계는 제자 기대승奇大升에게 준 편지에서 '이理'를 해명하는 가운데, '결결정정지潔潔淨淨地'라는 형용어를 사용한 적이 있다. 즉 그는 "십분 투철한 데 이르러 훤하게 보게 되면(到得十分透徹洞見도득십분투철통견)" '이理'는 "지극히 허한 듯 하되 지극히 실하고, 지극히 없는 듯 하되 지극히 있으며, 동한 듯하되 동함이 없고, 고요한 듯하되 고요함이 없어서 맑고 깨끗함에 조금이라도 더할 수 없고 조금이라도 감할 수 없다(至虛而至實지허이지실, 至無而至有지무이지유, 動而不動동이부동, 靜而無靜정이무정, 潔潔淨淨地결결정정지, 一毫添不得일호첨부득, 一毫減不得일호감부득)"라고 하였다. '천리의 세계' 그것은 완전원만完全圓滿한 절대의 세계다. 이 세계에 퇴계는 사변적으로 오달悟達할 뿐만 아니라 정감적인 합일에까지 이르려 했던 것이니, 위의 시들은 바로 이런 심의心意의 표현인 것이다. 천리의 세계에의 도달은 인간을 구속하는 또 다른 요소들, 흔히 '인욕人欲'이라 일컬어져온 온갖 개아적個我的 속성의 제약으로부터 해방된 '정신의 절대자유의 경지'를 의미한다. 그리고 이것은 종교적인 열락悅樂의 경지이기도 한 것이다. 퇴계가 말한 '전할 수 없는 묘(不可傳之妙불가전지묘)', 또는 '가슴에서 즐기는 바여서 다른 사람들이 더불어 알 수 없는 것(所樂於胸中而人不能與知者소락어흉중이인부능여지자)'은 바로 이런 경지를 가리켜 한 말이다. 이런 경지는 논리적인 산문 문장으로는 표현하기란 극히 어렵기 때문이다. 그래서 퇴계는 "문장이 하찮은 것이라 비웃지 마오 / 마음속의 묘처도 글로 참되게 나타낸다네(莫笑文章爲小技 막소문장위소기, 胸中妙處狀來眞흉중묘처상래진)"(〈부용전운復用前韻〉, 여기서의 '문장'은 특히 시를 가리킴)라고 하여, 만년의 자신의 내면세계를 묘출描出한 다음과 같은 시들을 남겼다.

비 개고 구름 걷혀 저물녘 하늘 푸른데,

서녘 바람 숲에 들어 서걱거리는구나.

시내 새 망기忘機한 채 서 있을 때 많더니,

별안간 떨쳐 일어나 자취도 없이 날아가네.

雨捲雲歸暮天碧우권운귀모천벽,

西風入林鳴策策서풍입림명책책.

溪禽忘機立多時계금망기립다시,

忽然決起飛無迹홀연결기비무적.

(〈계상추흥溪上秋興〉,《퇴계집退溪集》권卷3)

　비가 개고 구름이 걷힌 파아란 하늘과 그 하늘로 날아 사라지는 백로의 이미지가 특히 돋보여 있는 이 시에서는 시인의 자아가 어떤 활연豁然하고 영원한 시공에로 혼연히 하나로 비상해 감이 암시되어 있다.

석양의 아름다운 빛 시내와 산에 아롱지고,

바람 잦아들고 구름 한가로운데 새는 스스로 돌아온다.

홀로 앉은 그윽한 회포 누구와 이야기하랴,

바위 언덕은 고요하고 물은 졸졸 흐른다.

夕陽佳色動溪山석양가색동계산,

風定雲閒鳥自還풍정운한조자환.

獨坐幽懷誰與語독좌유회수여어,

巖阿寂寂水潺潺암아적적수잔잔.

(〈산거사시음山居四時吟, 하모夏暮〉, 《퇴계집退溪集》 권卷4)

이 시에는 정신의 희열과 화평和平의 경지를 표현한 것이리라.

퇴계는 시작에서 비유적인 수법에 구차스럽게 집착하지는 않았다. 그러나 두보杜甫의 "소용돌이에서 백로가 목욕하니 어떤 심성인고 / 외로운 나무에 꽃이 피니 절로 분명하도다(盤渦鷺浴底心性반와로욕저심성, 獨樹花發自分明독수화발자분명)"라는 구를 읊고서, "위기군자爲己君子는 작위하는 바 없이도 절로 그러한 자이니, 이 의사와 암합한다"(《퇴도선생언행통록退陶先生言行通錄》 권卷3)라고 해명하는 태도로 보나, 후배 남언경南彦經이 부쳐온 시를 보고 "보내준 시는 고아古雅하여 이취理趣가 모두 도달하였습니다. 유람하며 수양한 바에서 얻은 것이 이와 같으니, 매우 가상합니다."(〈답남시보答南時甫〉, 《퇴계집退溪集》 권卷14)라고 하여 특히 '이취구도理趣俱到'를 중시한 태도로 보아 위에 예시한 시들이 결코 단순한 서경시가 아님은 명백하다. 다시 말하면 위의 시들이 보여주는 바 의경意境은 퇴계의 만년에 자아와 천리天理가 혼연히 하나로 된 경지에서의 정신의 여러 가지 곡절들의 구현이다. 자아와 천리가 혼연히 하나로 된 경지는 달리 표현하면 하나의 초월적 경역境域으로서 정신의 절대자유가 획득된 상태다. 즉, 천리와 하나로 된 자아에 의해서만이 존재하고 사유하며 행동할 뿐, 자아를 간섭하는 어떠한 것도 자아 속에 융해融解해 버리는 '내면의 무애한 자유의 세계'인 것이다. 장자莊子의 〈소요유逍遙游〉에 보인 바 동양의 고대적 자유 그것과 상통하는 일면이 있으면서, 인간의 지상적 삶을 떠나지 않는 자리에서 그것을 소화해가면서 추구되는 정신의 자유란 점에 장자의 그것과는 다른 체질이 찾아진다.

이와 같이 퇴계는 정치현실의 구속에서 벗어나 도산이라는 일종의 도장道場에서 지고한 정신의 경지를 획득했다. 이런 점은 흔히 그를 결신자애潔身自愛만 하는 현실도피자로 인식하게 해왔다. 과연 그는 소승적小乘的 자기구제만을 지향했던가? 사실은 그는 도산을 중심으로 청진淸眞한 정신의 세계를 형성, 문제자門弟子들에게의 전파를 통해 점진적이고 전면적으로 확충해감으로써 현실을 개선하여 이상사회를 구현해보려는 먼 안목 아래 현실에 참획參劃하고 있었던 것이다.

(《퇴계학보退溪學報》 25집, 퇴계학연구원, 1980)

3. 퇴계 주리론主理論의 현대적 의미

1)

다 아는 바이지만 퇴계退溪는 만년 어느 때인가 당신의 묘명墓銘을 손수 지어 두었다. 당신 사후 다른 사람에게 청탁될 경우 당신 생전의 행行과 사事가 지나치게 과장되고 수식될까 우려해서였다. 이 사실에서 우리는 한 점의 허가虛假도 용납치 않은 퇴계의 삶의 자세와 아울러 상례를 묵수墨守하기만 하지 않은 퇴계의 멋을 보겠거니와, 전문 12연 24구로 된 이 〈자명自銘〉에서 나는 특히 그 마지막 4구의 함의에 주목해 왔다.

〈자명自銘〉

근심하는 가운데에 즐거움이 있고,
즐거워하는 가운데에 근심이 있네.
자연의 조화 타고 사라져 가니
다시 무엇을 희구하리오.

憂中有樂우중유락,
樂中有憂낙중유우.
乘化歸盡승화귀진,
復何求兮부하구혜.

V. 조선 시대

여기에서 우리는 삶의 마지막 시간까지 부단한 자기완성에의 도정에서 내려오지 않는, 그리하여 마침내 죽음까지도 초극해가는 한 성자의 모습을 보게 된다. '근심'은 자기완성에의 도정에서 부족을 자각하는 데에서 오는 근심이요, '즐거움'은 자기완성에의 도정에서 성취를 느끼는 데에서 오는 즐거움이다. 그러니까 퇴계의 내면은 늘 이 인간으로서의 자기완성으로의 지향에 관련된 근심과 즐거움의 공존적 움직임의 지속이었던 셈인데, 퇴계의 이러한 내면의 양태는 실은 바로 인간으로서의 존재의 본연태本然態에 다름 아니다. 다만 속중俗衆들은 이 인간으로서의 존재의 본연태를 각성하지 못하기 때문에(속중이 처음부터 정해져 있는 것이 아니라, 인간으로서의 존재의 본연태를 각성하지 못하는 삶이 속중이 되게 할 뿐이다) 퇴계와 같은 성자의 삶이 특히 예외적인 것인 양 보일 뿐이다.

인간으로서의 존재 문제를 자각하고 반성할 때 근심은 필연적이다. 그것은 인간으로서의 존재를 규정해 주는 기초 조건이자 마땅히 짊어져야 할 책무이기 때문이다. 근래의 독일의 철학자 하이데거는 '심려心慮함'으로써 인간 존재의 기초 조건으로 규정했거니와, 공자孔子 이래 유학의 전통 속에 있어온, 주로 민중이 처한 현실적 어려움의 문제에 지향된, 따라서 다분히 외향적이었던 우환의식憂患意識이 퇴계에 이르러 깊이 내향화된 점에 나는 주목하고 싶다. 사람됨의 한 책무로서 스스로 놓지 않는, 또는 놓여지지 않는, 퇴계에게 있어 근심은 즐거움과 결코 상호 배척적인 것이 아니다. "근심하는 가운데에 즐거움이 있고, 즐거워하는 가운데에 근심이 있네"라고 하였듯이 그것은 긴절하게 상수적相須的이다. 존재에의 근심이 없으면 존재에의 즐거움도 있을 근거가 없다. 근심을 통해서만이 즐거움을 향유할 수 있고, 즐거움의 향유는 보다 더 깊은 즐거움을 위해 이미 근심으로 지향되어 있는 그런 관계 구조다. 이리하여 근심과 즐거움의 부단한 상수적 함섭涵攝은 근심의 정도가 점차 낮아지면서 즐거움은 점차 심화 또는 상승의 도정에 있게 되니, 곧 천리세계天理世界에로의 심입深入의 도정이다.

천리세계는 가령 극락이나 천당처럼 생生의 종착점 너머의 피안에, 고苦의 생을 인내하는 과정過程을 거쳐서 종국에 하나의 비약으로 도달하게 되는, 과정에서 격리된 목표로 설정된 세계가 아니다. 누구나 어느 때든 인간으로서의 존재 자각이 있는 순간 그는 이미 천리세계 안에 발을 들여놓은 셈이다. 그리고 근심이 동인動因이 되는 이 존재 자각의 부단한 심화는, 주희朱熹와 퇴계에 의하여 '정결공활淨潔空闊', 또는 '정정결결淨淨潔潔'하다고 묘사된 천리세계의 심부로의 진입의 지속이 있을 뿐이다. 즉 목표와 과정이 별개로 분리되어 있는 것이 아니라, 아니 당초에 정해진 코스로서의 과정이 따로 있는 것이 아니라 삶의 주체가 스스로 과정을 만들어 가는 셈인데, 이러한 과정은 곧 목표 그것의 연속으로서의 과정이라고 할 수 있다. 따라서 존재 자각이 지속되는 한 주체가 발을 딛고 서는 그 과정 지점에 곧 존재의 깊이나 높이로서의 목표가 하나의 수직관계 형태로 지향된다고 말할 수 있다. 학봉鶴峰(김성일金誠一)이 경당敬堂(장흥효張興孝)에게 당상堂上으로 오를 때의 자세에 관해 훈계한 내용이 이 경우의 비유로 적의할 법도 하다. 즉 마음을 목표 지점 당상에다 두고 한달음에 오르는 경당에게, 당상으로 오르는 한 발자국 한 발자국 발을 옮길 적마다 마음을 그 발걸음에 두고 옮기라고 한 것이 그것이다. 매 걸음에 마음 둠이 곧 그 걸음의 목표 지향이요, 이러한 마음 둠의 연속이 결국 당상으로 오르는 과정인 셈이다. 유학, 또는 도학에서의 '하학이 상달下學而上達'의 명제가 성립된 것은 바로 이러한 인간존재관을 기반으로 해서인 것이다.

그러므로 앞에서 '자아완성'이라고 하여 '완성'이란 말을 편의상 썼지만 '완성에의 도정途程'은 있을지언정 하나의 종결태終結態로서의 완성은 실은 없다. 앞에서 인용한 퇴계의 〈자명〉의 마지막 4구의 표현을 음미해 보아서 알 수 있듯이 '자연의 조화 타고 사라져 가는' 육신의 종결은 하나의 사건으로 묘사되었어도, '근심하는 가운데에 즐거움이 있고, 즐거워하는 가운데에 근심이 있는' 존재 운동 자체에는 어떠한 종결감도 보이지 않는다. 하나의 지속태持續態로 제시되어 있다. 퇴계의 이러한 지속태는 잘 알려진, 퇴계의 종언의 자세가 웅변적으로 밝혀 준다. 즉 퇴계는 임종하던 날 아침에 분매盆梅에 물을 주라 시키었고, 그리고 저녁에 자리를 바르게 한 뒤 좌서坐逝하였다. 즉 고도한 존재 자각에 의한 천리 세계의 심부로의 진입의 지속 상태로 죽음을 초극한 것이다. 다시 말하면 퇴계에게 있어 죽음은 죽음이 아니라, 천리라는 보편존재계에로의 존재섭입存在攝入일 뿐이다. 퇴계의 이러한 내면의 삶에서 우리는 도학적 자기구제의 전범을 보게 된다.

'자기 구제'라고 했지만 퇴계에게서 그 전범을 보는 이러한 도학적 자기 구제는 결코 한 개인 자신의 인간고人間苦로부터의 해탈에만 한정되는 그런 소승적 형태의 것은 결코 아니다. 도학 사상에는 원천적으로 이러한 소승적 자기 구제의 논리는 설 자리가 없다. 즉 도학에서의 삶의 주체는 객체와 대타적對他的으로 성립되는, 따라서 주체와 객체들과의 관계가 별개의 범주로 분리되는 것이 아니라 자아의, 타

존재자들과의 관계의 총화 그것으로 성립되기 때문에 한 주체의 삶 (존재성)은 바로 이 관계의 경영에 다름 아닌 것이다. 이 관계의 조화가 바로 주체의 조화이고, 관계의 파탄이 곧 주체의 파탄이다. 《중용中庸》에서 제시된 '불성무물不誠無物'의 명제가 바로 이러한 주체관의 표명에 다름 아니다. 따라서 도학에서의 자기완성·자기 구제는 자동적으로 타자 완성·타자 구제에 연계되게 되어 있다. 역시 《중용》에서 제시된 '성기성물成己成物'의 명제, 《맹자孟子》에서 제시된 '과화過化'의 명제가 바로 이 논리의 표명이다. 달리 표현하면 도학에서의 주체 운용은 언제나 타존재자들과의 '더불어 함께'인 것이다. 그러므로 앞에 든 〈자명〉에서의 퇴계의 근심도 즐거움도 그것은 퇴계 자아의 고립적 폐쇄상황에서의 일일 수가 없다. 타존재자들, 또는 이들로 구성되는 세계와의 열려진 관계에 그야말로 '심려함'이 없다면 〈자명〉에서 밝힌 존재론적 근심과 즐거움은 생겨날 근거가 없는 것이다.

도학적 주체관의 논리가 이러함에도 불구하고 사람들은 퇴계의 은퇴지향隱退志向을 가지고 소승적 자기 구제 지향으로 흔히 속단, 또는 오단해 왔다. 퇴계의 잦은 은퇴에다 〈도산십이곡陶山十二曲〉에서의 '재곡在谷의 유란幽蘭'의 덕의 찬양까지 있고 보면, 그런 속단·오단도 이유 없다고 할 수 없을 것도 같기는 하다. 그러나 도산서당陶山書堂이라는 임간林間 아카데미는 왜 열었으며, 주리主理의 논리를 왜 고창했는가? 요컨대 당시 연이은, 사화라는 정치적 변란 사태는 결국 치자계급의 도덕적 타락에 그 원이 있다고 판단, 도덕적으로 격조 높은 인재들을 양성해냄으로써 치자 계급의 도덕적 수준을 새로운 차원으로 높이자는 것과, 인간세의 욕欲의 분류奔流 속에 언제고 곧잘 쇠약해지기 쉬운 도덕주체의 안정적 존립의 논리를 수립하자는 것에 다름 아니다. 퇴계의 이러한, 우회적이지만 내면적으로는 매우 적극적이고 근원적인 타자 성취·타자 구제의 심모원려深謀遠慮를 사람들은 간과했던 셈이다. 이러한 의도의 실현을 위해서도 먼저 자신의 성취와 구제가 더욱 긴절히 요구되었던 것이다.

2)

이제까지 살펴본 퇴계의 자아 완성, 자기 구제 과정 및 이를 거점으로 한 타자 성취, 타자 구제의 실현 지향은 주지하는바 주리의 논리에 입각되어 있다. 이런 진술은 오직 주리의 논리로써만이 자타의 성취와 구제가 가능하다는 배타성을 포함하는 것은 결코 아니다. 주기主氣의 논리로써도 당연히 가능할 뿐 아니라, 도학 이외의 여타 사상·종교적 신념에 의해서도 또한 당연히 가능할 터다. 우리는 다만 오늘날 우리 자신들의 인간적 성취와 구제, 나아가 총체적으로 이 시대의 이러저러한 문제 타개의 길을 모색함에 있어 여러 가지 선택 가능 중의 친근하고도 유력한 한 가지로서 퇴계를 통해서 전범적으로 파악되는 우리나라 도학 주리론의 성과를 재음미하는 것일 뿐이다. 그러나 내 개인적 판단으로는 적어도 '경敬'을 핵심으로 하는 심학心學의 실천과의 연계의 관점에 서는 한에서는 주기론보다 주리론이 확실히 상대적 우점優點을 가진다는 견해를 밝혀 두는 바이다. 아울러서 자타의 인간적 성취와 구제를 위한 실천이 평상의 삶으로부터 특별히 구획되는 종교적 과정을 설정하지 않고, 바로 그 평상의 삶 자체 안에서 이루어진다는 점에서, 그리고 타력 신앙에 대한 설득력이 약화되어 가는 반면 인간 내면의 이신理神 신앙이 더 설득력을 얻어가는 이 시대란 점에서, 여타 종교적 신념 체계보다 도학 주리론에 상대적으로 더 큰 흥취를 가진다는 사실도 밝혀두고 싶다.

주지하는바와 같이 우리나라 도학의 전개에서 주리론은 회재晦齋 이언적李彦迪이 기틀을 놓고, 퇴계가 발전시켜 영남학파의 종지로 숭상되어 온 데에 대하여, 주기론은 화담花潭 서경덕徐敬德에 의해 창도되어 율곡栗谷 이이李珥에 의해 발전되나, "발發하는 것은 기氣요, 발하게 하는 것(所以)은 리理다"라는 명제에서 알 수 있듯이, 기 운동의 궁극적 계기 내지 근거가 리라는 점에서 적어도 형식논리상으로는 말 그대로 주기론이라고 하기에는 난점이 있다. 그러나 기의 발發만을 인정하고 리의 발은 인정하지 않은 점에서 실질상으로는 주기 성향에 귀착되게 된다고 할 수 있다. 이런 점에서 퇴계의 학설과 대조적으로 인식되어 온 것은 주지의 사실이다.

퇴계의 주기론의 골자는, 역시 주지하는바이거니와, 요컨대 기와 함께 리의 발을 적극 인정하여 '사단四端은 리의 발, 칠정七情은 기의 발'이라고 주장한 것이 그것이다. 이에 대한 고봉高峯 기대승奇大升의 이의와 율곡의 비판의 골자는 측은惻隱·수오羞惡·사양辭讓·시비是非의 심心이나, 희喜·노怒·애哀·락樂(또는 구懼)·애愛·오惡·욕欲이 성性에 대한 정情이라는 점에서는 마찬가지인데 그 발출發出 실체가 어찌 그렇게 다를 수 있겠느냐는 것임도 널리 알려진 사실이다. 두 분 주장의 논리적 명쾌성은 족히 인정된다. 그러나 사단은 순선純善, 칠정은 유선유악有善有惡으로 서로 그 질을 달리하는 것은 바로 각각 리와 기로 그 발출 실체가 다르기 때문이라는 퇴계의 주장의 저부에 놓인 깊은 체인적體認的 사색은 쉽사리 촌탁忖度될 수 있는 문제가 아니다. 다만 우리가 확실히 알 수 있는 것은 퇴계의 이 철학적 입론이 가지고 있는 지향성이다. 즉 그것은 도덕 주체의 불변적 순수성, 나

V. 조선 시대

아가 그 절대성의 옹호다.

만일 사단이 별개로서 독자성을 갖는 것이 아니라, 유선유악한 칠정중의 선일변善一邊일 뿐이라는 고봉·율곡 두 분의 주장을 따른다면 사단은 그 순선으로서의 독자적 존립성을 잃고 칠정과 혼효混淆되어 있게 되고, 따라서 자칫 거세어지기 쉬운 칠정의 움직임에 따라 쉽사리 동요 되거나 환산渙散되어 버릴 가능성이 높게 된다. 바꾸어 말하면 인간의 내면에 도덕 주체의 안정적 존립이 보장되지 않는다는 말이다. 여기에서 퇴계는 천리에의 깊은 체인에서 파득把得한, 인간 내면의 불변·불멸의 순선한 도덕 주체의 존재에 근거하여 사단을 칠정과 구분되는 영역으로서 이발理發로 규정하였던 것이다. 퇴계는 나아가 '리理, 극존무대極尊無對'라고 하여, 리를 기의 상대로서가 아니라 기의 위에 있는 절대실재로 정립하시기까지에 이르렀다.

불변·불멸의 순선한 도덕 주체와 유선유악한 칠정과의 관계에 대한 인식을 퇴계는 다음과 같이 시를 통해 우의적寓意的으로 형상화해 보이기도 하였다.

〈반타석盤陀石〉

시뻘건 탁류 도도할 젠 문득 그 형상 숨겨지더니
물결 조용히 가라앉자 비로소 분명히 드러나네.
기특하도다 반타석이여! 그토록 거센 물결의 들이받음 속에서도,
천고토록 기울지 않는구나.

黃濁滔滔便隱形황탁도도편은형,
安流帖帖始分明안류첩첩시분명.
可憐如許奔衝裏가련여허분충리,
千古盤陀不轉傾천고반타부전경.

'시뻘건 탁류의 거센 흐름 속에서도 천고토록 기울지 않는 반타석'은 말할 것도 없이 칠정의 거센 소용돌이 속에서도 순선의 도덕 주체는 결코 불변이고 불멸인 존립성을 가짐을 뜻한다. 그러나 이 시는 실은 퇴계가 보는 순선의 도덕 주체가 가진 속성의 전반만 묘사되어 있는 셈이다. 그 불변·불멸성에다 그 발동성까지 더해져야 온전하게 된다.

도학의 본령은 크게 두 가지로 구분된다. 이기론理氣論과 심학心學이 그것이다. 이기론은 세계와 인간에 대한 존재론적 인식, 또는 해명에 중점이 두어져 있고, 심학은 이 이기론과의 연계 아래에 그 심성적 실천에 중점이 두어져 있다. 이 두 영역 중에 후자가 상대적으로 더 무거운 비중을 가진다. 도학은 근본적으로 실천철학이기 때문이다.

그런데 주지하는바와 같이 심학의 핵심은 '경敬'이다. 경은 정이천程伊川에 의해 '주일무적主一無適', 사량좌謝良佐에 의해 '상성성법常惺惺法', 이 밖에 또 두어 가지로 달리 정의되고 있지만 결국 다음과 같이 말할 수 있을 것이다. 즉 '인간 존재의 심저에 근거 지워져 있는 도덕 주체 천리의 현전적現前的 발동을 확충·제고시키도록 정위定位되는 심心의 자세'라고, 또는 '인간 내면에 도덕적 주체가 흔들림 없이 밝게 깨어 있도록 정위되는 심의 자세'라고 말할 수 있다. 이 경의 실천과 연계지을 때, 위에서 언급했듯이 인간 내면의 순선 영역의 상징으로서의 사단이 칠정에 혼효되어 있다고 보기보다, 칠정과는 구분되게 독자적으로 있다고 인식하는 것이 경의 실천에서의 효능도가 더 높다고 할 수 있다. 그리고 이 경은 대체로 여타 종교에서의 일상과의 비연속적인 수양 방식과는 달리, 일상의 삶 그 자체 가운데에서 수행되는 특장特長이 있다. 퇴계가 동動의 근저로서의 정靜을 내면 깊은 곳에 보존하기를 요구한 것은 바로 경敬의 이 특장을 살리기 위해서다.

3)

도학은 구미 문화의 난입攔入으로 그 새로운 발전적 도정을 밟지 못한 채 그 통류通流의 중단이 강제되어 있는 상태다. 그러나 이것으로 그 효능이 끝난 것이 아니다. 굳이 '온고이지신溫故而知新'을 이끌어오지 않더라도 인류의 정신유산에는 엄밀히 말해서 효능의 잠세화潛勢化는 있어도 끝남은 없다고 할 것이다. 이 시대야말로 도학적 삶의 양태가 절실히 요망된다.

이 시대의 삶을 부정적으로 규정하자면, 오욕칠정五欲七情의 '황탁黃濁의 도도滔滔한 분충奔衝'으로 도덕적 주체는 경도傾倒, 또는 환산渙散되고 존재 망각의 미망이 덮인 그것이라고 할 수 있다. 물질욕의 충족과 감각적 쾌락의 추구로 행복을 삼는 사고는 환경·생태 문제를 날로 더욱 악화시켜 가고, 인간성의 왜곡·소외화를 더욱 부추기고 있다. 참으로 우환憂患해야 할 상황이 아닐 수 없다. 바로 이런 상황에 대응하여 우리는 우리 민족의 위대한 정신적 성과의 하나인 퇴계의 주리론 및 여기에 입각한 삶(존재성)의 방식이 성취한 바를 긴절히 재음미할 필요에 직면하게 된다. 깊이 사색하면 우리는 실로 많은 가능성과 만나게 될 것이다.

(사단법인 박약회강연博約會講演, 2000)

V. 조선 시대

4. 무주無住의 자유 구가한 황진이

　황진이의 인간과 삶은 그 자체로서 우리에게 있어 하나의 고전이
다. 고전의 아름다움은 역사의 흐름 속에서 인간의 보편 가치를 나타
내 보이거나, 또는 인생과 세계에 대해 가급적 다면적인 의미를 시사
해 주는 데에 있다. 따라서 반드시 언어나 기타 재료가 작품적 실체
로 되어 있는 것만이 고전일 수는 없다. 《논어》만이 고전이 아니라,
공자孔子의 인간과 그 실제적인 삶 또한 커다란 하나의 고전이다. 어
떤 관점에서는 가치나 의미가 직접 인간과 그 삶으로 실존, 실현된
것이 언어 등의 고전보다 의의가 높을 수 있기조차 하다.

　황진이는 당대의 명창이었으며 시인이었다. 그런데 명창으로서의
그때의 노래의 예술적 특성은 당초에 후대에 보존될 수 있는 조건이
아니었으며, 시인으로서의 그때의 시 또한 그 작품 세계의 특징적 면
모를 뚜렷이 부각시켜 주기에는 전하는 작품이 너무 적다. 시조 6수,
한시 6수가 전부다(시조 가운데에는 황진이의 작품으로 보기에는 의심스러운
것도 있지만). 다만 이 정도의 작품만으로도 그녀가 재능 있고 개성적
인 한 시인이었음을 엿보기에는 족하다. 시조 중의 한두 수(특히 〈동짓
달 기나긴 밤〉)는 우리 시조사에서 손꼽힐 걸작이며, 한시 중의 한두
수(〈반달〉, 〈소양곡蘇暘谷과 헤어지며〉) 역시 우리 한시사에서 거론될 만
한 가치가 족히 있는 작품이다.

　그러나 설령 그녀의 시작품들이 고스란히 다 전해 왔다고 가정하
더라도, 그녀의 인간과 실제적인 삶 그 자체가 우리의 가슴에 와닿는
정도는 그녀의 작품 총체에 비하면 압도적이다. 황진이의 인간과 삶

은 그것이 지향된 방향에 있어서 그야말로 독보적인 하나의 걸작이다. 여기에는 범상치 않은 어떤 의미가 함유되어 있다.

황진이의 인간과 삶에 대한 그동안의 관심은 일반적으로 야담적·즉물적卽物的 흥미의 수준을 크게 넘어서지 못해 왔다. 그녀의 용자容姿의 아리따움, 기녀로서의 단조하지 않았던 삶의 궤적, 그리고 다채로운 애정 편력 등 그녀의 인간과 삶의 외관만 피상적으로 보면 사실 야담적 흥미 이상을 기대할 것이 없음직도 하다. 그러나 예사 야담거리와는 달리 늘 어떤 신선한 매력, 또는 충격을 느끼게 되는 것은 그녀의 인간과 삶의 내면에 어떤 깊이 또는 높이가 도사리고 있기 때문일 것이다.

황진이의 인간과 삶이 가진 의미를 나는 불교의 용어를 빌어 '무주無住의 자유 지향'으로 보고자 한다. 즉 세계에 대해 고정된 실체를 인정하지 않으며, 따라서 일정한 대상에 집착하지 않는 자유무애自由無礙로의 지향을 말한다.

그녀는 다감하나 매우 총명하고 지적이며, 개성이 강한 여인이었다. 세계와 인생에 대해 일정한 통찰력을 지니고 살아갔던 것이다. 남자와 재물과 그리고 가무 사이에서 풍타낭타風打浪打로 살았던 기녀는 결코 아니었다. 그녀의 삶의 의미를 '봉건적 도덕규범에의 저항'으로 해석하는 견해가 있는데, 이것은 적합하지 않다. 아는 바와 같이 기녀는 도덕규범 밖의 존재로 사회적으로 공인되어 있었기 때문에 그녀의 당시 통상적 도덕규범으로부터의 일탈은 애초에 저항으로 성립될 수가 없었다.

황진이는 후대에 가서 전설적인 인물로 되다시피 했다. 그래서 그녀에 관련되는 이야기 가운데에는 설화성이 있는 것도 있다. 여기서

216

는 사실로서의 신빙성이 비교적 높다고 생각되는 유몽인의 《어우야
담於于野談》에 기록되어 있는 이야기 두세 가지를 중심으로 해석해 본
다.

황진이가 살던 송도에는 당시 이름난 학자 화담花潭 서경덕이 벼슬
길에 나아가지 않고 고고히 학문을 닦으며 살고 있었다. 황진이는 어
느 날 실로 짠 띠를 두르고 《대학》을 끼고 화담을 찾아가 절을 올리
며 말했다.

> "제가 듣자온대 《예기》에 남자는 가죽 띠를 두르고 여자는 실띠
> 를 두른다 했기에, 저도 학문에 뜻을 두어 실띠를 두르고 왔나이다."

화담은 웃으며 받아들여 강의를 해주었다.

그런데 밤이 되자 황진이는 화담에게 색정적 도발을 가해 왔다. 마
치 창녀 마등魔登이 아난존자阿難尊者에게 달라붙듯이. 그러나 화담은
끝내 동요되지 않았다.

황진이가 화담을 찾아간 것은 자신의 여체女體를 투입하여 화담의
정신의 진지함과 높이를 시험해 보기 위해서였다. 여기에서 우리는
화담에 대결하는 그녀의 오연傲然한 자아의식을 볼 수 있다. 그녀의
자아의식의 이 오연함은 어디에서 오는가? 남달리 빼어난 그녀의 여
성으로서의 아리따움, 노래 솜씨, 시 짓는 재능에 대해 그녀 스스로
일정한 자긍심이 없지는 않았겠지만, 이런 것들이 그녀의 오연함을
받쳐 주는 본령적 근거는 아니었다. 본령적 근거는 다른 데에 있었
다.

그것은 화담의 진지함과 높이가 대표하고 있는 통상 세계의 그것

과는 다른 정신의 지평을 그녀가 가지고 있는 데에 근거하고 있다. 화담을 찾아갈 적의 그녀의 차림-유교의 경전 《예기》의 가르침에 따라 실띠를 두른 이 차림은 그녀에 대해 중요한 그 무엇을 시사해 준다. 조선 왕조가 유교 국가라고는 하지만 당시 지배층이 반드시 유교의 고례古禮에 따른 복식을 한 것은 아니었다. 따라서 황진이의 이 차림은 적어도 실제에 있어서는 통상을 일탈한 것이다. 그런데 실제에 있어서는 통상을 일탈한 그녀의 이 행위가 관념적으로는 실은 통상 세계의 규범에 가장 부합하는 것이었다. 이것은 하나의 모순되는 상황이다. 그리고 이 모순의 희생자는 다른 사람 아닌 황진이 자신이었다. 중요한 것은 그녀가 순진함이나 자신에 찬 무지 때문에 그러한 모순의 희생자가 된 것이 아니라, 그녀 자신의 명확한 계획에 의해 스스로를 희생자로 투입한 모순적인 상황을 연출했다는 사실이다. 이것은 통상 세계에 매몰된 자아로는 불가능한 일이다. 통상 세계로부터 일정한 거리를 두고 비켜선 자리에 자아를 세우는 인생관에서야 가능한 일이다. 이 비켜선 거리에 황진이의 무주의 자유의 지평이 열려 있다.

　재상의 아들 이생李生을 꾀어 포의와 초립 차림에 양식을 짊어지고, 그녀 자신은 송낙을 쓰고 칡베 적삼에 삼베 치마를 입고 미투리를 끌고 대지팡이를 짚고는 단둘이서 표연히 금강산으로 들어가 두루 '선유仙遊'를 하면서, 양식이 떨어지면 절의 중에게 몸을 팔아 양식을 구하기도 하고, 이생의 기갈을 면해 주기 위해 촌뜨기 유생들 앞에서 자신의 절창을 뽑아 올리기도 한 그녀의 삶의 한 소절, 서울에서 송도에 공무로 출장 온 당대의 명창 이사종李士宗에게 접근하여 마침내 앞 3년간은 자신이 이사종의 집에 가서, 뒤 3년간은 이사종을 자신의 집에 데리고 와서 6년간의 계약 결혼 생활을 하고는 기한이 차는 날에 미련 없이 헤어진 그녀의 삶의 한 장에서 우리는 자신의 용자의 아름다움에도, 노래의 빼어남에도, 그리고 의기意氣가 상통하는 남자와의 애정 그 자체에도 결코 집착하지 않는 그녀의 무주의 삶을 웅변적으로 보게 된다.

통상 세계를 비켜선 자리에서 무주의 자유로 살았다고 해서 황진이가 통상 세계 그 자체를 부정한 것은 결코 아니었다. 통상 세계는 황진이에게 있어 자신의 삶의 즉자적即自的인 장場, 그 자체는 아니었지만 자신의 삶의 불가결의 상대역이었다. 따라서 통상 세계를 부정하고 나면 자신의 삶 자체가 정지되고 만다. 그렇기 때문에 자신의 도전에 화담이 끝내 무너지지 않은 데 대해 그녀는 적이 마음을 놓았던 것이다. 그러므로 황진이의 삶의 방식은 허무주의자의 인생에의 자조, 자학과는 그 성격을 달리한다. 그녀에게 있어 인생은 몹시도 진지한 것이었다. 그러나 그녀는 인생의 이 진지함에 압복壓伏당하지는 않았다. 홍모鴻毛같은 가벼움으로 대했던 것이다. 인생의 진지함과 이것을 대하는 태도의 홍모 같은 가벼움, 이 둘 사이의 변증법이 황진이의 삶의 기저에 놓인 양식이다. 황진이가 이러한 삶의 방식을 가지게 된 이면에는 세계에 대한 그녀 나름의 통찰이 있었고, 그것은 세계는 결코 합리적인 무엇이 아니라는 것이었다. 그리고 그녀가 이러한 세계관을 가지게 된 원초의 계기는 그녀의 출신 신분(양반의 서녀로 전해지고 있다)의 제약에 있었던 것으로 보인다.

《한국인》, 1992년 9월호)

5. 석주石洲 권필權韠의 저항과 수난

1) 광해조 정권의 도덕적 권능문제

어느 한 정권이 당대에 있어서의 존립 타당성과 후대에 있어서의 평가 향방을 결정짓는 근거 가운데의 주요한 한 가지로 정권의 도덕적 권능의 문제를 들 수 있다. 그 근거 가운데의 또 다른 한 가지 주요한 것으로는 행정적 통치능력의 문제를 들 수 있는데, 어느 시대 어느 문화권에 있어서나 대개 그러한 경향이겠지만, 특히 과거 유교문화권에서는 위 양자 중에서 전자, 즉 정권의 도덕적 권능이 거의 절대적인 우위로 중시되어 왔다. 그래서 역사상 허다했던 정권의 혁명적인 변환變換들—역성易姓혁명과 그리고 반정 및 이에 준하는 경우들에서, 실제로 도덕적 권능의 상실에서 오게 된 경우는 말할 것도 없지만, 그렇지 않은 경우에는 정권 점유의 타당성을 확보하기 위한 명분으로 무엇보다 도덕적 권능의 문제를 우선적으로 내세워야만 되었던 것이다.

시인 석주石洲 권필權韠이 수난을 당한, 인조반정에 의해 쫓겨난 조선왕조 15대 군주인 광해군의 경우도 그 정권의 도덕적 권능의 상실로 왕위에서 축출된 것이다.

그는 사실 조선왕조 역대 군주들과 비교해 보아 상대적으로, 이른바 영걸英傑 군주가 될 수 있었던 소지도 없지 않아 보이기도 한다. 그는 실제로 임진왜란 중에 이미 세자로서 부왕父王인 선조를 보필하여 난국의 수습에 그 능력을 보인 바도 있었지만, 그의 재위 15년간에도 적지 않은 치적을 남겼다. 당시 명明과 후금後金(청淸) 양 세력의 쟁투, 교체기의 난국을 당해 그는 용의주도한 외교정책으로 외침의 화를 사전에 막는 한편, 병기兵器와 성지城池를 수리하고 병력을 양성하는 등 그 대책에 고심하였고, 국내적인 시책으로는 양전量田사업을 시작하였으며, 난중에 소실된 궁궐 일부를 중건하는 등 난후의 수습·정비에 힘을 기울이기도 했다. 그리고 전대부터의 숙제로 미뤄 오던 조광조·이황 등 오현五賢의 문묘종사를 단행하고, 난후의 사고史庫정비를 완료하였으며, 《동국여지승람》등 국가적으로 중요한 전적典籍을 간행하는 등 문화사업에도 소홀하지 않았다. 대충 그의 드러난 치적을 이렇게 들 수 있지만, 사실 이 정도의 치적이 그리 대단할 것은 없을지도 모른다. 다만 반정을 당한 군주로서의 그에 대한 일반적으로 굳어져 온, 이른바 '혼주昏主'라는 편견으로부터의 파탈은 일단 필요하다. 그러나 그는 재위 중 일련의 도덕적 배역으로 말미암아 마침내는 그 자신의 왕위로부터의 축출을 불러들이고 말았다. 그를 축출한 정치세력도 사실 순수하게 도덕적 권능을 행사할 만한 성질의 세력이 아니었지만 말이다.

광해조 정권의 도덕적 권능의 상실을 가져온 일련의 작태들로는, 주지하는바와 같이 먼저 일련의 왕위 경쟁자의 살해를 들 수 있다. 이미 알려진 바이지만 선조에게는 모두 14남이 있었으나, 이 중 유일한 적통은 계비 김씨의 소생으로 광해군이 세자가 된 뒤에 출생한 영창대군永昌大君뿐이었고 나머지는 모두 후궁의 소생이다. 그리고 광해군은 제 2남으로서 그의 동복형 임해군을 제쳐놓고 세자에 책봉되었던 것이다. 여기에 이미 광해군 자신의 왕권이 불안정할 조짐이 배태되어 있었지만, 당시 격화일로의 쟁투를 벌이고 있던 각 당파들이 이러한 여건을 최대한 자파에 유리하도록 이용하려는 책동, 특히 이이첨李爾瞻·정인홍鄭仁弘 등의 권신들이 핵심이 된 대북일파大北一派의 책동에 편승되어 그는 마침내 동복형 임해군을 위시하여 영창대군, 그리고 조카인 능창군 등을 차례로 살해하고, 인목대비를 폐출하는 등의 참극慘劇을 일으켰다. 다분히 정치적 음모일 수 있는, 이러한 일련의 도덕적 배역背逆은 일단 왕실 내의 가족적인 차원의 문제로서, 일견 민족적 차원의 도덕 문제와는 무관할 듯이 보이기도 하였다.

그러나 정치적 음모에 의한 그러한 왕실 내의 참극은 기실 허다한 무고인無辜人이 이른바 역옥에의 연루자로 몰려 살상을 당하기 마련이었고, 이러한 시세에 편승한 모략·중상들이 날뛰는 등 전반적인 사회 분위기를 불안·불신, 그리고 공포의 그것으로 짓눌리게 하기에 족했다.

다음으로는 어떤 점에서 앞의 경우보다 문제성이 오히려 더 높을 수도 있는 도덕적 실추로서 당시 정권 내에서의 척리의 발호를 들 수 있다. 문제성이 오히려 더 높을 수도 있다는 것은 앞의 경우가 일단 왕실 내의 가족적인 차원에서 출발되는 도덕 문제임에 비하여, 이 경우는 바로 사회적·민족적 차원의 정치 도덕 문제이기 때문이다. 당시 척리戚里세력은 광해비의 친가 형제들인 류희분柳希奮·희발希發·희량希亮을 위시한 그 종척宗戚 당류들이다. 특히 류희분은 이이첨·정인홍 등과는 당파적 계열은 다르지만(그는 소북파임), 그들과 함께 당시 광해조 권력 구조 속의 한 핵심 분자로서, 그 형제들은 문관의 인사권을 관장하고 있는 이조吏曹의 관직들을 주로 차지하고서 그 종척들을 끌어들이고 호사를 부리는 등 부패한 권력층다운 작태를 부린 것으로《광해군일기光海君日記》는 기록하고 있다. 시인 권필의 죽음을 가져온 필화사건도 직접적으로는 바로 이 척리 류희분 일당을 풍자

한 시 때문이었다. 광해조에서의 이러한 척리의 정치권력에의 참여와 행사는 후일 이른바 세도정치의 단초를 열어준 결과를 가져왔다.

2) 권필의 자유정신自由精神과 저항抵抗

권필은 조선 중기 일급의 시인이자 왕조 시대에 그리 흔하지 않는, 진정한 의미의 재야지성이다. 그를 진정한 의미의 재야지성이라고 하는 소이所以는 반드시 그가 관료 신분이 아니었다는 외적 조건 때문만은 아니다. 무엇보다 그의 내면에 횡일橫溢하는 자유의 정신이 소중하기 때문이다. 그도 한두 번 과거에 응시하여 19세 때에 사마시에 장원이 되었으나, 일자一字의 오서誤書로 인하여 방목에서 발거되자 다시는 과거에 관심을 두지 않고 죽을 때까지 빈한한 일개 야인으로 일관했다. 문명文名이 대단했던 명明나라 사신 고천준顧天俊을 대적할 사람이 없어 백의白衣 제술관의 특선을 입고 선조의 아낌없는 탄상歎賞을 받을 정도의, 시문으로 영달할 수도 있는 재질을 가졌음에도 불구하고 그는 그 길을 스스로 버렸다. 그의 위인에 대해 "질탕·호방하고 지기志氣는 우주를 덮을 만했으며, 한 시대의 인물들이 그의 눈에 차는 사람이 없었다. 세상의 부귀·영리 등 사람들이 그토록 소원하는 것들이 한 가지도 그의 마음속에 들어온 것이 없었고, 오직 시주詩酒로 스스로 즐겼을 뿐이었다"라고 송시열은 그의 〈묘갈명병서墓碣銘幷序〉에서 지적하고 있지만, 이 지적은 그리 허사가 아니다. 그 자신 시편들에서

나는 본래 자유自由의 사람,
오래도록 강호江湖에 떠돌았소.

我本不羈人아본불기인,

久作江湖散구작강호산.

(〈야좌서회夜坐書懷, 봉정동행제군자奉呈同行諸君子〉,

《석주별집石洲別集》 권卷1)

라고 직서直敍하기도 하고, 다음과 같이 그 자신의 자유혼自由魂을 상징적으로 표현表現하기도 했다.

이전에 나는 꿈에 한 마리 새가 되어,

백운향白雲鄕으로 날아들었다.

또 한 번은 꿈에 한 마리 고기가 되어,

발랄하게 창랑滄浪의 물에 노닐었다.

昔余夢爲鳥석여몽위조,

飛入白雲鄕비입백운향.

又嘗夢爲魚우상몽위어,

潑刺游滄浪발랄유창랑.

(〈야좌취심夜坐醉甚, 주필성장走筆成章〉,

《석주집石洲集》 권卷 1)

이 밖에도 그의 자유정신을 직접 읊은 시편들이 많기도 하지만 그의 시집을 통독해 보노라면 그의 넘쳐 나는 자유의 정신을 전반적으로 읽을 수 있다. 그리고 다음과 같은 일화는 그의 그런 면모를 단적으로 보여줄 것이다. 즉, 광해군 2년(1610)에 주위에서 그의 빈한을 보다 못해 동몽교관童蒙教官의 자리를 주선해 주었으나, 정장을 하고 예조에 나와 참알해야 된다고 하자, 그는 "그런 일은 내가 할 줄 아는 짓이 아니다" 하고는 사직해버리고 말았다.

과거 지식인들의 자유정신이라면 흔히 초세적인 취향의 것이기 쉽다. 즉, 현실과는 유리된 채 혼자만의 은자적인 정신세계를 열어 놓고 유유자적하기 일쑤였다. 그런데 권필의 자유정신의 한 특징은 매우 민중적이고 현실적이라는 점이다. 다시 말하면 세속의 민중 속에서 그들과 함께 현실을 겪어가며 내면에 충일充溢시켜 가는 그런 성질의 자유정신이라는 말이다. 이 점은 이를테면 그의 어떤 지인知人에게 준 시편 가운데의 다음과 같은 구절,

> 나도 역시 낙척한 자,
> 반생을, 풍진 속을 돌아다녔소.
> 한 시대를 구제할 계책을 논술해 보고 싶지만,
> 대궐의 문은 어찌 그리 높기만 하오.
> 망연茫然히 지난 적을 어루만져 보노라면,
> 장지壯志는 중도에 꺾이고,
> 이 밑바닥 민중의 거리에 자취를 부쳐,
> 부질없이 비분悲憤의 노래만 애닯구려.

> 我亦落拓者아역낙척자,
> 半世趁風埃반세추풍애.
> 欲陳濟時策욕진제시책,
> 天門何崔嵬천문하최외.

茫然撫疇석망연무주석,

壯志中道摧장지중도최.

托迹屠市中탁적도시중,

燕歌空自哀연가공자애.

(〈증림자정탁贈林子定侂〉,《석주집石洲集》권卷 1)

라고 한 데에서 일단 파득把得할 수도 있지만, 그의 다른 어떤 지인에게 준 편지에서 그 자신의 민중적인 성격을 다음과 같이 직접 토로하기도 했다.

나는 타고난 성격이 본래 소탄疎誕하여 세속과 잘 조화가 되질 않습니다. 그래서 매양 솟을대문의 웅장한 고관의 집을 만나기만 하면 꼭 침을 뱉고 지나가지만, 누항의 오두막집을 보면 반드시 그곳을 배회하고 못내 아쉬워하며 저 안자顔子처럼 팔을 베고 물을 마시고 살면서도 그 즐거움을 그치지 않는 그런 사람을 상상해 봅니다. 그리고 매양 울긋불긋하게 관복을 걸치고 세상에서 현자라고 추켜세우는 자를 만나면 종놈이나 되놈처럼 더럽게 대하지만, 협기스럽고 개백정질 같은 일을 하여 마을에서 천시받는 자를 보면 반드시 흔연히 그와 상종하고 싶어하면서 "어쩌면 이제 비가강개자悲歌慷慨者를 만나게 되나보다"라고 생각하곤 합니다.

(〈답송홍보서答宋弘甫書〉,《석주별집石洲別集》권卷 2)

이 편지의 한 대목은 주로 권력에 대한 그의 저항적인 기질을 토로한 것이기도 하겠지만, 그 저항적인 기질이 귀족적이고 고답적이 아니라 지극히 민중적인 데에 특징이 있다.

　다음으로 그의 자유정신의 또 다른 한 가지 특징은 도덕적 준엄성, 또는 적극성을 띠고 있다는 점이다. 물론 이런 경우가 비단 권필에게만 국한되는, 그만의 특징은 결코 아니다. 그러나 다만 분방한 한 야인으로 시주詩酒에 탐닉해 온, 일견 다소는 퇴폐적이기 조차 해 보이기도 하는 그였기 때문에 이 점이 특히 주목되는 것이다. 그의 도덕적 준엄성, 또는 적극성을 보여주는 단적인 한 사례를 소개하면, 한 옥안獄案의 천연遷延에 대한 분격과 상소의 경우를 들 수 있다. 즉, 그의 30세 때 그가 우거하고 있던 강화부에 아들이 아버지를 살해한 사건이 있었는데, 그곳 수령들이 뇌물을 받아먹고 그 옥안의 판결을 천연하자 이에 분격하여 직접 왕에게 상소를 하고 나섰던 것이다. 그 소문疏文에서 그는 "강상의 도는 천지의 불가역과 같고, 일월의 불가폐와 같다"라고 도덕에 대한 그의 확고한 신념을 피력하면서, 이 통곡할 사례를 바로잡아 주지 않으면 "바다에 들어가 죽어 버리거나, 또는 머리를 풀어헤치고 산속으로 들어가 버리거나, 또는 북호·남월의 야만의 땅으로 달아나 버릴지언정 이 땅이 무부無父의 금수의 나라로 변하는 것은 좌시할 수 없다"(〈請誅賊子梁澤疏청주적자양택소〉, 《석주외집石洲外集》 권1)라고 극언하고 있다. 그리고 그 자신 그의 숙부 뒤로 출계한 몸이었고, 또 그 양모가 후모이었으나 그 후모에 대한 성경誠敬이 지극했던 것으로 알려져 있다. 그의 도덕에 대한 신념과 열도를 가히 짐작할 만한 사례들이라고 하겠다. 그가 보여준 일련 저항이 곧 도덕에 대한 그의 준엄성, 적극성에 대한 웅변적인 반증이기도 하다.

　이렇게 민중적이자 현실적이며, 도덕에 대한 준엄성, 또는 적극성을 띤 자유의 정신으로 차 있는 권필에게, 적어도 그의 현실에 부조리와 악덕이 존재하는 한에는 저항은 필연적이다. 그의 저항은 주로 작품을 통한 정치 현실의 풍자로 전개되었는데, 비단 광해군의 정치 현실에만 국한된 것은 아니다. 그러나 역시 광해군 시대에 와서 보다 더 민감해지고 격렬해진 것은 사실이다. 권필은 물론 광해군 4년에 죽었기 때문에 광해조의 전 시대는 지켜보지는 못했다. 그러나 광해조 정권의 도덕적 권능의 실추는 그 즉위 초기부터 이미 일어났던 것이다. 그러니까 권필은 적어도 광해군의 즉위와 동시에 일어난 정치적 비극들—영창永昌을 옹호하던 영의정 유영경柳永慶을 위시한 소북 일파의 찬축, 또는 주살(광해군 즉위년)과 그 이듬해의 임해군의 피살 등이 일어난, 그리고 척신戚臣 유희분 일당이 득세·횡자橫恣하기 시작하는 시기의 현실은 몸소 겪었던 것이다.

그런데 그의 작품들의 저작 연대가 밝혀져 있지 않고, 또 문집의 간행을 위한 작품의 초선 과정에 풍자의 신랄성이 높은 작품들이 제외되어 있어(이식李植의 〈봉기홍부윤奉寄洪府尹〉과 송시열宋時烈의 〈석주별집발石洲別集跋〉에 밝혀져 있다) 작품을 통한 그의 저항의 양상 전모를 파악하기에는 난점이 있다. 우선 가능한 범위 안에서 몇 편을 소개한다.

당시의 정치 현실을 풍자한 그의 현존하는 작품 가운데 아마도 가장 개절凱切하다고 생각되는 작품은 바로 필화의 장본작품張本作品인, 흔히 〈궁류시宮柳詩〉로 불리는 〈문임무숙삭과聞任茂叔削科〉이겠는데, 이 작품은 아래에서 제시될 기회가 있을 것이므로 여기서는 우선 그것과 상통하는 일면이 있는 〈행로난行路難〉을 소개한다.

　　노래도 부르지 마시오,

거문고도 타지 마시오.

자리에 계시는 분들이여 귀를 기울여,

나의 행로난시行路難詩를 들어보오.

어느 곳 길이 가장 험난하냐면,

가장 험난한 길은 서울에 있다오.

서울의 큰길 가에,

늘비하게 늘어선 저 으리으리한 집들.

그 집들에 사는 사람들이 누구냐니까,

모모某某한 고관님들이래요.

수레로 길을 메워 문전성시門前成市,

중당中堂에서 울려오는 풍악 소리들.

손에는 조화의 관건關鍵을 쥐어,

이들 따라 천지도 오르락내리락한다오.

웃으면 봄빛을 토하듯 하지만,

노하면 서릿발이 친다오.

한 마디 삐끗 어긋나는 날엔,

눈 깜짝할 사이에 화앙禍殃을 당한다오.

어허! 저 시골서 오신 분들,

아둥바둥 무엇을 얻자는 거요.

돌아가오 그만 돌아들 가오,

그윽한 그 시골의 산림 속으로.

吳歈且勿叫오유차물규,

蜀絃且勿彈촉현차물탄.

四座各傾耳사좌각경이,

聽我行路難청아행로난.

何處路最難하처로최난,

最難在長安최난재장안.

長安大道傍장안대도방,

甲第遙相望갑제요상망.

借問誰所居차문수소거,

許史與金張허사여김장.

軒車溢閭巷헌거일여항,

絲竹鳴中堂사죽명중당.

手握造化關수악조화관,

天地隨低昂천지수저앙.

咲或吐春華咲或吐春華소혹토춘화소혹토춘화,

怒或飛秋霜노혹비추상.

一言不相入일언불상입,

瞬息成禍殃순식성화앙.

嗟爾遠方士차이원방사,

營營欲何求영영욕하구.

歸去復歸去귀거복귀거,

桂樹山之幽계수산지유.

(〈행로난行路難〉,《석주집石洲集》권卷 1)

V. 조선 시대

이 시는 내용 그대로 당시 권력가와 그 주변의 생태의 일면을 정면
으로 다룬 것이다.

다음으로 소개할 만한 풍자시로는 비석의 재료로 많이 쓰인 충주
산忠州産 석재石材를 제재로 한, 〈충주석忠州石〉을 들 수 있다.

> 충주忠州돌 결이 곱기 유리 같아서,
> 뭇사람들 짜개내어 바리바리 실어내네.
> 그 돌을 어디로 실어 가느냐니까,
> "세도집 신도비로 쓰일 돌이죠."
> 그 비석 명銘을 짓는 분은 누구냐니까,
> "필력도 거세차고 문장도 특출타오."
> "그 대감 세상에 계실 적에,
> 인물과 학식이 무리보다 뛰어나.
> 임금님 섬기긴 충성과 강직으로 하셨고,
> 집안에서는 효성스럽고 인자하셨지요.
> 문전에 뇌물 거래 끊어,
> 곳간엔 재물 하나 없답니다.
> 말씀은 세상의 법도가 되고,
> 행신行身은 사람들의 사표師表가 되었답니다.
> 나아가고 물러난 평생의 행적이,
> 의리에 합당치 않은 일 하나 없다오.
> 그래서 이 돌에 드높이 새겨서,
> 길이길이 빛나게 하는 겁니다."
> 이 말을 믿든 안 믿든,

남들이야 알든 모르든,

충주忠州라 산 위의 돌로 하여금,

나달로 떼어내어 씨알도 안 남았다네.

돌이라 생길 적에 입이 없기 천만다행,

만약에 입이 있었던들 돌이라 말이 없겠나.

忠州美石如琉璃충주미석여유리,

千人劚出萬牛移천인촉출만우.

爲問移石向何處위문이석향하처,

去作勢家神道碑거작세가신도비.

神道之碑誰所銘신도지비수소명,

筆力倔强文法奇필력굴강문법기.

皆言此公在世日개언차공재세일,

天姿學業超等夷천자학업초등이.

事君忠且直사군충차직,

居家孝且慈거가효차자.

門前絶賄賂문전절회뢰,

庫裏無財資고리무재자.

言能爲世法언능위세법,

行足爲人師행족위인사.

平生進退間평생진퇴간,

無一不合宜무일불합의.

所以垂顯刻소이수현각,

永永無磷緇영영무린치.

此語信不信차어신불신,

他人知不知타인지부지.

遂令忠州山上石수령충주산상석,

日銷月鑠今無遺일소월삭금무유.

天生頑物幸無口천생완물행무구,

使石有口應有辭사석유구응유사.

(〈충주석忠州石, 효백낙천效白樂天〉, 《석주집石洲集》 권卷 2)

이 시는 저자 자신이 백락천白樂天(의 〈청석靑石〉)을 모방한 것이라고 명시해 두었으나, 백白의 〈청석靑石〉은 그 주제가 충렬忠烈을 격려하자는 것임에 대하여, 권필의 이 시는 어디까지나 권세가의 그 허위성과 부화성浮華性, 결국 도덕적으로 악덕일 수밖에 없는 그 생태의 일면을 비꼬자는 데에 주안을 두고 있다. 현존 권필의 작품 중에는 또 진시황을 취재한 두 편의 절구가 있는 것이 주목되는데, 이 작품들의 저작 시기가 광해조 때인지 확증은 할 수 없으나, 어느 정도 심증은 가기에 그중의 한 편을 여기에 소개해 둔다.

분서갱유는 참으로 졸렬한 술책,

민중들이 언제 어리석었다더냐.

마침내 여산驪山의 무덤을 파헤친 것은,

되려 시례詩禮의 유자儒者가 아니었나니.

焚書計太拙 분서계태졸,

黔首豈曾愚 검수기증우.

竟發麗山塚 경발여산총,

還非詩禮儒 환비시례유.*

* 《장자》에 "유자는 시례로써 남의 무덤을 파헤친다"는 말이 있다.

(〈진시황秦始皇〉,《석주집石洲集》권卷 6)

이상에서 보듯이 시인 권필은 당시 권력층의 악덕을 작품을 통해 고발·풍자함으로써 그의 저항의 자세를 보여 왔지만, 한편 행동으로 당시의 권신 이이첨과 유희분에게 곤욕을 준 적도 없지 않았다. 그는 당시 한 시인으로서, 그리고 재야 지식인으로서 명망이 높았던 터라 이이첨조차도 그와 교제하기를 간절히 원했으나 그는 끝내 이를 받아들이지 않고 한 번은 남의 집에 있다가 이李가 들어오자 담을 뛰어넘어 회피해버림으로써 완강한 거부를 보였다. 그리고 유희분에 대해서는 그의 어느 친척 집에서 취중에 유柳를 만나게 되자, 그는 눈을 부릅뜨고 노려보고는 다음과 같이 유柳를 질책했던 것으로 전한다. 즉 "네가 유희분이냐. 네가 부귀를 누리느라 국사가 이 지경이 되었다. 나라가 망하면 너의 집도 망할 것이니, 도끼가 유독 너의 목에는 이르지 않겠느냐"라고. 권필의 이런 행적을 단순한 한 기인奇人의 기행奇行으로는 볼 수 없다. 그의 일련의 시편들과 조응해 보아 악덕의 권력집단에 대한 그의 진지하고 강렬한 저항 정신의 노출의 한 형태로 보아 마땅하다.

광해조의 정권 또는 권력집단에 대한 권필의 저항의 그 순수성, 또는 진지성에 대해서는 사실 일말의 회의가 없지 않다. 즉 그 자신의 당속黨屬 의식이 다소 작용하지 않았나 하는 점이다. 그는 바로 서인西人의 영수이기도 했던 정철의 문하생으로서 서인에 속해 있었고, 그때 바로 서인은 정치적으로 실세失勢한 처지에 있었다는 점에서 그런 추측이 가능하다. 특히 임진왜란이 일어나자 그 책임을 동인계東人系의 두 재상인 류성룡과 이산해에게 돌려 그들을 참하라는 과격하고, 그리 타당치도 않은 상소를 한 적이 있었다는 점에서 더욱 그러한 심증을 준다. 그러나 한 시인으로서의 권력, 악덕에 저항한 그의 작품들과 행적은 우리 지성의 역사에 한 소중한 자취를 남겼다고 볼 것이다.

3) 필화筆禍와 죽음

권필의 저항은 결국 그 자신의 죽음을 가져왔다. 그의 필화사건은 그 이전에 일어났던 진사 임숙영任叔英의 삭과削科 사건과 연계되어 있다. 즉 광해군 3년 3월에 문과전시에 응시한 권필의 친구 임숙영은 과시 책문을 통해 당시의 국정을 호되게 비판, 규탄했다. 특히 유희분을 위시한 척리戚里 유씨 세력의 발호에 대해 기탄없이 노골적으로 공격해 놓았다.

> (전략前略) 유사有司는 재물의 다소를 가늠하여 관직을 임명하는 근본으로 삼고, 벼슬하려는 사람은 재물의 유무를 헤아려 출세의 근원으로 삼고 있습니다. (중략) 더군다나 후비의 친척과 후궁의 종족들이 은택을 바라고 녹리를 간구해서 밖으로는 척리戚里라는 신분에 빙자하여 그 위세를 과시하고, 안으로는 궁정宮廷의 세력을 끼고서 그 욕망을 달성하고자 하여 후보자의 선정과 관직의 수임에 갖은 책

략을 부려서 온 세상들에게 구실을 제공해 주는 지경에 이르렀습니다. 인사 발표가 아직 있기도 전에 의례껏 꼽아대기를, "아무개는 중전의 친척이고 아무개는 후궁의 종족이다" 또는 "지금 아무 벼슬자리가 비어 있는데 아무개가 꼭 될 것이다" "아무 고을의 수령자리가 비었는데 아무개가 꼭 차지할 것이다"라고들 하곤 하는데, 인사 발표가 날 때에 보면 이런 소문들과 부합되지 않을 적이 거의 없습니다.

(〈신해전시대책辛亥殿試對策〉, 《소암집疎菴集》 권卷 8)

임숙영은 결국 이 책문의 내용이 시제試題의 요구와는 상관없이 제멋대로 패악한 말을 늘어놓았다고 해서 광해군에 의해 삭과 당했다. (후에 이항복李恒福 등의 간청으로 복과되었음)

권필의 문제의 시(〈문임숙영삭과聞任叔英削科〉)는 바로 이때에 이 사건을 취재해서 지은 것이다.

궁정宮廷의 버들(궁류宮柳) 푸르디푸르러 꾀꼬리 어지러이 나는데,
서울 안 허다한 양반님네들 그 봄빛에 알랑대네.
조정에선 모두들 태평성대라 치하들 자자한데,
그 누가 저 선비에게서 위태한 말 나오게 했나.

宮柳青青花亂飛 궁류청청화란비,
滿城冠盖媚春暉 만성관개미춘휘.
朝家共賀升平樂 조가공하승평락,
誰遣危言出布衣 수견위언출포의.

(〈문임숙영삭과聞任叔英削科〉, 《석주집石洲集》 권卷 7)

'궁정宮廷의 버들'은 물론 유희분을 위시한 척리 세력을, '선비'는 임숙영을 가리킨다. 당시 대간의 관직에 있던 유희분은 '궁정의 버들'은 바로 비妃 유씨柳氏를 지척한 것이라 하여 이를 문제로 삼으려 기도했으나, 같은 대간臺諫 소속인 관료들의 반응이 희박하자 그 논의는 일단 수그러졌다. 그때 역시 척리의 한 사람인 조국필趙國弼이 권필에게, 임금이 궁류시宮柳詩를 듣고 대로해 있어 대죄를 면하기 어려우니, 만약 상소하여 자변을 한다면 자기가 중간에서 잘 주선해 보겠노라고 제의했으나 권필은 웃기만 하고 응답하지 않았다. 그러다가 이듬해 광해군 4년(1612) 봄에 한 무옥誣獄이 일어나 여기에 연루된 조수윤趙守倫의 집을 수색해 가져온 문적들 중에 이 시詩가 베껴져 있음을 광해군이 드디어 직접 보고서 권필을 체포했다. 왕 자신이 친국親鞫을 행했다. 이덕형李德馨 등의 간청의 힘으로 겨우 사형은 면하고 경원으로의 정배定配 명령을 받고 동대문 밖에 이르러 하룻밤을 유숙하던 중 결국 장형杖刑의 여독으로 죽고 말았다.

(《문학사상文學思想》 1976년 3월호)

6. 매화와 한국유교

퇴계退溪 이황李滉은 매화가 피는 계절인 겨울 섣달 초순에 운명했다. 운명하던 날 아침에 기르고 있던 분매盆梅에 "물을 주어라"고 명했다. 이것이 퇴계의 마지막 유언이다. 퇴계는 이토록 매화를 혹애酷愛했다. 매화를 '매형梅兄'·'매군梅君'·'매선梅仙' 등으로 부르며 깍듯이 하나의 인격체로 대우하듯 했다. 그래서 때로 의인화시켜 시를 주고받기도 했으며, 시의 제재로 가장 빈번히 다루었다. 그래서 매화를 제재로 한 시만을 모아《매화시첩梅花詩帖》을 생전에 편집해 두기도 했다. 여기에 90여 수가 실려 있다. 우리나라의 문인·학자들 가운데 그 유례를 찾을 수 없다.

우리나라 문헌에 매화가 처음 등장하기는《삼국사기》〈고구려본기〉대무신왕大武神王 24년41조에서다. "8월, 매화꽃이 피다."의 기사다. 한겨울에 피어야 할 매화가 8월에 피었으니 이상하다는 뜻이다. 말하자면《삼국사기》의 매화는 국가적인 재액의 징표로서의 기록이다.

다음으로 매화는 통일신라 말기의 시인 최광유崔匡裕의 시에 나온다. 최광유는 견당遣唐 유학생 시절 당나라 친구 집 뜰의 매화를 읊었는데, "뜨락 한구석에서 섣달의 봄을 독점하고 있네."라고 하였다. 일찍 피는 꽃으로서의 매화를 취했다. 중국에서 일반화된 상징 '봄의 선도자'에 다름 아니다. 그런데 "내 고향 시냇가에도 매화나무 있어 / 만 리 밖 당나라로 간 나를 기다리고 있겠지"라는 싯구로 보아 당시 신라에서도 매화는 일정하게 관상적觀賞的으로 주목되는 꽃이었음을 알 수 있다.

그 뒤 고려 중기에 임춘林椿·이인로李仁老·이규보李奎報·진화陳華 같은 시인들이 모두 매화를 읊고 있다. 대체로 '봄의 선도자'로서의 매화를 취하여 중국의 매화 관련 전고를 써서 작품화하고 있어 뚜렷하게 새로운 상징은 파생시키지 못하고 있다. 다만 이규보와 진화의 시에 매화가 맑은 향기를 풍기거나 담장澹粧한 미녀로 형상화되어 있다. "옥결 같은 살결엔 맑은 향기 아직도 있는 선약仙藥을 훔친 달 속의 항아姮娥 몸"은 이규보의 싯구이고, "봄의 신이 뭇 꽃을 물들일 때 / 맨 먼저 매화에게 옅은 화장을 시켰지 // 옥결 같은 뺨엔 옅은 봄을 머금고 / 흰 치마는 달빛이 서늘해라"는 진화의 싯구다. 그러나 향기롭거나 옅은 화장을 한 미녀로서 매화의 형상화는 유교적인 매화 상징의 본령에서 거리가 먼 문예 취향의 것이다. 유교가 아직 심화되지 못했던 당시의 시대성의 한 반영이라고 하겠다.

'봄의 선도자'로서의 유교의 매화 상징은 그 상징의 생성 계기가 유교에 있다고 해서 유교의 상징일 뿐 실제는 진작에 중국에서부터 많이 문예취향화되었다. 앞의 고려 중기 시인들의 작품에서 그 자취를 보거니와 일연一然에게서는 이렇게 문예취향화된 상징을 다시 불교적 사실의 상징으로 쓰고 있다. 일연은 《삼국유사》에서 신라에 불교가 모례毛禮의 집을 통해 처음으로 전해진 사실을 이렇게 시로 읊었다. "금교金橋엔 눈이 얼어 아직 풀리지 않아 / 계림鷄林에 봄빛은 온전히 돌아오지 않았는데 // 기특도 해라, 봄의 신 꾀도 많아서 / 모례의 집 매화에다 먼저 손을 썼네." 문예취향화된 '봄의 선도자'로서의 매화 상징은 이렇게 '불교의 최초 도래'를 상징하고 있다.

유교의 심화는 도학을 통해서 이루어진다. 13세기 말부터의 도학 수용은 매화 상징을 보다 유교적으로 만들어 갔다. 일련의 고려 말기 유학자들의 작품에서 우리는 그 점을 확인하게 된다. 이곡李穀은 "우물 밑 양기 돌아 / 가지에 꽃 기운 움직이네."로 심동深冬에 피는 매화를 양기의 되돌아옴으로 읊었고, 이집李集은 "이미 주인과 함께 희고 깨끗하니 / 복사꽃 오얏꽃 고울 때를 따를까 보냐"라고 하여 매화로 속류俗類와 어울리지 않는 고결한 인품을 읊었다. 이색李穡은 "지축地軸이 돌아 한 점 봄 / 밝은 창 아래 문득 은은한 향기 새롭네"라고 하여 매화의 착화着花를 동지에 양기의 되돌아옴으로 우회적으로 읊었고, 정몽주鄭夢周는 "스스로 향기로운 덕을 안고 있으니 / 풍설이 몰아침을 시름할까보냐"라고 하여 역경을 견디어 내는 선비를 상징했다. 정도전鄭道傳은 〈매천부梅川賦〉를 지어 당시의 선비 하유종河有宗의 고결한 인품을 눈과 달빛으로 청결한 섣달 밤의 냇가에 맑은 향기를 풍기며 서 있는 매화로 상징했다. 그는 또 "천지간에 음기陰氣가 꽉 차 있어 / 어느 곳에서 봄빛을 찾는담 // 기특하기도 해라, 저토록 수척한 것이 / 얼음 서리 물리쳐내네"라고 하여 '양기의 전령사'로서의 매화를 읊어, '절조가 빼어난 사람'을 상징했다.

이와 같이 여말의 유학자들은 아마 예외가 그리 많지 않게 매화를 읊었다. 그리고 그것은 대개 중국에서 이루어진 기성 상징을 가져다가 작품적으로 요리했다. 그런데 여기에 예외적으로 보이는 한 사례가 있다. 이숭인李崇仁의 다음 작품이 그것이다. "곤음坤陰이 힘을 부리는 것 막기 어려워 / 만물이 뿌리로 숨어들어 찾기 어렵네 // 어젯밤 남쪽 가지에 흰 송이 하나 생겨났기에 / 향 사르며 단정히 앉아 천심天心을 보네." 여기 '천심'의 상징은 중국의 문집류에서 찾아질 법한데 송대 이전의 유수한 문집에는 보이지 않는다. 어쩌면 우리나라에서 처음으로 성립된 매화 상징의 하나일 가능성이 많다. 이것은

《역전》의 〈복괘復卦 단전彖傳〉의 "복復에서 천지의 마음을 본다"의 점화點化로, 매화 상징으로서는 실로 절묘한 것이다. 음의 세력이 전성하여 만물이 죽은 듯 뿌리로 스며들었을 때 한 줄기 양이 비로소 발동하여 만물을 소생케 하는, 곧 동지의 도래에서 보는 만물을 살리려는 '하늘의 마음'을 매화로 상징한 것이다. 곧 '봄의 선도자', '양기의 전령사'와는 표리관계에 있는 상징이다.

도학의 수용 과정에 매화는 빈번히 읊어졌다. 주로 유교적 상징으로서 말이다. 이것은 여말의 사대부들에게 신선한 충격으로 다가온 도학에 대한 초기적인 열정의 한 표현이기도 하다. 매화와 유교의 관계를 웅변적으로 보여준다 할 것이다. 그런데 초기적인 열정에 동원된 유교적 상징은 점차 투식화 경향을 보였다. 장기 지속의 이들 유교적 상징들은, 생활 속의 한 관념들로 전화轉化해 가고, 매화의 작품화 빈도는 뜸해져 갔다. 선초鮮初 서거정徐居正 이후로는 더욱 뜸해졌다. 그러다가 16세기 도학의 정착 단계에서 퇴계가 나와서 대량으로 작품화했다.

그런데 역사적으로 도학의 수용 과정에 매화시의 창작 빈도가 높았듯이 퇴계 개인에게서도 매화시는 그의 도학에의 몰입 과정과 빈도를 같이 하고 있다. 즉 90여 수의 매화시가 33세 때의 2수를 제하고는 모두 그가 도학에 몰입해가기 시작하던 중년 이후 창작이다. 그것은 또한 매화를 사랑하고 여러 수의 매화시를 남긴 송나라의 주희朱熹에 몰입하던 시기이기도 하다. 어쨌든 퇴계에게서 매화와 그의 도학과의 사이에 깊은 연관성이 있음을 암시하는 사실들이다.

90여 수의 많은 매화시에서 퇴계는 매화를 실로 다면적으로 묘사·서술했다. 물론 퇴계는 도산서당陶山書堂에 소나무·국화·대나무와 함께 매화를 함께 심어 두고 '절우사節友社'라 명명하고, "내 이제 매형梅兄까지도 아울러서 풍상계風霜契를 만드니 / 절개와 맑은 향기 흠뻑 알겠네"라고 종래의 관용적인 매화 상징 —'절조가 빼어난 사람', '고결한 기품을 가진 사람'으로서의 상징을 쓰기도 했다. 그러나 그의 대부분의 매화시는 이런 외적인 규정성으로 정리된 상징에 집착하지 않고 이를 넘어서 있다. 말하자면 사랑하지 않을래야 않을 수 없는 님을 두고 작품을 쓰듯 갖가지 사연이 갖가지 방식으로 토로된다. 그런데 여기에는 퇴계의 매화에 대한 대전제, 즉 퇴계에게 있어 매화가 사랑하지 않을래야 않을 수 없는 님이 되게 된 소이연이 있다. 그것은 매화가 '청진淸眞'의 화신이기 때문이다. 퇴계가 추구하는 청진은 '인간 내면세계의 청진' 그것이다. 그런 점에서 퇴계에게 있어 매화 상징은 본질적으로 '절조가 빼어난 사람', '고결한 기품을 가진 사람'을 실은 떠나지 않은 것이다. '청진'은 바로 이런 사람의 내면세계에 다름 아니기 때문이다.

44세 때의 매화를 읊은 작품을 보자. "막고산藐姑山 신선님이 눈 내린 마을에 와 / 형체를 단련하여 매화 넋이 되었구려 // 바람 맞고 눈에 씻겨 참모습 나타나니 / 옥빛이 천연스레 속세를 뛰어났네 // 이소離騷의 뭇 화초에 끼어들기 싫어하고 / 천년이라 고산孤山에 한 번 웃음 웃네". '막고산 신선님'은 살결이 빙설氷雪 같고, 몸이 가볍고 보드랍기가 처자 같다는 신선이다. 이러한 신선이 그것도 눈 내린 마을에 와서 매화로 화신했다고 한 문맥에서 매화는 청정淸淨 그 자체로 표상되어 있다. 그리고 천연스런 옥빛으로 〈이소〉의 뭇 화초에 끼어들지 않고 고산孤山(임포林逋의 살던 곳으로, 이 시에서는 매화의 고고함을 드러내기 위하여 쓰였음)에 피어 있다는 문맥에서 매화의 고고한 자태가 표상되어 있다. 이와 같이 매화는 퇴계에게 있어 그가 추구해 마지않던 '인간 내면세계의 청진' 그 자체의 상징이었다.

그런데 퇴계가 매화로 '청진'을 상징한 이면에는 그의 도학이 추구해 마지않던 리理의 세계가 있다. 퇴계가 도학에 몰입해 갈수록 매화시의 창작 빈도가 높아간 비밀은 바로 여기에 있다. 퇴계는 매화의 청진함에서 리理의 세계의 청진함을 본 것이다. 퇴계는 리의 세계를 "깨끗하디깨끗하고 맑디 맑아"라고 묘사한 적이 있다. 매화의 청진함으로 결국은 '리의 세계', 그것도 특히 '인간 내면의 리의 세계'를 상징하려 했던 것이다. 매화가 도선陶仙(퇴계)에게 답한 작품 한 수를 보자. "들으니 도선도 우리마냥 쓸쓸하더군요. / 임 가실 때를 기다려 천향天香을 풍기리다. // 임이여 원컨대 대할 때나 그릴 때나 / 옥설玉雪과 청진을 우리 함께 잘 간직하도록". 매화의 도선에게의 다짐인 마지막 싯구에 '인간 내면의 리의 세계'의 상징이 분명하게 시사되어 있다. 매화와 리理를 직접적으로 상징의 매개와 그 취의趣意로 하지 않는 것은 그렇게 할 경우 리를 시적詩的 논리로 다루는 데 장애를 주기 때문이다. 그래서 '청진'을 통해 우회적으로 상징하게 된 것이다.

이와 같이 매화는 우리나라에서 '천심天心'과 '리理'라는 두 가지 유교적인 상징을 낳았다. 퇴계 이후 적어도 유교에서는 매화를 매개로 한 상징이 더 파생된 것 같지는 않아 보인다. 유교에서 어떤 관념이나 덕성德性을 화훼로 상징하는 것은 근본적으로 도덕성이 심미성으로 전화되고, 심미성이 도덕성으로 전화된다는 미선일치美善一致의 관점에서다. 인간의 도덕성 함양과 조상 숭배라는 유교의 두 가지 교의의 흐름 가운데 인간의 도덕성 함양에는 이런 사유의 기제機制가 스며 있다. 그러므로 매화는, 나아가 세한삼우歲寒三友나 사군자四君子는 심미적으로 아무리 분방한 예술적 취향으로 표방한 그림이라 하더라도 근본적으로는 그것들의 유교적 상징, 곧 도덕적 상징으로부터 자유로울 수는 없다.

(이어령 편, 《(한중일 문화코드읽기: 비교문화상징사전) 매화》,
생각의나무, 2005)

7. 매화와 중국유교

　공자의 《논어》에는 매화뿐만 아니라 어떠한 꽃나무나 풀꽃도 상징으로 쓰인 예가 없다. 이 점은 맹자의 《맹자》에서도 마찬가지다.

　다만 《논어》에는 풀과 곡식 싹같이 초본草本 일반의 형태로, 소나무·측백나무같이 특정 수목이 상징으로 쓰인 예가 있을 뿐이다. "군자의 덕은 바람이요, 소인의 덕은 풀이다. 풀에 바람이 가해지면 풀은 반드시 쓰러진다"에서 풀은 지배층에 순종하는 피지배층, 곧 '백성의 기풍'을 상징하고, "싹이 났으나 이삭이 패지 못하는 경우도 있고, 이삭은 패었으나 결실은 하지 못하는 경우도 있다"에서 싹은 '학문과 인격 수양을 처음 시작하는 사람'을 상징한다. 그리고 "날씨가 추워진 뒤에야 소나무·측백나무가 뒤늦게 시듦을 알 수 있다"에서 소나무·측백나무는 '절의 있는 사람'을 상징한다.

　《맹자》에도 역시 높은 나무(喬木)와 우산牛山의 나무 같은 특정 수목 일반, 곡식 싹을 뽑아 올린다(알묘揠苗)는 식물에 관계되는 특정 동작, 그리고 가라지 같은 잡초가 상징으로 쓰인 예는 있으나, 그 어떤 꽃나무나 풀꽃이 상징으로 등장하는 경우는 없다. 《맹자》에서, "'나는 어둑한 골짜기에서 나와 / 높은 나무로 옮겨간다'는 말을 들었다"에서 높은 나무는 '고귀한 지위'를, "우산牛山(제齊나라 수도 교외에 있는 산)의 나무는 일찍이 아름다웠다"에서 우산의 나무는 '본연의 착한 마음'을 상징한다. "송宋나라 사람 가운데 자기 집의 곡식 싹이 자라지 못함을 딱하게 여겨 그것을 뽑아 올린 자가 있었다"에서 곡식 싹을 뽑아 올린 행위는 '억지로 조장하는 것'을 상징한다. 그리고 "사이비자似而非者를 미워하노니 가라지를 미워함은 곡식 싹을 어지럽힐까 두려워해서다"에서 가라지는 '사이비자'를 상징한다.

이와 같이 공자와 맹자에 의한 유교의 핵심 경전이자 초기 문헌인 《논어》와 《맹자》에는 식물류의 상징으로서 풀·곡식 싹·높은 나무·우산牛山의 나무와 같이 식물류 일반으로서 상징 단계와 소나무·측백나무와 가라지 같은 특정한 식물류이기는 하되, 꽃나무나 풀꽃의 그 꽃과는 거리가 먼 식물류로서의 상징 단계에 그치고 있다.

다만 공자가 정리했다고 해서 유교 경전의 하나로 편입되어 있는 중국 상고의 시가집인 《시경》에는 꽃과 꽃을 매개로 한 상징이 약간 나온다. "복숭아나무의 야들야들함이여 / 발긋발긋 꽃이로다", "어찌 저리 흐드러졌느뇨 / 산앵도나무 꽃이로다"에서 앳된 복숭아나무 꽃과 산앵도나무 꽃으로 '시집가는 신부'를 상징하는 것 따위다. 그러나 매화의 상징은 아직 없다. 그 밖에 《시경》과 마찬가지로 공자에 의해 정리되었다고 전해지는 《서경》, 공자에 이해 개수改修된 《춘추》, 그리고 후세에 공자의 사상을 조술祖述한 것으로 알려진 《역전易傳》·《예기》의 나머지 경전들에서는 꽃을 매개로 한 어떠한 상징도 없다. 다만 《춘추》의 해설서의 하나인 《좌전》에서 "꽃은 피었으나 결실하지 못했다"로 '말은 많으나 실천이 없는 것'을, 《역전》의 본경本經인 《역경》에서 "시든 버드나무에 꽃이 생겨나다"로 마치 늙은 아낙이 젊은 장정壯丁을 얻는 것처럼 '서로 구제하나 그 효과가 미미함'을 상징하는 것이 있을 뿐이다. 이 점은 석가 멸후 석가의 생각을 조술한 것으로 알려진 《화엄경》·《법화경》 등의 불교 경전이 꽃과 꽃 상징이 상대적으로 풍부하게, 그리고 적극적 의의로 활용되는 것과는 뚜렷한 차이를 드러낸다. 그리고 불교만큼 적극적 의의로는 아니나, 일정

V. 조선 시대

하게 적극적 의의와 아울러 소극적·부정적 의의로 꽃과 꽃 상징의 활용이 비교적 많은 기독교의 〈아가〉·〈이사야〉 등 《구약》의 성서와 도 역시 차이를 드러낸다.

이러한 차이는 어디에서 유래하는 것일까? 근본적으로는 각 종교를 낳은 민족이 일정한 역사 단계에 가지고 있었던 문화적인 품성에 귀결되겠지만, 현상적으로는 각 종교의 종교성의 차이에서 유래한다. 유교는 종교라고는 하나 인간의 도덕성 함양과 조상 숭배가 그 교의의 핵심이라서 불교와 기독교에서처럼 종교적인 신성 존재에 대한 정의情意적인 지향이 약하고, 경전의 서술에도 정의적인 요소의 개입이 그만큼 적다. 따라서 경전의 서술이 심미적으로 발전할 수 있는 가능성이 희박하기 때문에 꽃을 동원하는 수식의 필요가 상대적으로 적은 탓이다. 사실 의사 전달의 수단으로서의 상징 수법의 고도한 발달을 이룩한 중국의 고대 문화 —《역경》의 괘효卦爻, 흥법興法으로 된 《시경》의 시, 그리고 《장자》의 우언寓言 등이 모두 상징 수법이다— 가 꽃을 매개로 하는 상징이 극히 희소하다는 것은 신기하다면 신기한 일이다. 요컨대 실질적이고 현실적인 것을 숭상하는, 따라서 상징도 여기에 준하는 당시의 중국 민족성 탓이리라. 그리고 그러한 민족성의 집약적 표출이 유교이다.

매화가 꽃이 아니라 매실이나 매화나무 자체로서 상징을 나타내기는 《시경》에서부터다. "매실을 따세 / 그 열매가 일곱이로다"는 '혼기를 앞둔 처녀들이 때맞추어 총각을 만나고 싶은 소망'을 상징하고, "무덤 길에 매화나무 있어 / 올빼미들 모여 있네"는 '본래 선했던 사람이 다른 사람의 영향으로 나쁘게 되는 것'을 상징한다. 그리고 열매 자체로는 《춘추》에 나타나고, 식용 매실이나 조미료인 매장梅醬으로는 《예기》에 나타난다. 그리고 《서경》〈열명說命〉편에 소금과 함께 매장이 '조화調和'를 상징하나 〈열명〉 편은 동진東晉 때 나온 위서다.

매화나무는 중국이 원산지이다. 그리고 특히 그 남방에 많다. 그런데 기원전 4세기 후반에서 3세기 초의 초楚나라의 충신이자 시인인, 따라서 후세 유교에서 받드는 굴원屈原의 유명한 〈이소離騷〉에는 난초·목난 등 온갖 좋은 꽃풀과 꽃나무를 가져다 '고결한 인격 수양'을 상징적으로 표현함에도 불구하고 매화는 여기에서 빠뜨려졌다. 이 밖에 그의 다른 초사楚辭 작품에도 일체 매화는 나오지 않는다. 하나의 수수께끼 같은 일이다. 매화나무는 《시경》 시대로부터 하나의 좋은 나무, 주로 좋은 과목果木으로 중국인들에게 인식되어 왔으나 —앞에 인용한 《시경》 시 "무덤 길에 매화나무 있어"에서도 매화나무는 좋은 나무로 표상되어 있지만, 《시경》의 다른 시에 "산에 좋은 초목 있으니 / 밤나무며 매화나무로다"라고 언표하고 있다— 그러나 매화꽃은 굴원 당시까지의 중국의 문화성향으로는 심미 안목에도 상징 체계에도 뚜렷하게 포착되지 못한 것만은 확실하다.

매화가 꽃으로서 주목되고 총애받기 시작한 것은 대체로 위진남북조魏晉南北朝(220~589) 시대부터다. 동진東晉 말기 시인이자 유교적 지성으로 유명한 도연명陶淵明(365~427)의 작품에 전통적으로 유교적 인격을 상징하는 소나무·난초·국화·대나무와 함께 꽃으로서의 매화가 등장한다. "눈보라 속에 연말을 보내어도 / 철이 이미 화창하다 해도 무방하구나 // 대문을 사이에 두고 매화나무 버드나무를 심었더니 / 매화나무 한 줄엔 아름다운 꽃이 있구나"라고 했다. 여기서 매화는 섣달 눈보라 속에서도 피는, 화창한 봄날을 앞질러 가져다주는 꽃, 그러니까 '봄의 선도자先導者'로 상징되어 있다. 도연명에 뒤이은 시인 포조鮑照(414~466)는 8·9편의 매화가 제재로 등장하는 시를 남기고 있는데, 상징하는 바는 도연명에 다르지 않다. 6세기 중엽의 양梁·간문제簡文帝는 14·5편의 매화가 제재로 등장하는 시와 부賦를 남기고 있다. 그러나 상징하는 바는 대체로 앞 시대의 것에서 역시 크게 다르지 않다. 그의 〈매화부〉에는 "매화는 특히 일찍 유독 봄을 안다. 양기陽氣를 받아 금빛을 피우는가 하면, 눈에 섞여 은빛을 입는다"라고 매화를 묘사하고 있다. 도연명의 '봄의 선도자'가 여기서는 눈 속에서 양기를 받아오는 자, 즉 '양기의 전령사傳令使'로 변형되어 있다. '봄의 선도자'나 '양기의 전령사'는 결국 상징하는 바 의미는 근본적으로 같다. 다만 뉘앙스의 차이가 있을 뿐이다.

굴원이 일컬은 화훼군花卉群에서도 빠뜨려졌던 매화가 이처럼 위진 남북조 시대부터는 단연 화훼 중의 총아로 떠올랐다. 그리고 그것은 '봄의 선도자', 또는 '양기의 전령사'의 상징으로서다. 매화의 생리는 변화가 없는데 매화를 대하는 사람의 태도가 획연히 달라진 데에는 매화를 발견하도록 눈을 바꾸게 한 인문人文의 변화가 있기 때문이다. 그것이 무엇일까? 가능한 해답의 하나로 순환론적 세계관의 확립을 들 수 있다.

전국시대 말기 이래의 추연鄒衍 학파에 의한 음양오행설陰陽五行說의 영향으로 진秦·한漢 즈음에 《역전》 철학이 성립되었다. 《역경》의 괘효卦爻에 음양의 순환 관념을 결합시켜 해석하는 순환론적 세계관이 그 주요 내용이다. 유학계의 커다란 한 사건이 아닐 수 없다. 그 중의 하나로 춘하추동 사계의 순환에 음양이라는 우주 가치의 순환을 개입시켜 해석하게 되었다. 그것도 양을 위주로 한 존양尊陽의 논리로서다. 존양의 논리에서 특히 봄의 도래에다 형이상학적으로 심

대한 의미를 부여했다. 건괘乾卦의 단사彖辭인 "원元 · 형亨 · 리利 · 정貞"에서 봄을 의미하는 '원元'은 나머지 다른 개념에 대해 초월적인 지위를 부여받고, 특히 봄의 도래를 뜻하는 동지冬至에 해당하는 복괘復卦(䷗)를 음의 전성으로 양이 멸절 상태에 이르렀다가 다시 소생하는 사건으로 보아 아주 중시했다. 이러한 관념의 변화가 자연에서 관념의 대응물을 찾기를 좋아하는 중국 민족의 사고 취향에 의해 봄을 앞질러 핌으로써 봄을 선도하는 꽃 매화를 그 표상물로 인식하게 된 것이라 생각한다.

   그 뒤 수 · 당 · 송을 거쳐 남송 중엽의 주희朱熹(1130~1200)에 이르기까지 매화를 주제로 한 시로 알려진 작품만 8백여 수에 이르렀다. 아마 모든 화훼 중 가장 높은 빈도로 작품의 제재가 되었지 않았나 싶다. 이렇게 작품이 창작되어오는 사이 매화를 매개로 한 상징도 일정하게 파생되어 갔다. 상징에는 주지하는바와 같이 잠정적인 것과 장기 지속적인 것이 있다. 매화 상징으로 유교적으로 유의미한 장기 지속의 상징은 앞 시대의 '봄의 선도자', '양기의 전령사'에 더하여, '절조가 빼어난 사람', 또는 '고결한 기품을 가진 사람'이다. 둘 다 유교적인 이상 인격 —선비상이다. 신유학, 즉 도학道學을 집대성한 주희를 비롯하여 앞 시대의 임포林逋 · 소식蘇軾은 모두 매화를 제재로 한 작품으로 유명하다. 이들의 작품에서 위의 상징들은 한껏 고양高揚되어 갔다. "오얏꽃 복사꽃과 함께 봄빛에 아첨하길 부끄러이 여기니 / 구태여 해바라기와 함께 아침 햇살을 다투리오"는 주희의 싯구로 전자의 상징이다. "성긴 그림자 맑은 물에 비꼈는데 / 은근한 향기, 달 돋는 황혼녘에 떠도네"는 임포의 싯구, "옥골玉骨이 어찌 후덥지근한 안개를 시름하더냐 / 얼음 같은 살결은 스스로 신선의 기풍이

네", "대나무 숲 밖으로 한 가지 비낀 것이 더욱 좋아"는 소식의 싯구로 후자의 상징이다.

매화는 송대에는 소나무·대나무와 함께 세한삼우歲寒三友로, 그리고 명대에 이르러서는 난초·국화·대나무와 함께 사군자四君子로 일컬어졌다. 두 가지 다 유교적 이상 인격의 상징으로서다.

(이어령 편, 《(한중일 문화코드읽기: 비교문화상징사전) 매화》,
생각의나무, 2005)

251

8. 한국한문학의 미학적 전통

1) 한국한문학의 미학적 한계와 기능 근거

한국한문학은 한국의 준민족문학準民族文學으로 전화시켜 볼 수밖에 없지만 그것은 전체 총인소總因素의 상당 부분이 차용문학이다. 한문이라는 언어를 차용한 데에서 한문에 묻어있는 사고방식·감성 등이 차용되었고, 문학 작품을 통해 세계관·인생관·감각 등을 차용해 오기도 했다. 이것은 곧 한국한문학에 있어서의 미학적 총인소의 상당 부분이 설령 원치 않는다 하더라도 중국의 것이 차용되었음을 말한다. 중국 한문의 문학 작품에 거역하는 태도를 가졌다 하더라도 한문이라는 언어에 태생적으로 묻어있는 미학적 인소가 가진 통제력을 돌파하기 힘겨운데, 항차 대개는 중국의 한문 작품에 선모적羨慕的이고 호의적인 태도였음에랴.

다음 또 한 가지 한계는 시대에 따른 미학적 변환을 대개의 경우 능동적으로 하지 못하고, 중국의 그것에 추수追隨해서 했다는 사실이다. "대저 동국의 문교文敎가 중국에 비교해서 매양 수백 년 늦게야 조금 진전하기 시작한다. 동국이 처음이라 해서 한창 즐겨하는 것은 중국에서는 이미 쇠퇴해서 싫어하는 것이다. 마치 태산에서 일출日出을 구경할 때 닭이 처음 울고 해가 이미 솟아오르는데도 하계下界의 사람은 아직도 꿈속에 있는 것과 같다."(《청장관전서靑莊館全書》)고 이덕무李德懋는 그 추수가 매양 수백 년 늦게 시작하는 것을 아쉬운 듯이 말했거니와, 시대에 따른 미학적 변환을 능동적으로 하지 못했음을 당연한 논리로 전제하고 있다. 이덕무의 말처럼 반드시 매번 수백 년

늦은 것은 아니지만, 조선후기의 천기론天機論처럼 주체적으로 변환한 경우는 거의 드물고, 대개는 중국의 미학적 변환을 따랐던 것은 엄연한 사실이다. 미학적 변환을 능동적으로 하지 못하고 중국의 예를 따라서 하는 데에 따르는 문제점은 대개의 경우 미학적 현상이 작가들의 소망과는 달리 선명하게 구현되어 나타나지 않는다는 것이다. 이러한 현상은 우리나라 한문학의 미학 현상을 시대별로 뚜렷하게 파악하고자 하는 데에 한계로 작용한다.

더구나 중국의 각 시대 미학 현상의 단위들에 대한 모델로서의 선택에 있어 개인별로 난조亂調가 상대적으로 심하게 드러나고 있어(그러한 난조가 작가의 선택의 자유란 점에서는 정상적이다) 우리 한문학의 미학 현상을 시대별로 체계적으로 파악하기 한층 어렵게 한다. 이를테면 같은 15세기 작가이면서 누구는 한위고시漢魏古詩를, 누구는 이백李白을, 누구는 두보杜甫를, 누구는 만당시晩唐詩를, 누구는 송시宋詩를… 모델로서 선택한다는 것이다. 물론 중국의 후세 문인들도 이전의 무수한 미학 현상의 단위들을 두고 선택의 자유를 행사하기는 마찬가지다. 그러나 미학 현상이 능동적으로 자발하는 중국의 경우 그 자발하는 '한 시대의 미학 현상', 또는 '미학 현상들의 자력磁力'에 의해 개인별 난조들이 뚜렷하게 통합하는 상相을 보여준다는 점에서 우리나라와 같은 차원에서 논의될 수 없다.

위와 같은 본원적인 한계가 있음에도 우리는 우리나라 한문학의 미학 현상을 추구하려 한다. 그 근거는 어디에 있는가? 우리는 그 근거로 의식하지 않는 가운데 발휘되는 민족의 생리에서부터 둔다. 박지원朴趾源의 말대로 "산천 풍기로는 땅이 중국과 다르고, 언어 요속謠俗으로는 세상이 한당漢唐이 아닌"(〈영처고서嬰處稿序〉) 그 가운데서 생성되고 발휘되는 민족의 생리에서부터 일단 기댄다. 아무리 중국의 미학 현상을 그대로 본받으려 해도 본받으려는 주체의 생리가 본원적으로 제약을 가한다. 그 제약에 의해 굴절되는 부분만큼이 말하자면 민족의 몫이고 작가의 몫이다. 그 굴절 부분은 개별 작가들의 작품으로 수행된다. 이 굴절이 수행되어 나온 풍격이나 미美의 특질의 귀납歸納에서 각 층위의 미학 범주가 나온다.

2) 순자연順自然의 기본 범주적 위상

우리의 본유의 미학 범주로 장기 지속의 것으로 순자연·멋·신명·해학, 준본유準本有의 것으로 풍류를 꼽을 수 있다. 이런 장기 지속의 미학 범주는 민족의 생활 심성이었던 것이 민족의 예술 활동이 시작되어 전개되는 과정에 그대로 미학적 범주로 의식된 것이다. 아무튼 이 장기 지속의 미학적 범주는 시대의 조건에 따라 부침浮沈하기도 하며 그 범주 내에서 일정하게 경신된 미학 현상의 주출做出로 나타난다. 대표적인 예로 우리는 한동안 잠세화潛勢化되어 있던 순자연이 조선후기 천기론으로 나타난 사실을 들 수 있다.

(1) 생활 심성心性에서 미학적 범주로

순자연은 '작위하지 않음'·'소박함'·'진실함'·'자유로움'·'순진함' 등을 하위 개념으로 거느리고 있지만, 큰 개념을 이루는 중심적 항목은 '작위하지 않음'과 '진실함'이다. 전자는 객관 상황에 관련되는 문제이고, 후자는 주관 태도에 관련되는 문제다. '작위'는 '꾸며서 행위함'이다. 꾸밈은 일차적으로 상황에서의 행위의 정도 문제다. 행위가 상황이 주는 정도에 넘치면 꾸밈이 된다. 행위가 정도에 넘치느

V. 조선 시대

냐 않느냐를 판정하는 절대 기준은 없다. 반드시 행위의 양이 많다고 해서 정도에 넘치는 것은 아니다. 행위가 없어야 할 상황에서는 한 가지의 행위도 꾸밈이 된다. 그러므로 꾸밈이 되느냐 아니냐를 판정하는 기준은 상황 자체에 내재해 있고, 그 객관 상황에 내재하는 기준은 곧 다름 아닌 인간의 내심에 형성된 보편적 합의점이다. 즉 미학적으로는 정서적 합의점이다. 한편 행위가 꾸밈이 되느냐의 여부는 행위 주체의 주관 태도의 진실성 여부에 달려 있다. 내심이 진실하고 그 진실한 만큼의 행위를 하면 어느 경우에나 순자연이다. 단적으로 우리 민족의 정서의 한 특징으로 이른바 '태態를 내는 것'을 싫어하는 성향이 있다. '태를 낸다'는 것은 몸치장 같은 외양을 꾸미는 것에서부터 언행은 물론 표정을 꾸미는 것에 이르기까지 두루 적용되는 말로서 작위성, 곧 부자연성을 가리킨다.

이러한 순자연의 미학적 범주는 앞에서도 언급했지만 그것이 미학적 범주이기 이전에 우리 민족의 하나의 생활 심성이었다. 그러던 것이 그대로 예술 활동에 적용되어 하나의 미학적 범주로 점차 의식되게 된 것이다. 외국인이 견문한 기록이어서 한계는 있겠지만《위지魏志》〈동이전東夷傳〉을 위시한 중국 제사諸史의 〈동이전〉은 대체로 삼한三韓시대 내지 원삼국原三國시대의 생활상을 그런대로 보여주고 있다. 대체로 소박하게 묘사되어 있다. 일반 생활이 소박한 것은 이해가 되지만 한 가지 의심스러운 사실은 여러 지역에서 제천祭天 행사가 행해짐을 알리면서 그 의례 내용은 기록하지 않고 있는 점이다. 행사 기간에 군중이 술을 마시고 노래하는 것만 기록하고 의례 내용에 관해서는 한 마디도 언급이 없다. 당시 동이東夷 지역의 역사 발전 단계는 연맹 왕국이거나 고대 국가일 터이고, 제천 행사는 왕국적 대

제전이다. 따라서 나라의 문화 역량이 총집결되는 제천 의례는 그 행사의 전과정을 일정하게 분절화分節化하는 것을 위시해서 제사에 참여하는 사람들의 복식·위치·동작 형식과 그리고 예기禮器·음악·제수祭需 등으로 구성되는, 그 자체로서 하나의 예술실체다. 〈동이전〉이 기록하고 있는 신민臣民들의 일반 생활에 비해 아주 특별하게 기획되고 실행된 행사다. 그런데 〈동이전〉은 한 마디도 언급이 없다. 왜일까?

그것은 제천의례가 중국인들의 안목에 너무 소박하여 별로 볼 것이 없어서가 아닐까. 외국에 대한 견문의 기록 대상은 대체로 기록 주체에게 낯설어서 신기해 보이는 사상事象이 기록할 만한 정보 가치에서 우선한다. 더구나 중국 제사의 〈동이전〉은 그들의 중화주의적 제국 경영에 필요한 정보 창고다. 그런 입장에서 신민의 생활 양태는 신기하여 필요한 정보일 수 있지만, 지배자의 제천 의례는 그들 나라의 압도적인 의례 내용에 비해 별로 시선을 끌 만하게 되어 있지 않은 것이 아닐까. 그래서 행사 기간에 군중이 음주 가무하는 풍속만 신기한 정보로 채록한 것이 아닐까. (중국 제사의 외이열전外夷列傳에는 우리 민족만 음주가무의 풍속이 기록되어 있다) 혹 의례 내용이 자기들의 제천 의례와 비슷하여 기록하지 않을 수 있다. 그러나 〈부여전夫餘傳〉에서 지배층의 회동례會同禮는 자기들 나라의 고례古禮와 같다고 하여 —반점례反坫禮를 가리킨다— 바로 그 점을 언급한 예로 보아서 반드시 그런 것만은 아닌 것 같다. 그렇다고 해서 아주 특이했다면 앞에 말한 정보 가치에 의해 기록되었을 터다. 그렇다면 채록하지 않은 이유는 무엇일까? 최고 통치자에 의한 제천 의례는, 더구나 중국과 우리나라같이 이웃한 지역 내여서 그 의례 내용에 번간繁簡이 다를 뿐 그 의례 골격에 있어서는 기본적으로 비슷한 유형일 수 있다. 그래서 그 골격에서는 비슷하고 내용에서는 그들의 안목으로 별로 볼 만한 것이 없어서 채록 대상에서 제외한 것이 아닐까. 요컨대 우리 민족의 제천 의례가 소박했다는 것이다. 일반적으로 제례의절祭禮儀節은 일상 생활의 예속禮俗으로부터 고립해 있는 것이 아니라, 그것이 기초가 되어 고양·조직되어 나온다는 점에서 우리 선민先民의 일상 예속에 비추어서도 그 소박했음을 쉽게 짐작할 수 있는 일이다. 소박하다는 것은 '허여된 정도에 넘치는 무리를 감행하지 않는', 즉 순자연임을 말한다. 이렇게 우리 선민들은 제천 의례라는, 당시의 대표적인 일종의 예술 행사에 순자연의 미학적 범주를 자각적으로 의식하고 따랐던 것이다. 이것은 물론 우리 민족이 거주하는 지역이 산지가 많고 경지가 적은 경제적 형편에 원인도 있겠지만, 고전 문화의 태동기에는 어느 민족이건 자연조건으로부터 자유로울 수는 없다.

한편 〈동이전〉의 기록 주체인 중국인들의 예속禮俗 정도는 어떠했던가? 말할 것도 없이 중국은 예악禮樂의 나라다. 유교가 주초周初의 예악 전통을 기반으로 하여 성립된 것은 주지의 사실이거니와 전국 시대에 이미 '예의삼백禮儀三百, 위의삼천威儀三千'(〈중용中庸〉)이라고 그 예의 체계의 성대함을 스스로 찬탄해 마지않았다. 이택후李澤厚에 의하면 한대에 출현한 삼례(의례儀禮·주례周禮·예기禮記)에는 중국 상고의, 제사 활동을 중심으로 한 토템 활동과 무술예의巫術禮儀 중의 구체적인 제도와 규범이 상당량으로 보유되어 있고, 그것은 대개 은殷·주周 교체기에 '예'로 발전·편성되었다는 것이다.(《화하미학華夏美學》) 예의 체계의 규모가 방대하다는 것은 인간의 행위 전개에 있어서 그만큼 분절을 세밀히 한다는 뜻이고, 분절의 정도가 높다는 것은 비례해서 그만큼 격식성格式性이 높다는 뜻이다. 격식이란 자연 상태에 인위적인 형식을 부여함으로써 그것을 변용, 또는 왜곡시켜 조직한 양식이다. 이런 점에서 중국의 문화, 좀 더 정확하게 표현하자면 그 것을 대표하는 유교 문화의 성향은 사실은 인위성이 매우 강하다. 노장老莊이 무위자연을 그토록 고창하게 만든 장본張本 대방對方이 아닌가. 그런 점에서 우리 문화 본래 체질은 다분히 노장에 가깝다.

(2) 후세적 전개

순자연은 생활적 심성이 점차 예술 창작과 결부됨으로써 미학적 범주로 의식된 것이라 했다. 생활적 심성이란 대체로 무기교성·무계획성을 특징으로 한다. 따라서 하나의 미학적 범주로서의 우리의 순자연은 당연히 무기교성·무계획성의 특징이 있다. 여기서 미학적 범주로서의 순자연에 두 층위가 있음을 밝혀야 하겠다. 즉 그 다른 한 층위는 초기교성超技巧性·초계획성超計劃性의 층위다. 모든 규율(기교·계획)과의 대립 관계를 극복하여 초월함으로써 자연에 가급적 완벽히 합치되는 길이다. 여기에 비추어 엄격히 말하면 우리의 순자연의 '자연'은 대개의 경우 '불급不及한 자연'이다. 완벽한 자연성에 못 미치는 그러한 자연성이다. 물론 그렇지 않은, 초기교성·초계획성의 순자연성도 있다는 것을 염두에 두어야 한다. 그러나 대개의 경우 그 것은 질승문質勝文의 순자연順自然이다. 애초에 완벽성이란 것을 희구하려 하지 않는 가운데 완벽성을 두는 그런 순자연이 우리의 미학적 범주 순자연의 주된 특징이다. 여기서 한 가지 유의할 것은 개별 작품의 풍격과 순자연의 범주와는 별개라는 것이다. 그러니까 순자연은 어느 층위이든 개별 작품의 풍격이 성립되는 바탕으로서의 상태

Ⅴ. 조선 시대

다. 이를테면 웅혼雄渾의 풍격은 웅혼의 풍격대로 순자연적이고, 전아典雅의 풍격은 전아의 풍격대로 순자연적일 수 있다는 것이다. 물론 그 반대의 경우도 성립된다. 웅혼의 풍격으로 작위성의 상태에서 성립되는 작품도 있고, 전아의 풍격으로 작위성의 상태에서 성립되는 작품도 있다. 그리고 두 극과 극 사이에 무수한 스펙트럼이 있다.

순자연의 미학 이념이 우리 예술사에 작용한 형세는 고려후기 성리학 수용 시기의 이전과 이후가 현격히 다르다. 애초에 생활적 심성이었으니만치 미학적 범주로서의 순자연은 적어도 외래문화, 특히 유교 문화가 심화되기 전의 민족 예술의 지배적인 미학적 이념이었을 것임을 상도想到하기 어렵지 않다. 대략 통일신라 이전까지는 공예·조각·탑파의 대부분이 대체로 이 이념에 따라 이루어졌음은 현존하는 유물을 통해서, 고대미술사가들의 견해에 비추어서 알 수 있다. 문학에 이르러서는 사실 한 시대의 미학적 이념을 살필 수 있도록 작품이 남아있지 않으나 현존 작품으로 대략 짐작해본다. 향가를 통해 보건대, 그리고 같은 계열의 문학인 고려 가요로 미루어 보건대 아마도 이 이념에 따른 작품이 지배적으로 많았을 듯하다. 그중에 〈제망매가〉 같은 작품은 '비창悲愴'의 풍격이 초기교성·초계획성의 순자연성의 바탕에 성립되어 있다. 그리고 한문학의 경우는 작품의 풍격이나 미美를 운위할 수 있을 정도로 창작이 이루어지지 못했다.

나말羅末부터 사상계에 변동이 왔다. 성리학이 수용되기 전에는 신라나 고려가 다 같이 한漢·당唐 유학이었거니와, 통일신라기까지는 대체로 국가의 제도·문물에 주로 시행되었으나 고려에 들어와서부터는 유학이 점차 지식인 개인의 의식에 근접되어 행해졌다. 그리하여 고려의 지식인들은 점차 유교적 격식성에 일정하게 길들여져 갔다. 유교적 격식성은 지식인에게 하나의 매력이기도 했다. 특히 광종光宗~성종成宗 연간에 화풍운동華風運動을 적극적으로 추진하기도 했다. 그러나 민족의 생활 심성이기도 한 순자연이 쉽사리 격식에 압도되지는 않은 듯, 정지상鄭知常 같은 시인을 낳기도 했다. 고려에서 순자연의 미학 이념이 거의 유감없이 실현된 문학은 고려가요다. 그런데 정지상의 작품은 이 고려가요에 대응되는 한문학이다. 고려가요와 그리고 청자靑磁에서 보듯, 지식인 사회가 격식성에 물들어 가는데 반해, 서민의 세계는 농후하게 순자연적이었다. 고려청자와 그리고 조선백자의 고객이 지식인층이고 보면 아무리 중국의 격식주의세례를 받더라도 그들 가슴의 저변에는 순자연에 대한 끈질긴 향수가 있었음을 알 수 있다.

고려말 성리학이 본격 수용되고부터 조선 왕조가 끝나기까지는 거의 유교의 격식주의 문화 기간이다. 유교적 격식주의는 도학에서의 예제禮制 실천을 매개로 지식인 개인들의 의식 속에 깊이 침투해 갔다. 《주자가례朱子家禮》가 그 격식주의의 장본이다. 이 책을 매개로 후기로 갈수록 3례三禮(《주례》·《의례》·《예기》)가 동원되는 등 격식주의 문화가 만개했다. 16세기 이후 문집에 예의禮疑·예설禮說이 없으면 학자의 문집으로 대접받기 어려운 형편이었다. 이 가운데 유교의 격식주의 문화는 심화·고착되어가 거의 우리 민족의 체질이 바뀔 지경이다. 그래서 순자연의 힘은 적어도 지식인 사회에서는 잠세화潛勢化되었다. 이 격식주의·규범주의의 누층累層이 상대적으로 자유를 구가하던 민족의 순자연의 문화적, 미학적 저력이 격식·규범의 속박에 대해 한계점에 이르렀다. 이 한계점을 깨고 꿈틀거리며 현세화顯勢化하려는 움직임이 바로 조선후기 천기론天機論의 유행流行이다.

V. 조선 시대

천기론은 그러니까 순자연의 경신적更新的 출현에 다름 아니다. 순자연이 가진 이완된 자유에의 욕구가 속박의 한계점에 다다라 꿈틀거린 것이다. 조선후기 천기론은 이렇게 우리의 문화사 내지 예술사에, 아니 우리 민족의 심성에 깊이 뿌리를 둔 미학 개념이다.(졸고, 〈조선후기 '천기론'의 개념 및 미학이념과 문예사상사적 연관〉을 참조하기 바란다) 천기론이 나옴으로 해서 막연히 흉중의 심성 내지 이념으로만 운용되어 오던 순자연이 보다 분명해지게 되었다. 다시 말하면 순자연의 개념이 새롭게 조정措定되어 보다 분명하게 규정적으로 된 것이 천기론이라는 말이다. 그래서 개념의 내포도 비교적 선명해지고 경계도 뚜렷해지게 되었다. 다시 말하면 매우 포괄적이던 순자연의 개념이 천기론에서 보다 특수화되어 나타났다.

한 가지 흥미로운 사실은 순자연이나 천기론이 다 같이 자연을 따르되 순자연에서 말하는 자연의 실질 의미와 천기론에서 말하는 자연의 실질 의미 사이는 차이가 있다. 순자연에서 자연의 실질 의미는 주로 산수에 대한 심상을 추상해온 관념임에 대하여, 천기론에서의 자연은 주로 하늘에 대한 심상을 추상해온 관념이다. 전자는 우리 민족의 자연 관념이요, 후자는 중국 민족의 자연 관념이다. 자연에 대한 관념이 이렇게 다른 것은 우리 민족은 동북아 동북쪽의 산간 지대에서 문명의 싹을 틔웠고, 중국 민족은 황하 중류의 광활한 하늘 아래서 문명을 시작했기 때문일 것이다. 아무튼 아이러니한 사실은 순자연에서 천기론으로 옮아간, 다시 말해서 산수의 자연을 따르는 것에서 하늘의 자연을 따르는 것으로 옮아간 데에는 도학道學의 역할이 있었다는 사실이다. 즉 도학의 형이상학 체계는 하늘을 상대로 하는 사변이 주류다. 도학의, 하늘을 주로 하는 생기론生機論이 순자연과의 결합으로 천기론이 나왔다. 도학에 거역하는 사상이 도학과 태생적으로 연결되어 있는 셈이다.

3) 멋과 풍류

우리 민족의 장기 지속의 미학적 범주의 하나로 '멋'이 있다. 이 멋은 논란이 많은 문제다. 특히 개념이 가위 말하는 사람마다 현격하게, 또는 조금씩 달라서 아직도 혼미를 벗어나지 못하고 있다. 이렇게 그 개념 규정에 이견이 많은 것은 멋이란 말 다음에 조사·접미사·형용사·명사·동사 등의 부가어가 붙어서 각기 다른 뉘앙스 내지 함의를 나타내고 있기 때문이기도 하겠지만, 이렇게 변종 개념이 많다는 사실 자체가 그 개념의 유래가 장구하다는 것을 뜻한다고 하겠다. 그래서 나는 장기 지속의 미학적 범주로 보고자 한다. 실은 멋을 풍류와 동의어로 보건(조지훈), 또 넓은 뜻의 멋과 좁은 뜻의 멋으로 보건(김종길) 일단 그 연원이 오래라는 점은 대체로 시인하는 것 같다. 더구나 해학이 민족의 장구한 미학 개념임이 신라의 조각 등의 유물로 확실한 이상, 이것과 구조적으로 일맥상통하는 멋이 아주 후대에 발생했다는 것은 생각하기 어렵다.(조선후기 발생설에 대해)

멋의 개념에 이견이 많지만 그 핵심 사실은 '정격正格에서 벗어남', 또는 '파격破格'이라는 데에는 대체로 일치되는 것 같다. 나는 여기서 잠정적으로 이 사실을 중심으로 멋의 개념을 규정해 보고자 한다. 아울러 풍류의 개념도 규정해 보고자 한다. 멋의 개념이 해결되면 풍류의 개념은 쉽게 도출될 수 있을 것이다. '상격常格에서 이탈하여 순간적인 비약을 감행함으로써 한층 고양된 상격에 복귀하는 것'이 멋의 핵심개념이다. 요컨대 멋은 밋밋한 정상의 상황을 순간적으로 깨뜨리는 데에 그 일차적 계기가 있고, 그 깨뜨린 결과 그 정상의 상황을 한층 고양되게 하여 돌아오는 데 이차적 계기가 있다. 만일 상황을 한층 고양되게 해서 복귀하는 데에 실패를 하면 이미 그것은 멋이 아니다. 그것은 '멋적다', 또는 '멋대로'가 될 것이다. 여기서 '순간적'이라는 말은 시간의 장단 문제이기 보다는 다분히 감각의 문제다. 굳이 그 의미를 말한다면 인상의 강렬성이다. '풍류'의 개념은 이 규정의 '순간적 비약'에서 '순간적'이란 말을 제거하고, '감행함'에서 '감'을 제거하면 그대로 풍류의 개념이 된다. 즉 '상격에서 일정하게 이탈하여 비약을 행함으로써 한층 고양된 상격에 복귀하는 것'이다. 물론 두 가지 개념 모두에 '세속적 이해利害에 대한 관심으로부터 벗어나서'라는 전제가 붙는다. 세속적 이해에 대한 관심으로부터 벗어나지 않으면 그것은 벌써 미학의 문제가 아니다. 멋과 풍류는 이렇게 개념적으로 거의 연속적이다. 멋이냐, 풍류냐를 판가름하기 어려운 것은 당연하다. 그러나 개념적으로 연속적이라 하더라도 양자를 구별 짓는 계기가 분명한 만큼 양자는 또 별개인 것이다.

멋은 언제부터일까? 나는 《삼국유사》의 다음 기사를 그런 점에서 주목한다.

원효가 이미 입적하자 설총은 유해를 부수어 진용眞容을 조소造塑하여 분황사에 안치해서 영구히 경모하는 뜻을 표했다. 설총이 그 때 소상의 곁에서 예를 드리자, 소상이 홀연히 돌아보아 지금도 여전히 돌아보는 채로 있다.

원효의 소상을 어째서 고개를 한쪽으로 돌린 자세로 만들었을까?

일언이폐지一言以蔽之하여 원효의 소상의 이 자세에 원효의 기질과 일생의 행적이 응결되어 있다고 생각한다. 그는 이지적이면서 다혈질이었던 것 같고, 깊이 침잠되면서 민활한 활동가의 기질이었던 것 같다. 그래서 〈몰가부가沒柯斧歌〉를 경주 거리에서 고창하고, 그로 하여 파계를 하고, 서민 속에 뛰어들어가 무애호無碍瓠를 무롱舞弄하며 노래하고 춤추고, 쇠뿔 위에 붓과 벼루를 놓고서 경소經疏를 짓고……. 이러한 기질과 행적을 가진 원효의 소상을 여느 불보살상들처럼 정면으로 안치한다면 너무 정태적靜態的이어서 맞지 않는다. 그래서 활동적인 동태動態의 한순간을 포착하여 원효의 기질과 행적을 상징하려 한 것이 문제의 소상이라고 생각한다. 아무튼 이것은 파격이다. 《삼국유사》에 화제로 오른 것으로 보나, 또 현존하는 유물을 보나 당시의 불교 인물의 조각이나 소상 가운데 예외적임이 분명하다. 상격을 깨뜨린 이 표현에서 우리는 멋을 발견하게 된다. 그리고 고려의, 연꽃 모양의 청자연적에서 꽃잎 하나가 다른 꽃잎의 열에서 이탈하여 빼딱하게 젖혀진 모양(피천득의 수필 〈멋〉)에서 우리는 또 멋을 본다.

그리고 정지상의 "대동강 푸른 물, 마를 날이 있을소냐 / 이별의 눈물 해마다 푸른 물결에 더하니.(大同江水何時盡대동강수하시진, 別淚年年添綠波별루년년첨록파.)", 최항崔沆의 "다시 송현松絃(솔바람 소리) 있어 악보에 얽매이지 않고 뜯으니 / 진귀함을 다할 뿐 남에게 전하진 못하네. (更有松絃彈譜外갱유송현탄보외, 只堪珍重未傳人지감진중미전인.)"에서 멋을 본다. 그리고 조선의 김립金笠의 "네 다리 소반에 멀건 죽 한 그릇 / 하늘 구름 그림자가 그 속에 떠도네 // 주인장, 면목없다고 말하지 마소 / 물에 비친 청산을 내 사랑하노니. (四脚松盤粥一器 사각송반죽일

기, 天光雲影共徘徊천광운영공배회. 主人莫道無顏色주인막도무안색, 吾愛靑山倒水
來오애청산도수래.)"로 이어진다.

이상으로 멋이 미학적 이념으로 된 경우를 신라의 조소彫塑, 고려
의 청자연적, 그리고 고려와 조선 시인의 작품 중 익히 알려진 것 몇
편만 예로 들었거니와, 이로써 나는 다음과 같은 담론에 선뜻 동의되
지 않는다. 즉 "여기서 주의해야 할 것은 19세기 이전의 멋과 19세
기 이후의 멋이 똑같은 개념은 아니었을 것이라는 점이다. 인간의 감
수성도 시대에 따라 변하게 마련인데 18세기 후반은 우리나라에서
여러모로 근대적인 징후가 뚜렷하게 나타나기 시작한 시기다. 그리
하여 19세기에 들어서면서 우리나라 사람의 의식과 감수성에도 근대
가 자리 잡게 되었다고 볼 수 있다."(김종길의 〈멋이란 무엇인가〉)라고 한
논설이다. 감수성도 시대에 따라 변하게 마련인 것은 사실이다. 그러
나 모든 감수성이 다 시대마다 변하는 것은 아니다. 감수성의 보다
밑 층위엔 좀처럼 변하지 않는 장기 지속적인 것이 있다. 감수성뿐만
아니라 모든 사상事象이 그러하다. 하층 서민 사회에 속한 사상일수
록 더욱 그러하다. 그런데 멋은 다분히 서민적인 감각이다. 게다가
우리나라 역사는 대체로 외래 사상이 역사를 주도해 왔다. 그중 유교
의 규범주의, 엄숙주의嚴肅主義는 멋과 같은 감각에 대해 자못 억압적
이다. 나는 이렇게 생각한다. 가령 삼국시대나 통일신라시대까지만
해도 멋의 감각이 활성적으로 통행했는데, 점차 상층 사회의 유교화
로 그러한 세勢가 구축되어 주로 사회의 저변에 존재하다가, 조선후
기에 들어와 상층사회에 실학이 일어나고 천기론이 유행하며, 이에
대응해 하층 사회의 활기도 되살아나면서 멋이 사회의 표층으로 올
라온 것일 것이라고 생각한다. 위의 담론에서 멋이 근대적이라는 것

은 곧 이 서민 감각일 터다. 근대에 들어와서는 과연 멋의 미美가 흥기하기 시작했다.

한편 풍류도 퍽 오랜 연원을 가졌다. 개념상 멋과는 한 옥타브의 차이를 가질 뿐이다. 풍류나 멋은 당초 삶의 양태에 대한 감각이다. 그런 의미에서 가령 화랑 사다함斯多숨이 전공戰功으로 받은 3백 인의 노예를 모두 방면해 주고, 하사하는 전지田地를 고사하다가 마지못해 알천閼川에 있는 불모지를 받았다는 것은 풍류가 되기에 족하다. 뿐 아니라 백결선생百結先生의 삶 또한 풍류다. 신라에 풍류도가 성립된 것에서 이 시대의 풍류 문화는 상도想到하고도 남는다.

그러니까 최종적으로 이렇게 정리가 된다. 멋은 주로 서민층에 통용되던 미학적 범주이고, 풍류는 주로 지배층에 통용되던 미학적 범주다. 한문학에는 당연히 풍류의 범주가 압도적 비중을 점한다.

(한국한문학회 제6차 전국학술대회 기조발표, 2001.)

V. 조선 시대

9. 성헌省軒 이병희李炳憙의 도학과 그 현실주의적 지향

1)

　성헌省軒 이병희李炳憙의 생평生平과 저작에 대해서는 이미 그 문집
및 《조선사강목朝鮮史綱目》의 해제에서 기술되었으므로 여기에서 새삼
소개할 필요가 없을 것 같다. 이 양대부兩大部 저작이 가리키듯 성헌
의 학문세계는 크게 두 부문으로 이루어져 있다. 도학과 사학이 그것
이다. 실은 문집에 수재收載된 시문이 그 자체로서 탁연히 일가의 풍
모를 보여 주고 있기도 하다. 율시의 명윤明潤한 조격調格과 고시의
충담冲淡한 의취, 그리고 문장의 전아정치典雅精緻함은 표현 그대로 미
옥정금美玉精金이라 할 만하다. 성헌의 깊은 존양공부存養工夫의 감성
적 승화의 결과인 것이다. 그러나 여기서는 구체적인 음미완상은 약
略하기로 한다. 학문의 세계에 대해서도 성헌의 사학史學은 크게 보아
성헌의 도학에 연계된다고 생각되므로 여기서는 도학 일원적 시각에
서 접근하고자 한다. 도학이 바로 성헌 학문의 본령이기 때문이다.
실은 성헌의 사학에 대해서도 도학에 대해서도, 이미 두 선학의 해제
를 통해 그 내용이며 성격에 대해 논술되었다. 그러므로 여기에서 나
는 구체적인 문제들에 대한 성헌의 견해들을 소개, 음미함으로써 약
간의 부연을 더해 볼까 한다. 성헌의 도학 관련 핵심 저작은《대학강
의大學講義》와 〈심동정변心動靜辨〉·〈원사原士〉, 이만구李晩求·곽면우郭
俛宇와의 예설禮說 및 태극설太極說 문답, 그리고 〈원조십잠元朝十箴〉 외
두어 편의 명銘이 그것이다. 여기에서 선학들과의 예설 및 태극설의
문답, 특히 그 태극설 문답은 성헌의 체험적 추구와 정치한 사색에

267

의한 문제 제기로 선학들을 감탄케 한, 학문적으로 중요한 저작이다. 그러나 문제들에 대한 성헌의 최종 견해의 파악이 용이하지 않아서, 보다 신중히 고구해야할 대상이라 여기서는 다루기를 유보하고자 한다. 다만 성헌의 확정적인 견해로 인정되는 것은 원용하고자 한다.

나는 먼저 성헌의 학문하는 기본자세에 대해 언급할 필요를 느낀다. 왜냐하면 조선후기 이래 도학의 비생산적 말폐는 근본적으로 그 학문하는 자세에서부터 문제가 있었기 때문이라 생각되어서다. 그중 세계에 대한 주체의 인간자세 같은 학문 본령적인 문제는 접어 두고라도, 가장 기본적인 동기적 자세부터가 문제였던 것이다. 그중 가장 폐단이 심했던 경우가 행세를 위한 학문 동기가 아니었나 생각된다. 이 불순한 동기는 문제 제기를 위한 문제 제기, 논변을 위한 논변을 일삼아 지리멸렬, 도학을 마침내 속화俗化시킬 대로 시켰던 것이다. 이 폐단을 성헌은 통감, 다음과 같이 비판한 적이 있었다.

> 말학의 폐단을 말하면 지知가 남음이 있고 행行이 부족하기보다는, 차라리 지가 도달되지 못하더라도 행이 독실한 편이 낫습니다. 대개 정주程朱 이후 경서에 대한 해석이 크게 갖추어져서 덕에 들어가는 문과 학문하는 계단에 대해 그 지시가 명백해서 다시 남은 문제가 없습니다. 그런즉 학자들이 이것을 믿기를 신명같이 하고 지키기를 금석金石 같이 해야 마땅한 바이거늘 어찌하여 후세 제유諸儒들은 논변하고 또 논변하고, 해석하고 또 해석해서 상牀위에 상牀을 또 포개고, 집 위에 또 집을 얽는단 말입니까? 이미 족히 발명한 것도 없이 육손이 사마귀 같은 군더더기나 만들어 놓고, 또 더러는 저열低劣・추루醜陋함이 넘쳐나서 이런 상태가 엎치락뒤치락하여 마침내

진실을 잃어버리게 하여 도리어 의혹을 불러일으키게 합니다. 심한 경우는 힘써 유미幽微함을 찾고 고상하게 현묘함을 담론하여 유기遊騎하기 너무 멀어 텅 비고 아득한 지경에로 내달아서는 자기 멋대로 생각하기를 앞사람이 미처 발명하지 못한 것을 발명했다고 하면서 정작 일상의 절실한 윤리에 대해서는 힘을 쓰려고들 하지 않습니다.

以末學之弊言之이말학지폐언지, 則與其知有餘而行不足也즉여기지유여이행부족야, 無寧知未至而行之篤也무녕지미지이행지독야. 蓋程朱以後개정주이후, 經訓大備경훈대비, 入德之門路입덕지문로, 爲學之階段위학지계단, 指示明白지시명백, 更無餘蘊갱무여온, 學者所宜信之如神明학자소의신지여신명, 守之如金石수지여금석, 而奈之何後世諸儒이내지하후세제유, 辨之又辨 변지우변, 釋之又釋석지우석, 以疊牀架屋이첩상가옥, 旣無足發明기무족발명, 騈指附贅병지부췌, 又或多醜差輾轉失眞우혹다추차전전실진, 反疑致惑반의치혹. 甚者力探微심자력탐미, 高談玄妙고담현묘, 遊騎太遠유기태원, 馳騖於曠蕩莽渺之域치무어광탕망묘지역, 肆然自以爲發前未發 사연자이위발전미발, 而至於日用常行이지어일용상행, 彝倫切近之地이륜절근지지, 不肯致力焉불긍치력언.

(〈답최순부答崔淳夫〉,《성헌집省軒集》권卷5)

특히 조선후기 이래 우리나라 도학의 폐단을 적실하게 묘파描破하였다. 여기에서 우리는 학문에 임하는 성헌의 기본자세가 어떠했던가를 자명하게 알 수 있다. 성헌의 종제인 퇴수재退修齋(병곤炳鯤)가 〈가장家狀〉에서 "말세의 가탁수식하는 이들의 하는 짓 같은 것은 결코 아니다"(〈가장家狀〉, 앞의 책 권17, 부록附錄, "非如末世假托修飾者之爲也비여말세가탁수식자지위야.")라고 언명했거니와, 성헌의 학문 자세는 참으로 겸허謙虛하고 진지하다. 그리고 의론은 정도精到하다. 학문에 침잠하기 오래임에 비해 저작의 양이 예상보다 적게 된 이유도 성헌의 이런 학문 자세에 기인한 것 같다.

2)

나는 성헌의 도학이 갖는 기본적인 특징을 현실주의적인 성향 그것으로 본다. 전통적인 도학의 본령을 일탈하지 아니하면서 도학의 문제를 현실의 지평에서 사색하고자 한 성헌의 학문의식은 논의의 행간에 정중동靜中動의 긴장감이 감돌게 한다. 우선 저작의 외적 양상으로 표출된, 상대적으로 현실의식적인 징표를 보자. 《조선사강목》같은 역사서를, 그것도 조선의 기년紀年 밑에 명청明淸의 중국 왕조를 위시한 서양 제국諸國의 중요한 사실史實들을 편속編屬시킨 체제를 발상했다는 사실 자체가 여간한 현실의식이 아니고서는 가능하지가 않다. 물론 도학 자체와 애초 분야가 다르므로 그럴 수 있어서 도학 자체에서의 현실의식과 별개라고 할지 모른다. 그러나 한 주체의 내면이 그렇게 획연히 분할적으로 작동한다는 것은 상식에 어긋난다. 더구나 도학인격의 본령은 일원적 통합성에 있다. 사서史書 저작에서 작용했던 현실의식이 도학문제의 사유에서는 그 작용이 단절되는 내면 시스템을 우리는 상상할 수 없다. 다음으로 도학 자체의 영역에서 보자.

우선 사서四書 중 특히 《대학》에 대해서만 강의를 내었다는 것은 상대적으로 그만큼 더 치심致心·치력致力했음을 뜻한다고 볼 수 있다. 여기에는 물론 다른 요인도 있었을 터이나, 《대학》이란 책이 갖는 성격, 즉 상대적으로 그만큼 더 현실의식을 불러일으키고, 또 현실의식을 가진 정도가 상대적으로 높을수록 더 경사傾斜되게 할 개연성을 가지고 있는 책이란 점과 연결될 수 있을 듯하다. 적어도 책의 분량에 있어 상차相差가 크지 않은 《중용》에 대해서는 별도의 저작을 내지 않은 점에 비추어서는 그러할 수 있다고 본다. 주지하듯이 《중용》은 내용이 매우 형이상학적이어서 이런 점에서 《대학》과 대조되는 책이기 때문이다. 더구나 성헌의 아버지 항재恒齋(익구翊九)가 일찍이 같은 제목 《대학강의大學講義》로 다룬 바 있는 책을 다시 다룰 정도의 특별한 관심에는 한계적이기는 하나 학문의식의 현실지향 성향을 읽을 수 있다고 생각한다.(그렇다고 해서 이를테면 그 정문正文에서 일탈하고 주희의 해석을 단번에 깨트리는 내용이 돌출하기를 기대하는 것은 소박한 생각이다. 또 실은 그렇게 해야 만이 현실의식적인 것도 아니다) 그리고 시대적 대전환의 분류奔流 속에 '사士'의 새로운 자기인식이 요청되는 상황에 연결되는 저작인 〈원사原士〉도 실은 도학적 사유의 틀 위에서 쓰여졌다. 한 가지 더 유의할 만한 사실은 자기 수양을 위해 저작한 도학적 잠명의 표제標題 구성이다. 〈원조십잠元朝十箴〉의 경우 가령 종래의 도학에서 비교적 중시한 '외천畏天' 같이 그 내용이 기본적으로 형이상학적 경계에 관섭關涉될 표제가 제거된 대신에, 〈색色〉·〈식食〉·〈의衣〉·〈화貨〉 같이 매우 실제적인 문제들이 표제로 채택되어 있음을 본다. 이 실제의식이 곧 현실의식의 기초다.

위와 같이 저작의 외적 양상으로 표출된 어떤 경향성은 참고에 유의할 만한 사실은 되나 이것만으로 한 학자의 학문이 가진 사상적 특

9. 성헌 이병희의 도학과 그 현실주의적 지향

성을 규정할 근거로는 물론 못된다. 이제 우리는 성헌의 학문적 주요 견해들을 음미해 보자. 나는 크게 두 가지 갈래로 나누어 접근하고자 한다. 심心이라는 인간의 주재主宰에 대한 견해에 대해서와 치지致知라는 인식에 대한 견해에 대해서가 그것이다.

성헌의 학문적 사색은 심心을 기축基軸으로해서 행해졌다고 해도 과언이 아니다. 그만큼 심의 문제를 중시했다. 물론 세계의 본本은 신身이고, 심心은 바로 이 신身의 주재자라는 도학의 전통적 관점상 어느 도학자에게 있어서라도 자연히 그렇게 될 소지는 얼마든지 있다. 그러나 이 점을 고려하고서도 성헌에게 있어 심心 문제에로의 상대적인 경사傾斜는 확실히 두드러진 데가 있다. 무엇보다 많지 않은 도학 관계 저작에서 특히 〈심동정변心動靜辨〉을 남긴 점이 잘 말해준다.

먼저 심心과 실체상 동일한 것인 '명덕明德'에 대한 논의에 나타난 성헌의 사고의 현실감각을 음미해 보자. 그것은 《대학장구》에서 행한 주희의 논의와 대비하는 데에서 보다 선명하게 포착된다.

주희: 명덕이란 사람이 하늘로부터 얻은 것으로서 허령불매虛靈不昧해서 중리衆理를 갖추고 만사에 응하는 것이다. 다만 기품氣稟에 구니拘泥되고 인욕에 가려진즉 때로 어둑해지는 수가 있기는 하나 그 본체의 밝음은 일찍이 그쳐지지 않는 것이다. 그러므로 배우는 이는 마땅히 그 발하는 바를 인해서 끝까지 밝혀가서 그 당초의 상태를 회복하는 것이다.

首章수장,《大學章句대학장구》, "明德者명덕자, 人之所得乎天인지소득호천, 而虛靈不昧 이허령불매, 以具衆理而應萬事者也이구중리이

응만사자야. 但爲氣稟所拘단위기품소구, 人欲所蔽인욕소폐, 則有時而
昏然즉유시이혼연, 其本體之明기본체지명, 則有未嘗息者즉유미상식
자. 故學者當因其所發而遂明之고학자당인기소발이수명지, 以復其初也
이복기초야.”

성헌: 하늘이 부여한 점에서는 명명明命이라 이르고, 사람이 얻
은 점에서는 명덕明德이라 한다. 덕은 이기理氣를 합하고 체용體用을
포괄한 것이다. 그것이 아직 발하지 않을 때에는 허명통철虛明洞徹
하고 만리萬理가 구비해서 모자라는 바가 없는 것이 명덕의 체體이
자 《중용》의 이른바 천하의 대본大本이다. 그것이 이미 발할 때에는
광명이 구애拘碍없이 나투어 사사물물事事物物에 각기 그 마땅함을
얻게 되는 것은 명덕의 용用이자 즉 《중용》의 이른바 천하의 달도이
다. (중략, 명덕이란 개념 대신에) 유독 성性만을 제시하면 비록 선하
고 악이 없으나 (그런 점에서 명덕과 상통하기는 하나) 성性을 말하
고 기氣를 말하지 않으면 (개념 규정의 근거가 되는 요소들이) 갖추
어지지를 못하게 된다. 심인즉 이기를 겸하고, 게다가 또 선도 있고
악도 있기 때문에 그 이기혼합중理氣混合中 성性의 선함과 심의 영靈
함만을 가리켜 이름하기를 명덕이라 했다. 대개 배우는 이로 하여금
광명정대하고 허령순수한 본체를 체인하여 확충할 줄을 알게 하려해
서다.

〈대학강의大學講義〉,《성집헌省軒集》권卷 10, 天所賦曰明命천소
부왈명명, 人所得曰命德인소득왈명덕, 德是合理氣덕시합리기, 包體用
底物事포체용저물사. 其未發也기미발야, 虛明洞徹허명통철, 萬理具備

만리구비, 無所欠闕者무소흠궐자, 明德之體명덕지체, 而即中庸所謂天 下之大本也이즉중용소위천하지대본야. 其已發也기이미발야, 光明歷 落광명역락, 事事物物사사물물, 各得其宜者각득기의자, 明德之用명덕 지용, 而即中庸所謂天下之達道也이즉중용소위천하지달도야. 然而不 曰性연이불왈성, 不曰心불왈심, 而曰明德者이왈명덕자, 非心性之外비 심성지외, 別有明德也별유명덕야. 特以性특이성, 則雖善無惡즉수선무 악, 而言性不言氣이언성불언기, 則不備즉불비, 心則兼理氣심즉겸이 기, 而却又有善有惡이각우유선유악, 故就他理氣滾合中고취타리기곤 합중, 指出性之善底지출성지선저, 心之靈底심지령저, 名之曰명지왈: 明德명덕. 蓋欲學者體認光明正大개욕학자체인광명정대, 虛靈純粹之本 體허령순수지본체, 而知所擴充之也이지소확충지야.

이 대비에서 중요한 몇 가지 사실을 추출해 내면 다음과 같다.

첫째, 주희는 명덕을 그 자체로서 존재론적 실체로 보고 정의한 데 대하여, 성헌은 당위론적 요청의 시각에서 보아 '성의 선함과 심의 영靈함'의 측면에 즉하여 규정한 것이라 했다. 주희 자신의 이기심성 론의 체계에서 보면 명덕 자체가 그대로 하나의 온전한 실체일 수는 없다. 그러자면 명덕이 심이 아니고 성이어야 한다.

둘째, 주희의 논의에서 명덕과 기품氣稟과는 일종의 기계적 가구架 構 관계로 연결되어 있다. 성헌의 논의에서는 이기 개념까지 정면으 로 도입하고서도 그러한 부자연의 틈이 없이 유기체로서의 심구조心 構造에 적실하게 합치된다.

셋째, 주희는 자신의 철학체계에서 중요한 비중을 가지는 이 명덕 을 이기와 대본·달도와의 연관 체계를 충분히 수립하지 못했다. 그

V. 조선 시대

런데 성헌은 보는 바와 같이 간요簡要·명쾌하면서도 빈틈없이 연관 체계를 제시하고 있다.

주희가 위의 둘째와 셋째의 흠결을 가지게 된 원인은 바로 위의 첫째에서 보는 바 명덕에의 접근 관점의 빗나감에 있고, 성헌의 경우는 그 역이다. 그런데 주희가 첫째에서와 같은 관점으로 명덕에 접근하게 된 근본 원인을 나는 그의 사고의 다분히 경직된 사변성思辨性·격식성에서 찾는다. 이에 대해서 성헌의 사고는 체험적·순리적이었던 것이다. 이 체험적·순리적은 바꾸어 말하면 합현실적合現實的인 것이다. 이것은 사물에 접근하는 사고의 방법상의 합현실성이거니와, 보다 중요하게는 성헌의 학문적 견해에서 이론 내용의 현실 대응성을 파악할 수 있다는 것이다.

〈심동정변心動靜辨〉에서 성헌이 회의하고 부정하고자 한 심동정心動靜에 관한 설은 다음과 같은 것들이다.

> 호문정胡文定: 일어나지도 없어지지도 않는 것이 심心의 체요, 곧 일어나고 곧 없어지는 것이 심心의 용이다. 항상 마음(心)을 잡아 존存하게 되면 비록 하루 사이에 백 번을 일어나고 백 번을 없어져도 마음(심)은 진실로 자약自若하다.

> 〈심동정변心動靜辨〉, 앞의 책 권11, 胡氏曰호씨왈: 不起不滅불기불멸, 心之體심지체, 方起方滅방기방멸, 心之用심지용, 能常操而存능상조이존, 則雖一日之間百起不滅즉수일일지간백기불멸, 而心固自若이심고자약.

범란계范蘭溪: 마음(심)이 비록 동動하지 않는 때가 없다고 하더라도 이른바 지극히 정靜한 것이 있다. 저 (사람의) 내면에서 어지러이 일어나는 것들은 부념浮念일 뿐이요, 사사邪思일 뿐이오, 외물이 (감각 기관에) 접촉하여 끌어당겼을 따름이다. 비록 온갖 사려가 어지럽더라도 이른바 지극히 정靜한 것은 진실로 자약하다. 사람이 능히 마음을 잡을 길을 알면 마음이 존存하게 된다.

앞의 책 같은 곳, 蘭溪范氏曰난계범씨왈: 學者必先存心학자필선존심 (中略중략) 雖未嘗不動也수미상부동야, 有所至靜유소지정. 彼紛紜于中者피분운우중자, 浮念耳부념이, 邪思耳사사이, 物交而引之耳물교이인지이. 雖百慮煩擾수백려번요, 而所謂至靜者이소위지정자, 固自若也고자약야. 人能知所以操之인능지소이조지, 則心存矣즉심존의.

주희(초년初年): 비록 하루 사이에 항상 일어나고 항상 없어져도 그 적연寂然한 본체는 일찍이 적연하지 아니한 적이 없다.

앞의 책 같은 곳, 朱子曰주자왈) 雖一日之間수일일지간, 常起常減상기상멸, 而其寂然之本體이기적연지본체, 則不嘗不寂然也즉불상부적연야.

성헌이 끝내 추구하여 확인, 긍정한 주희의 설은 다음과 같다.

성性이 정靜한 상태에서도 동動하지 아니하지 못하고, 정情이 동動하는 상태에서도 반드시 절도節度가 있으니, 이것인즉 마음이 적연감통寂然感通하며 주류周流 관철해서 체용이 처음부터 서로 분리되지 않는 것이다. (중략) 바야흐로 마음을 존양存養할 때 사려가 아직 싹트지 않았으나 지각은 어둡지 아니하니, 이것은 정중지동靜中之動이오, (마음이 발해) 성찰하기에 미쳐서 사물이 어지럽되 품절品節이 어긋나지 아니하니, 이것은 동중지정動中之靜이다. 그리고 정중지동靜中之動이 있으므로 감感하되 일찍이 적연하지 아니치 아니하고, 적연하되 항상 감感하며, 감感하되 항상 적연하다. 이래서 이 마음이 주류 관철해서 일식一息도 불인不仁한 적이 없게 된다.

앞의 책 같은 곳, (朱子曰주자왈) 性之靜也성지정야, 而不能不動이불능부동, 情之動也정지동야, 而必有節焉잊칠유절언. 則心之所以寂然感通즉심지소이적연감통, 周流貫徹풍류관철, 而體用未始相離者也이체용미상리자야. (中略중략) 方其存也방기존야, 思慮未萌사려미맹, 而知覺不昧이지각불매, 是則靜中之動시즉정중지동. 及其察也급기찰야, 事物紛糾사물분규, 而品節不差이품절하차, 是則動中之靜시즉동중지정. (中略중략) 是以感而未嘗不寂시이감이미상부적, 寂而常感적이상감, 感而常寂감이상적, 此心之周流貫徹차심지주류관철, 而無一息之不仁也이무일식지불인야.

심心에 관한, 성헌이 부정하고자 하는 송유宋儒들의 설은 한 마디로 불교의 진여일심관眞如一心觀의 잔재殘滓다. 진여일심과 그로부터 생멸하는 현상現象을 흔히 바다와 파도의 관계로 비유되어 말해지곤 하는데, 송유들은 곧 이 비유를 가져다가 자신들의 심동정관心動靜觀으로 대체했던 것이다. 이는 초년에 대개 불교사상에 몰입한 전력을 가진,

또는 불교사상의 영향 아래에 성리학이 성립되는 데에 따른, 있을 수 있는 현상이었다. 성헌이 이러한 심동정관을 부정한 것은 그 소종래가 어디이든 상관이 없이 세계나 심心의 저면底面에 형이상학적인 부동不動의 경역境域이 있다는 것은 자신의 체험적 사색이 용납을 하지 않아서 그랬던 것이다. 그래서 성헌은 동과 정 또는 적과 감이 변증법적으로 상호 함섭涵攝하여 정(적)의 상태에는 그 안에 동(감)의 계기가 잠재해 있고, 동(감)의 상태에서는 스스로 질서를 함유하도록 제약하는 근거로서의 정(적)이 있다는 내용의 주희의 만년의 설을 찾아 확인하고는 이것을 자신의 지론으로 확정했던 것이다. 그런데 이 심에서의 동·정의 대립인소들의 변증법적 함섭涵攝으로서의 운동의 구조는 현실세계의 운동의 구조에 대응성을 가진다는 데에 우리는 유의할 필요가 있다. 변수를 만나기에 따라서는 현실주의적인 지평으로 열릴 잠재 가능을 충분히 함유하고 있겠기 때문이다.

심心의 이 변증법적 기제에 대한 성헌의 사색은 가위 집요하다 할 만하다. 성헌은 옥계노씨玉溪盧氏가 주희가 심心의 성상性相으로 말한 '허령불매' 중의 '허령' 2자를 '적감'에 분속시킨 것을 비판, 마음이 적寂할 때라고 해서 어찌 일찍이 영靈하지 않겠으며, 감感할 때라고 해서 어찌 일찍이 허虛하지 않겠느냐고 하여 적寂과 영靈, 감感과 허虛를 상호 함섭 관계로 규정하기도 했다.(《대학강의大學講義》,《성헌집省軒集》권10, "玉溪盧氏以虛靈二字옥계노씨이허령이자, 分屬寂感분속적감. 然寂時何嘗不靈연적시하상불령, 而感時何嘗不虛乎이감시하상불허호.") 그리고 나아가 주희가 동은 정에 힘입음이 있지만, 정은 동에 힘입음이 없다고 한 명제에 대해서 주희 자신의 언설 중에서 이 명제의 내용을 역시 동·정호섭互攝 관계로 수정할 수 있는 근거들 — 이를테면 "동한 때에 정이 문득 그 안에 있으므로 순리로 응하면 비록 동하나 또한 정이다"라고 한 것 등을 찾아내어 마침내 수정하기에 도달하였다.(〈상곽사수선생上郭 使守先生〉 별지別紙 , 앞의 책 권2, "動時靜便在這裏동시정변재저리, 順理而應순리 이응, 則雖動亦靜也즉수역정야.") 그래서 곽면우郭勉宇로부터 "체험이 진절 眞切하지 않으면 어찌 이런 설을 낼 수 있으리오. 참으로 경복傾服해 마지않소"(앞의 책 같은 곳, "如非體驗眞切여비체험진절, 曷能有此說갈능유차설, 不任傾日及之至불임경일급지지.")라는 감탄을 불러일으키게도 했다.

'치지致知', 즉 지식의 문제에 대한 성헌의 견해는 지 · 행 두 범주 의 양진兩進을 전제로 하되 특히 지를 중시하는 경향을 가지고 있다. 즉 "먼저 학문사변의 공부를 극진히 해야 지 · 행 양진兩進이 될 수 있 다"(앞의 책 권5, "先致學問思辨之工선치학문사변지공, 然後知行兩進연후지행양 진.")고 하였다. 그리고 '치지재격물致知在格物' 문제에 대한, 논리가 잘 조직된 다음의 강의는 우리의 깊은 음미를 요구한다.

    (나의 앎을 인因해서) 지식을 미루어 극진히 한다는 것은 또 공
    허한 데로 마음을 달려 그윽하고 현묘한 것을 알기를 추구하는 것을
    두고 이른 것이 아니다. 반드시 실제 사물 위에서 먼저 그 소당연자
    所當然者를 알고, 또 그 소이연자所以然者를 알아야 한다. 대개 소당
    연자는 사물의 준칙이다. 이를테면 군君의 인仁, 신臣의 경敬, 부父
    의 자慈, 자子의 효孝와, 귀의 밝음, 눈의 밝음의 류가 그것이다. 所
    以然者는 물物의 이理다. 이를테면 군君은 왜 어질어야 하는가? 군君
    이란 하늘을 대신해서 백성을 다스리는 자다. 백성을 다스림은 백성
    을 사랑함보다 먼저 할 것이 없으니, 애愛란 인仁의 용용用이다. 하늘

이 군君으로 내세운 것은 그 인仁이 족히 백성을 사랑할 만하기 때문이다. 그러나 그 인애仁愛의 방식에는 또 허다한 곡절들이 있다. 반드시 십분 충분히 궁구하고 난 뒤에야 다시 다른 한 사물을 궁구한다. 궁구한 것이 더욱 많아지게 되면 나의 지知가 날로 더욱 넓어져서 쌓음이 오랜 나머지에 반드시 활연관통豁然貫通하게 됨이 있게 될 것이다.

〈대학강의大學講義〉, 앞의 책 권10, 其所以推極之者기소이추극지자, 又非馳心空虛우비치심공허, 以求識其窈冥玄妙之謂也이구식기요명현묘지위야. 必須於事物上理論필수어사물상이론, 先識其所當然者선식기소당연자, 又識其所以然者우식기소이연자. 蓋所當然者개소당연자, 物之則也물지즉야. 如君之仁여군지인, 臣之敬신지경, 父之慈부지자, 子之孝자지효, 與夫耳之聰여부이지총, 目之明之類목지명지류, 是也시야. 所以然者소이연자, 物之理也물지리야. 如君何故仁여군하고인? 君者所以代天理民者也군자소이대천이민자야. 理民莫先於愛民이민막선어애민, 而愛者이애자, 仁之用也인지용야. 天之所以作之君者천지소이작지군자, 爲其仁足以愛民也위기인족이애민야. 然其仁愛之道연기인애지도, 又有許多曲折우유허다곡절, 必須窮得盡十分盡頭필수궁득진십분진두, 然後又格一物연후우격일물. 至於格之愈多지어격지유다, 則吾知日廣즉오지일광, 而積之之久이적지지구, 必有豁然貫通者돗필유활연관통자의.

성헌의 이 논설의 함의를 석명釋明해 보면 대략 다음과 같은 내용이 될 것이다.

첫째, 지식은 체험되는 실제에서 현실성을 갖는 근거에 의하여 추구되어야 한다는 것이다. 곧 공허한 데로 마음을 달려 그윽하고 현묘한 것을 알기를 추구하는 것을 두고 이른 것이 아니다는 말의 함의다.

둘째, 지식하는 과정에서의 첫 착목著目은 소당연자 즉 당위준칙當爲準則에서 시작하여 당위준칙을 먼저 알고, 그리고 그 당위준칙에 연관되는 소이연자 즉 존재규칙存在規則을 알아 가야 한다는 것이다.

셋째, 소이연자 즉 존재규칙의 추구는 연쇄적인 인과논리로 진행되어야 한다는 것이다. 곧 군君은 왜 어질어야 하는가 하는 소이연적 문제 제기로부터 인애仁愛의 방식의 허다한 곡절에 이르기까지가 그것이다. 여기에서 우리는 성헌은 주체가 세계를 지식知識하는 합리한 방법으로 각 명제별 인과연쇄적 체계를 생각하고 있음을 알 수 있다.

넷째, 위 셋째에서의 그 각 명제별 인과연쇄적 체계로 지식知識해 가서 이 양量의 축적이 일정 단계에 이르면 마침내 비약적으로 세계에의 온전한 인식에 도달한다는 것이다. 이른바 활연관통의 함의는 실은 이렇게 과학성을 갖고 있다.

존재론과 당위론의 합치적合致的 사고라는 도학적 사고의 기본틀 위에서이기는 하지만, 성헌이 조직하여 제시한 이 인식의 방법에는 특히 그 형식적인 측면에서 현실의 세계에 대하여 강한 침투력을 함축하고 있음을 읽을 수 있다. '치지재격물致知在格物'의 명제에 대한 성헌의 강의講義가 함축하고 있는 이러한 의미를 이해했을 때 우리는 비로소 성헌이 왜 굳이 주희의 보망장補亡章의 '즉범천하지물卽凡天下之物'에 대해서 따로 장章을 마련하여 "이 물物자의 포괄하는 바는 매우 넓다. 태극·성명의 근원, 음양·조화의 단서, 이목백해耳目百骸의 생리, 인륜일용의 상도常道, 풍우상로風雨霜露의 변화, 초목곤충의 미물, 고금치란의 연유, 인물 현부賢否의 실상, 의복중기醫卜衆技의 치治 등 어느 것 하나 이 물物에 해당되지 않는 것이 없다"(앞의 책 같은 곳, "此物字所該甚廣 차물자소해심광, 如太極性命之原여태극성명지원, 陰陽造化之端음양조화지단, 耳目百骸之則이목백해지즉, 人倫日用之常인륜일용지상, 風雨霜露之變풍우상로지변, 草木昆蟲之微초목곤충지미, 古今治亂之由고금치란지유, 人物賢否之實인물현부지실, 醫卜衆技之治의복중기지치, 無一不在其中무일부재기중.")고 하여, 세계의 실제에 대하여 보다 더 확장된 시각을 갖도록 했는지를 알 것이다. 요컨대 이러저러한 제약과 한계 속에서도 성헌의 지식 논의 역시 현실주의적 비전에 지향된 성향을 함축하고 있음을 확인하게 된다.

4)

이 작은 시론은 도학은 그 자체대로 역사의 변화에 대응하여 아무런 태변蛻變의 조짐도 과연 없었는가 하는 평소의 의문을 성헌의 경우를 통해 그 일단을 검증해 보고자 한 것이다. 그 결과 우리는 한계적이기는 하지만 현실주의적 성향의 조짐들을 포착할 수 있었다. 그러나 성헌에게서 잡혀지는 이러한 성향이 갖는 사상사적 의미나 성격에 대한 구체적 규정은 일단 유보하는 것이 옳은 것 같다. 여기에 연계된 다른 경우의 성과들을 보지 못했기 때문이다. 다만 여기서 분명히 말할 수 있는 것은 성헌의 학문적 성과가 이상에서 검증된 특성으로 해서건, 또는 다른 어떤 가능성으로 해서건 우리의 소중한 한 정신유산의 일부임에는 이의가 없다는 것이다. 가령 성헌이 매우 집착했던 문제였던 심心의 동정 문제는 오늘날 우리들의 삶 또는 이 시대의 문명에 중요한 반성적 계기를 제공해 주는 문제이기도 한 것이다. 즉 간단히 말하면 오늘날 우리들의 삶, 또는 문명은 동動 일방향의 그것이라고 할 수 있다. 더구나 욕慾으로 추동推動되어 동動 일방향으로 굴러가고 있는 삶 또는 문명이 위태롭고 불안스럽다는 것은 이미 널리 인식된 바다. 그런데 그 대안은 명료하다. 우리들의 삶과 문명 속에 정靜의 인소를 함유해가도록 해야 한다는 것이다. 그리고 그것은 개개인의 마음의 운용으로부터 실행될 문제다. 이런 점에서 도학은 오늘날 우리들에게 있어 지나간 유산으로 있는 것이 아니다. 살아 있어야 할 예지다.

(《성헌 · 퇴수재양선생추모발표회省軒 · 退修齋兩先生追慕發表會》, 1998.)

10. 지훈시芝薰詩에 있어서의 한시漢詩 전통

1)

　지훈시芝薰詩에 있어서의 한시漢詩 전통의 수용은 진작부터 널리 인지되어 왔다. 그러나 그 인지된 정도에 비추어서는 정작 그 구체적인 실상이 그리 잘 밝혀져 있는 것 같지는 않다. 물론 그동안 지훈芝薰과 그의 시詩에 대한 논의의 성과에는 직접적으로든 간접적으로든 이 문제와 관련된 부분이 포함되어 있어 다소의 해명은 이루어져 있는 셈이다. 그러나 이 문제는 지훈과 그의 시의 본령적인 곳에 관련되어 있고, 한시전통의 현대문학에서의 행방 및 그 가능과 한계라는 문학사적, 비평적인 문제와도 관련되어 있어, 그 문제성의 비중이 그리 가볍지가 않아 그 정도로 지나쳐도 좋을 것으로는 보이지 않는다. 실상 이 문제는 그 자체로서 정면으로 거론된 적도 아직 없는 것으로 보인다.

　보다 다면적이고 정치한 해명이 앞으로 이루어지기를 기대하면서 여기서는 지훈의 한시고漢詩稿《유수집流水集》에 접함을 계기로 조략粗略하나마 몇 가지 생각을 피력해보고자 한다.

2)

　먼저 지훈의 한시 수용의 배경을 이해할 필요가 있을 것 같다. 지훈은 주지하듯이 그 인격과 교양의 원초적인 바탕이 '선비'적이요 '한문漢文'적이다. 따라서 그가 한시 전통을 그의 시에 수용할 수 있었던 것은 이러한 그의 바탕, 특히 한시를 능히 창작할 수 있을 정도

V. 조선 시대

의 그 방면의 소양에 힘입은 것은 말할 것도 없다. 그러나 그의 한시 수용은 이러한 소양을 이용한 도락적道樂的 시험도 아니요, 더구나 모종의 시적 시도의 실패를 예견한 데서 온, 소양에의 안이한 주저앉음도 아니다. 흔히 그의 다양한 시적 모색의 역정이 다분히 참담한 방황의 연속으로만 이해되고 있는데, 여기에 연결되어 그의 한시 수용도 마치 그의 시적 패퇴敗退의 한 자취로 오해될 가능성이 있을 뿐만 아니라 실제로 그러한 경향이 없지 않기에 하는 말이다. '방황'으로 표현되고 있는 그의 시적 모색에 대해서도 그 자신 일찍이 "방황하는 시정신詩精神 그것은 방황이 아니다"(《서창집西窓集》)라고 언표言表한 적이 있어, 적어도 그의 이런 생각을 고려에 넣고 이해해야 할 것이다.)

지훈이 한시전통에 근거한 작품을 실제로 쓰기 시작한 것은 1941년 그가 오대산 월정사月精寺에 들어가서부터이나, 그 전년 1940년 7월 동아일보에 발표한, 시에 관한 수상록隨想錄인 《서창집西窓集》(역 일시론亦一詩論)에 다음과 같은 그의 소견이 천명되어 있다.

논과 밭 속에 전신주가 서고, 호롱불 대신에 램프 전등이 들어왔다 해서 시가 기계문명의 노예와 도구가 될 수 있는가. 과학이 가져온 것만이 시의 소재요, 우리는 자신 전통의 살림을 어느 가축이 쓰던 것처럼 천시해야만 당연히 이 시대에 뽐낼 수 있는 시인이 되는 것인가. 모더니즘의 시인들은 시대에 따라서 시를 쓴다고 하나, 시인이 시대를 따르는 것이 아니요, 시인이 곧 시대인 것을 자각해야 할 때도 이때이리라.

"低聲暗問想否저성암문상사부, 手整金釵少點頭수정금차소점두."

여기에 동양의 수법이 있다. 서양의 시인은 이렇게 쓰지는 않았을 것이다. 저도 당신을 사랑했어요, 한 시時도 잊을 수 없어요 하고 빨간 입술을 내밀었을 것이다. 정숙은 동양의 미덕. 정숙이란 원래 습속의 범위 안에서 쓰여질 말이므로 어느 것이 낫다는 것은 별문제로 하고라도 표현방법에 있어서도 동양의 수법은 신비롭다.

도잠陶潛, 이두李杜, 동파東坡, 백락천白樂天을 주로 한 시詩의 세계, 나아가 다시 조선의 노래, 동양의 하늘에 빛나는 광망光芒. 우리의 고향으로 돌아오지 않으렵니까. 남화南華, 금강金剛, 시경詩經에 칠보장엄七寶莊嚴한 화엄華嚴의 세계.

위의 인용을 종합해 보면 현대의 기계문명을 구가하는 모더니즘 및 이것이 대표하는 서구주의西歐主義 일변적一邊的 취향에 대한 반성·반발과 이와 표리관계를 이루는 동양의 재발견 의욕이 그의 시인으로서의 자아로 하여금 한시 전통 내지는 동양의 문화전통을 적극 의식하게 만들었던 것이다. 여기서 지훈이 의식한 한시전통이나 동양의 문화전통은 본래 중국의 것이거나, 또는 중국화中國化한 것(불교의 경우)으로, 엄격히는 순전히 우리 자신의 것과는 구별이 될지 모른다. 그러나 이들 전통은 역사적으로 엄연히 공유해 와서 이미 충분히 우리화되어 있어 온 것으로서, 더구나 서구라는 저쪽의 문화권과 대립관계에 놓일 때는 '우리의 전통'으로 의식할 만한 것이다. 한시전통에 의한 지훈의 새로운 시적 모색은 결국 가장 우리적이라 할 만한 것의 성공적인 구현인, 자편自編한 《조지훈시선趙芝薰詩選》의 분류 중 〈고풍의상古風衣裳〉 세계의 연장, 또는 확충으로서의 의미를 가진 것이다. 적어도 문제의식상으로는 그러하다. 시력상詩歷上으로도 〈고풍의상〉 바로 다음 자리에서 시작된 것은 우연이 아니다.

여기에 곁들여 기간既刊 《조지훈전집趙芝薰全集》에 미처 수록되지 못한 그의 한시고漢詩稿 《유수집》을 잠시 소개할 필요를 느낀다.

《유수집》은 해방 전후로 짐작되는 시기에 지훈 자신의 손에 의해 정리된 것으로 모두 36편의 자작 한시를 모은 시고詩稿이다. 이 가운데 3편은 해방 이후에 지어진 것을 추록한 것이고, 나머지는 모두 해방 전, 주로 1941~44년 사이에 씌어진 것들이다. '습작習作'이란 단서가 붙어 있고, 양적으로 얼마 되지는 않으나 그의 한시에 대한 소양을 엿보기에 족한 자료다.

특히 우리의 관심을 끄는 것은 이 《유수집》이 이루어지던 시기가 바로 그가 한시전통에 눈을 돌려 새로운 작품세계를 보여준 《조지훈 시선》의 분류 중 《달밤》과 《산우집山雨集》의 일련의 작품이 씌어지던 시기와 일치되고 있는 점이다. 즉 그가 당시 스스로 창작에 의해 한시 자체를 깊숙이 체험해 가면서 새로운 작품세계의 정립에 몰두했던 것을 말해 준다. 그중의 두세 편은 그의 당시 국문시의 남본藍本이 된 것도 있다. 《유수집》은 그러니까 한시전통을 그의 시로 옮겨 들이는 실험적 매체였던 셈이다.

3)

지훈이 한시전통에 접근하여 새로운 시경詩境을 열어 보인 것은 위에서 지적되었듯이 주로 《조지훈시선》의 분류 중 〈달밤〉과 〈산우집〉에 속해 있는 일련의 작품에서다. 시기적으로는 주로 1941~43년 사이, 그의 생애로는 오대산 월정사 시절과 경주순례慶州巡禮 전후, 그리고 그 뒤의 낙향기에 해당한다. 물론 그 뒤에도 산발적으로, 또는 단편적으로 한시적 요소가 개입된 작품이 없는 것은 아니나, 그의 시력詩歷上 한 시기를 그을 만한 것은 역시 위의 경우다.

막연히 한시전통이라 써 왔지만, 여기서 일일이 제시할 수는 없으나 한시전통이 물론 단일한 것은 아니다. 시의 방법과 정신에 따라 일정하게 유별되어지는 것이다. 지훈의 한시수용은 이 유별에 어느만큼은 대응되고 있어 비교적 폭넓은 수용이라 할 만하다.

〈달밤〉에서 비교적 뚜렷하게 한시적인 시경을 보여 주는 작품으로는 〈산山1〉·〈산山2〉·〈고사古寺1〉·〈고사古寺2〉·〈산방山房〉을 들 수 있다. 이들 작품들은 방법의 측면에서는 발상의 단순화, 정신의 측면에서는 자연에의 관조라는, 한시의 가장 한시다운 특징을 이어받고 있다. 시인의 주관적인 정서의 노출을 최대한 절제하고 투명한 서경敍景으로 선미禪味가 도는 자연의 한순간을 포착함으로써 시인 내면의 객관적 대응체對應體를 구성해 보여주는 것은 한시전통의 가장 정채 있는 국면이라 할 만한데, 지훈의 위의 시들은 그런 국면을 대체로 성공적으로 보여 주고 있다.

목어木魚를 두드리다
졸음에 겨워

고오운 상좌아이도
잠이 들었다.

부처님은 말이 없어
웃으시는데

서역西域 만리萬里길

눈부신 노을 아래
모란이 진다.

　흔히 인용되고 있는 〈고사古寺1〉이다. '목어木魚'도 '상좌아이'도 '부처님'도 모두 자연 그 자체화되어 선적禪的인 정적靜寂의 시경을 구현해 주고 있다. 이런 경우 한시에서는 주로 절구絶句를 택함으로써 고도의 언어 절제를 통해 이른바 "말은 다함이 있으되 뜻은 궁진함이 없다(言有盡而意無窮언유진이의무궁)"라는, 시적 함축과 여운의 공간을 최대한 확보하려는 것이 일반적인 경향이다. 〈고사古寺1〉의 시적 성공의 기틀도 바로 이 점에 있다고 할 것이다. 〈산山1〉·〈산山2〉도 대체로 이와 비슷한데, 특히 '진달래 꽃가지엔 / 바람이 돈다'와 '사르르 감기는 / 바람 소리'라는 전이자前二者의 끝 연은 '모란이 진다'라는 〈고사古寺1〉의 끝 연과 함께 자연의 미세한 움직임을 포착하여 선적인 정적 포착의 마지막 매듭을 삼은 것으로 한시 절구의 끝 행이 노리는 효과 바로 그것의 성공적인 획득이다.
　한시적 시경詩境의 우리말로서의 창조적 재정립이라는 기본적인 시도에 있어서는 〈고사古寺2〉도 대체로 성공적이라 할 만하나, 다만 〈산방山房〉의 경우는 다분히 실패적이다.

닫힌 사림에
꽃잎이 떨리노니

구름에 싸인 집이
물소리도 스미노라.

단비 맞고 난초잎은 새삼 치운데

볕바른 미닫이를
꿀벌이 스쳐 간다.

바위는 제자리에
움찍 않노니

푸른 이끼 입음이
자랑스러라.

아스럼 흔들리는
소소리바람

고사리 새순이
도르르 말린다.

〈산방山房〉이 실패한 원인은 먼저 한시에서 중시하는, 표현과 구성에 있어서의 허실虛實의 안배를 적절히 못 한 점을 들 수 있다. 즉 지나치게 실實쪽으로 편중되어 있어 부분적으로는 그리 실패적이라 할수 없는 표현들-섬세하고 때로는 참신하게도 묘사된 자연의 이미지들이 전체적인 구성 속에서는 그 생기를 발휘할 시적 공간(여백)을 얻지 못하고 있다. 이렇게 부분들이 생기를 발휘할 수 없게 되자 한시의 율시律詩(오언율시五言律詩쯤 일 것이다)를 의식하고 구성한 정형적定型的인 틀에서 오는 상투성이 두드러지게 된 것이다. 그리고 앞의 원인과 무관하지 않은 것으로 선적인 정적을 포착하려는 의도였음에도불구하고 언어를, 또는 이미지를 지나치게 낭비한 것을 들 수 있다.

　위의 〈달밤〉의 시편들은 공통적으로 선적인 의경을 추구하고 있다. 그래서 혹은 한시의 전통과는 직접적인 상관이 없다 할지 모른다. 그러나 지훈이 선禪을 받아들인 것은 주로 한시를 통해서였다. 다시 말하면 한시화漢詩化된 선禪을 그는 특히 애호했던 것으로 안다. 〈달밤〉이 씌어지던 월정사月精寺 시절에 그는 〈선문념송禪門拈頌〉·〈금강경오가해金剛經五家解〉·〈한산시寒山詩〉와 그리고 당시唐詩를 탐독했다고 했다(〈나의 역정歷程〉). 전삼자前三者는 선시禪詩 즉 시화詩化된 선禪을 실은 책들이고, 당시唐詩에도 왕유王維를 위시한 선적인 시는 많다.

　또 혹은 지훈의 이러한 한시적 양식에 의한 자연에의 선적인 관조가 전통의 단순 재생산으로서 그저 시대착오적인 음풍농월吟風弄月 정도로 알려고 들지 모른다. 실제로 그러한 편견이 있기조차 하다. 그러나 방법의 면에서는 한문漢文과 우리말과의 표기체계의 간격, 그리고 정형定型과 비정형非定型과의 간격을 통과해오는 과정이 있기 때문에 문자 그대로의 단순 재생산에는 빠지지 않을 보장이 최소한이기는 하지만 일단 있다. 여기에서 한 걸음만 나서면 정도의 차이야 얼마든지 있겠지만 '창조적 계승'에 값할 만한 가능성은 전망된다. 위의 〈달밤〉의 시편의 경우 한계는 자재하지만 위에서 살펴본 바대로 한시 전통의 우리말 시로의 재정립에 성공적이라 해도 좋을 것 같다.

그리고 자연에의 선적인 관조라는 정신의 면에 대해서는 김흥규金興圭 교수의 바른 해명(〈조지훈趙芝薰의 시세계詩世界〉, 《심상心象》 5-2)이 있었기에 여기서는 췌언하지 않는다.

《산우집山雨集》에서 한시와 관련하여 생각해볼 만한 작품으로는 〈파초우芭蕉雨〉·〈낙화落花1〉·〈낙화落花2〉·〈완화삼玩花衫〉·〈계림애창鷄林哀唱〉·〈의누취적倚樓吹笛〉·〈송행送行1〉을 들 수 있다. 지훈 자신의 지적대로 이들 시편들은 대체로 한만閑漫한 동양적 정서에 대한 향수를 배경으로 하고 있다(《조지훈시선》 후기後記). 좀 더 구체적으로 지적하자면 방랑放浪의 정서, 애수哀愁, 회고懷古 등이다. 따라서 〈달밤〉의 경우와는 사뭇 다른 시적 경지로 한시전통과 연결되어 있다. 특히 〈낙화1·2〉와 〈계림애창〉을 제외한 여타 작품들은 타작他作·자작自作의 특정 한시와 직접 연관을 가지고 있어 여기서는 이 점을 중심으로 살펴본다.

〈파초우〉는 이백李白의 〈독좌경정산獨坐敬亭山〉에서 발상해온 작품이다.

> 뭇 새들 높이 날아가고,
> 외론 구름만이 한가로이 가네.
> 서로 바라봄에 싫증 나지 않는 건,
> 단지 경정산이 있을 뿐.

衆鳥高飛盡중조고비진,

孤雲獨去閑고운독거한,

相看兩不厭상간양불염,

只有敬亭山지유경정산.

이백의 이 시는 보다시피 매우 관조적觀照的이다. 오히려 지훈이 〈달밤〉에서 추구하던 작품세계와 상통하고 있다. 그러나 지훈의 〈파초우〉(1942)는 이와는 사뭇 다르게 발전되어 있다.

외로이 흘러간 한송이 구름
이 밤을 어디에서 쉬리라던고.

성긴 빗방울
파초잎에 후두기는 저녁 어스름

창 열고 푸른 산과
마조 앉아라.

들어도 싫지 않은 물소리기에
날마다 바라도 그리운 산아

온 아츰 나의 꿈을 스쳐간 구름
이 밤을 어디메서 쉬리라던고.

이백의 대상對象에 대한 관조적인 시경이 여기에서는 그리움과 움직이려는 방랑의 정서를 내용으로 한 자기표현 쪽으로 변이되면서 형식도 오언절구五言絶句와는 먼 거리에 있게 된 것이다. "외로이 흘러간 한송이 구름", "창 열고 푸른 산과 / 마조 앉아라", "날마다 바라도 그리운 산아"에만 이백의 시와 연결될 근거가 있을 뿐, 실은 발상을 준 시와는 거의 무관하다시피 되어 있다. 이백의 관조적인 시가 지훈에게서 이런 모습으로 변용되어 나타난 것은 월정사에서의 침잠沈潛의 생활 이후 일종의 인생의 방랑기에 처하여, 본래 유전流轉의 세계관世界觀을 가졌던 터에, 의식조차 방랑적이 되었던 당시 지훈 자신의 외적·내적 정황에 대응된, 그의 한시 수용의 자세 또는 방황의 변이를 말해 준다. 이 〈파초우〉의 경우에서뿐만 아니라 이 시기의 그의 한시 수용은 대체로 대상에의 관조보다 자기표현 쪽에 치중되어 있고, 〈달밤〉의 경우에 비해 어떤 각도에서는 보다 전진적으로 변용이 가해져 있어, 그의 한시수용 제2기라 부를 만하다.

〈파초우〉와 같은 해에 씌어진 〈완화삼玩花衫〉의 경우도 위의 설명에서 크게 다르지 않다.

> 차운산 바위 우에 하늘은 멀어
> 산새가 구슬피 울음 운다.
>
> 구름 흘러가는
> 물길은 칠백리七百里
>
> 나그네 긴 소매 꽃잎에 젖어

술 익는 강마을의 저녁노을이여.

이 밤 자면 저 마을에
꽃은 지리라.

다정하고 한 많음도 병이냥하여
달빛 아래 고요히 흔들리며 가노니……

이 작품의 남본藍本이 된 지훈의 자작 한시는 〈여회旅懷〉라 제목 되어 있는 다음과 같은 시다.

온 세상 봄빛에 제비는 돌아오고,
구름 같고 물 같은 심성으로 사립문 열었지.
이끼 낀 길의 돌 차운 산의 비,
술 익는 강마을에 따뜻한 저녁놀.
객창의 사위어 가는 촛불에 고금을 생각하고,
고국의 남은 터에 시비를 논하네.
한 많고 정 많음도 병이 되니,
꽃과 달 아끼고 사랑하여 옷을 떨치고 떠나네.

(千里春光燕子歸천리춘광연자귀,)
(雲心水性動柴扉운심수성동시비.)
苔封路石寒山雨태봉로석한산우,
酒熟江村暖夕暉주숙강촌난석휘.

客窓殘燭思今古객창잔촉사금고,
故國遺墟論是非고국유허론시비.
多恨多情仍爲病다한다정잉위병,
惜花愛月拂征衣석화애월불정의.

※ ( )안은 지훈이 후일 수정할 생각으로 일단 지워 놓은 부분이다.

두 시가 다 방랑의 정서, 나그네의 정한情恨을 내용으로 하고 있다. 그러나 대조에서 명확히 드러나듯이 〈완화삼玩花衫〉이 〈여회旅懷〉의 단순한 번역은 아니다. 다만 "술 익는 강마을의 저녁놀 따뜻하네酒熟江村暖夕暉주숙강촌난석휘"와 "다정하고 한 많음도 병인 양하여多恨多情仍爲病다한다정잉위병"만이 번역에 해당할 뿐 전체적으로는 남본藍本이 된 시의 의도와 정서에서 떠나지 않으면서 아주 새롭게 구성된 시다. 김춘동金春東 교수의 〈완화삼玩花衫〉의 한역漢譯을 보면 〈여회旅懷〉에서 〈완화삼玩花衫〉으로 옮겨 가는 과정에 얼마만 한 창조적 변용이 있었는가가 웅변될 것이다.

寒山寥落天遠大한산요락천원대,
山鳥鳴兮如喚愁산조명혜여환수.

花露霑客袂화로점객몌,
雲飛水與流운비수여류.

濁醪新熟江上村탁료신숙강상촌,

296

村容渲入夕陽霞촌용선입석양하.

江上村經此夜강상촌경차야,
花應落樹乂牙화응락수예아.

有情原是累유정원시루,
多恨還爲病다한환위병.

心搖搖兮行復止심요요혜행부지,
天涯獨有孤月映천애독유고월영.

　　번역자의 취향에도 다소는 관계되겠지만 칠언율시七言律詩에서 출
발된 시가 칠언·오언·육언이 혼용된 장단구長短句로 되돌아왔다.
이 밖에는 원시(《완화삼玩花衫》)를 죽이지 않고 옮길 수가 달리 없었기
때문이다. 한시수용 2기에서 지훈이 대담한 변용을 시도했음을 여기
에서 알 수 있다.

　　다음 〈의루취적倚樓吹笛〉과 〈송행送行1〉의 남본이 된 자작 한시는
참고를 위해 여기에 그 전편을 제시만 해 둔다.

　　　〈용화동천청두견龍化洞天聽杜鵑〉

　　나는 어찌하여 깊은 골짜기에 외로이 메여,
　　삼경의 새벽달 아래 난간에 기대어 있나.
　　아득한 우주 사람들 모두 취했고,

적막한 천지 새가 함께 탄식하네.

구름 빛과 그림자 마음과 어울려 깨끗하고,

꽃 비와 바람 눈물 속에 들어와 붉네.

강호에 떨어진 혼백은 한도 많아라,

누에 기대어 부는 피리에 별빛은 가물가물.

我何窮谷繫孤鞍아하궁곡계고안,

曉月三更倚欄干효월삼경의난간.

宇宙茫茫人共醉우주망망인공취,

乾坤寂寂鳥同歎건곤적적조동탄.

雲光雲影和心潔운광운영화심결,

花雨花風入淚丹.화우화풍입루단.

落魄江湖多少恨낙백강호다소한,

倚樓長笛一星殘의루장적일성잔.

〈송인送人〉

그대 보낸 푸른 산길에,

온 산 가득 꽃잎은 날리누나.

가고 감에 백일白日은 저무니,

응당 옷 떨치고 떠나온 것 후회하지 않으랴.

送子靑山路송자청산로,

滿山花政飛만산화정비.

V. 조선 시대

行行白日暮행행백일모,

應悔振衣非응회진의비.

　위의 시 가운데 후자는 거의 번역에 가깝게 〈송행送行1〉로 재현되었음을 밝혀 둔다. 다만 이 소품小品은 지훈이 작품적인 야심을 크게 건 것으로는 보이지 않는다.

　한시수용 제2기의 작품 가운데 〈계림애창鷄林哀唱〉만은 전통의 창조적 수용이란 점에서는 실패한 작품이다. 인용은 그만두겠거니와 이 시는 지훈이 의도적인 정형定型의 시도로 실패를 자초한 본보기다. 1행이 대체로 3·4 또는 4·4 음절단위의 4음보로 구성된 이 시는 시조에 더 가까울 것 같으나, 실은 한시의 칠언율시七言律詩쯤을 염두에 두고 쓴 것이 명백하다. 1과 2로 나뉘어 있는 이 시는 모두 각운을 시도했고, 1, 2 각각 2행 1련 4련씩으로 구성되어 있다. 이러한 규격적인 형식과 이 형식에 맞춘 투식적인 표현이 결국 단순한 복고復古로 떨어지게 하고 말았다.

　한시의 수용이 뚜렷하게 부각되는 위의 두 작품세계 이외에, 가령 6·25를 배경으로 한 전진시편戰塵詩篇 같은 데서도 그 수용의 흔적을 탐색해볼 수 있을 듯하다. 이를테면 장편 기사시記事詩인 〈북정北征〉 같은 작품에서 시사를 얻었을 가능성은 있을 듯하다. 이 밖에 그의 전진시편들에는 일반적으로 사실들의 개입이 강하게 나타나 있는데, 이들은 한시전통의 또 다른 하나의 국면인 기사성記事性과 무관하지 않을 듯해 보이나 현재로서는 확증이 없으므로 보류해 둘 수밖에 없다.

4)

위와 같이 지훈시에서의 한시 수용의 양상 그 개황을 짚어 보았으나 개황의 차원에서도 미진한 것이 한둘이 아니다. 여기서의 살핌은 단지 평면적인 개황일 뿐인데 보다 구조적인 해명을 기다려서야 그 속사정이 자세히 드러나게 될 것이요, 그리고 나서야 이 문제에 대한 올바른 평가가 가능할 것이다.

다만 지금으로서도 확실히 말할 수 있는 것은 그의 한시수용이 전통의 단순 재생산이나 복고만으로는 볼 수 없다는 것이다. 그는 전통에 대해 남달리 적극적인 사명의식만을 가진 것이 아니라, 그 계승의 자세에 대해서도 진작부터 알고 임했다. 전통에 관한 뒷날의 그의 일련의 에세이는 그만두고라도 20대 초, 그러니까 한시수용의 실제에 들어가기 전에 그가 발표한 소견을 참고로 인용해 보인다.

> 고전주의古典主義의 가장 큰 위험성은 골동상적骨董商的인 것과 박물관 진열창격陳列窓格인 두 가지에 있다. 벽에다 화폭 하나를 걸어도 그림이 살도록 걸어야 하겠거늘 물상物象을 명시함으로써 만족할 바에는 고고학자가 곧 그대로 시인 됨직한 일이요, 막연히 옛것을 좋다 해서 놋화로, 놋촛대, 화류문갑花柳文匣, 거문고를 어루만진다 해도 생활에 침투되고 맞지 않아서는 박물관 陳列窓을 면ㅎ지 못하리라. (《서창집西窓集》)

우리의 현대시사에서 지용芝溶과 육사陸史의 시에서 부분적으로 한시적 전통이 작용된 흔적을 찾아볼 수 있을 듯하나, 물론 하나의 작품적 특질로 정립되기에는 미약하다. 그리고 보면 지훈시는 한시적

V. 조선 시대

전통의 계승에 있어서는 독보적이다. 소월시素月詩에서의 민요적 전통, 만해시萬海詩에 있어서의 불교적 전통에 지훈시에 있어서의 한시적 전통을 아울러 정립할 때 우리의 현대문학사에 있어서의 전통의 인식은 보다 풍부하고 입체적인 데에 도달하게 될 것이다.

(《조지훈연구趙芝薰硏究》, 고려대학교 출판부, 1978)